유럽·중동·중남미 설화

이역만리 먼 나라의 이야기들, 바탕에서 서로 통하는

건국대 서사와문학치료연구소
다문화 구비문학대계 16

유럽·중동·중남미 설화
이역만리 먼 나라의 이야기들, 바탕에서 서로 통하는

2022년 5월 10일 초판 인쇄
2022년 5월 15일 초판 발행

지은이 신동흔 외
펴낸이 이찬규
펴낸곳 북코리아
등록번호 제03-01240호
전화 02-704-7840
팩스 02-704-7848
이메일 ibookorea@naver.com
홈페이지 www.북코리아.kr
주소 13209 경기도 성남시 중원구 사기막골로 45번길 14
우림2차 A동 1007호
ISBN 978-89-6324-866-0 (94810)
978-89-6324-850-9 (세트)

값 16,000원

건국대 서사와문학치료연구소
다문화 구비문학대계 16

유럽·중동·중남미 설화

이역만리 먼 나라의 이야기들, 바탕에서 서로 통하는

신동흔 박현숙 김정은 오정미
조홍윤 김영순 황혜진 강새미
김민수 김자혜 김현희 엄희수
이승민 이원영 한상효 황승업

북코리아

머리말 : 현장에서 만난 1,364편의 생생한 이야기

캄보디아, 베트남, 필리핀, 중국, 일본, 인도, 카자흐스탄, 에스토니아, 브라질….

세계 여러 나라에서 온 이주민 화자들이 한국어로 구술하는 설화들을 들으면서 마치 꿈속의 한 장면에 들어와 있는 듯했다. 그들의 입에서 가지각색 설화들이 술술 흘러나오고 있는 광경이 거짓말 같았다. 책에서나 볼 수 있었던, 아니 책으로도 볼 수 없었던, 깊은 재미와 의미가 차락차락 우러나는 원형적 이야기들! 그 보물 같은 이야기들을 현장에서 만날 수 있다는 것은 최고의 축복이었다.

한국에 이주해서 생활하는 외국 출신 제보자들을 대상으로 한 설화 조사를 계획하면서 기대보다는 걱정이 컸다. 한국과 달리 설화 문화가 유지되고 있어서 구전설화를 기억하고 전해줄 수 있으리라는 기대가 있었지만, 30~50대가 주축을 이루는 제보자들이 설화를 오롯이 구연할 수 있을지 의문이었다. 모국어가 아닌 한국어로 구술해야 하는 상황이라서 더 그랬다. 한국생활이 쉽지 않을 이주민들이 선뜻 마음을 열어줄까 하는 걱정도 없지 않았다.

결과는 기대 이상이었다. 수많은 이주민 제보자들이 기꺼이 자국 설화 구연에 나서 주었다. 모국의 이야기와 문화를 알린다고 하는 책임감과 자부심이 주요 동기였지만, 그들은 곧 설화 구연이 매우 즐겁고 유익한 일이라는 사실을 깨달았다. 그들은 한 명의 문학적 주체가 되어서 자신이 아는 이야기들을 성심성의껏 들려주었다. 고향에 계신 어른들에게 연락해서 묻거나 숨은 자료를 찾아서 구연해 주기도 했다.

모든 이야기는 책이나 자료를 읽어주는 형태가 아니라 내용을 기억하고 새겨서 말로 구술하는 형태로 조사를 수행했다. 마음으로 기억해서 재현한 것이라야 화소(話素)와 스토리가 살아있는 진짜 구비문학 자료가 되는 것이기 때문이다. 제보자들이 구술로 전해준 이야기들 속에는 실제로 구비문학적 힘이 생생히 깃들어 있다. 재미있고 의미심장하며, 현장감이 넘친다. 그 언어는, 살아 있다.

조사 과정에서 이야기를 들으면서 놀란 적이 한두 번이 아니다. 이주민 제보자들은 평균적인 한국 사람들보다 훨씬 이야기를 잘했다. 한 사람이 수십 편의 설화를 유려하게 구술한 사례가 여럿이며, 한 편의 설화를 30분 이상 완벽하게 구연한 경우도 꽤 많았다. 캄보디아의 킴나이키 제보자 같은 경우는 한 편의 설화를 2시간에 걸쳐 생생하게 구연하기도 했다. 한국의 유력한 이야기꾼들에게서도 좀처럼 보기 어려운 모습이다.

10여 명으로 구성된 조사팀이 만 3년에 걸친 현지조사를 통해 만난 화자는 150명 이상이며, 수집한 자료는 약 2,000편에 이른다. 이 중 공개 동의를 얻지 못한 이야기와 완성도가 낮은 이야기들을 제외하고 가치 있는 것들을 선별한 결과 27개국 130여 명 제보자가 구술한 1,364편의 이야기 자료가 추려졌다. 자료마다 기본 구연정보와 줄거리(개요) 등을 갖추어서 정리하니 분량이 단행본 20권을 채우게 되었다. 양적·질적 측면에서 '한국구비문학대계'에 비견될 '다문화 구비문학대계'라고 해도 좋겠다고 생각해서 이를 총서명으로 삼았다. 『한국구비문학대계』(1980~1988; 전 82권)는 한국 구비문학 조사사업의 빛나는 성과이자 인류의 소중한 문화유산으로서, 갈수록 가치가 증대되고 있는 구술자료집이다. 우리의 『다문화 구비문학대계』도 그와 같은 역할을 하게 될 것으로 믿는다. 세계 각국의 설화를 생생한 한국어로 집대성했다는 점에서 전에 없던 새롭고 특별한 언어문화 자료집이다. 이와 같은 현지조사 성과는 세계적으로도 유례없는 일임을 강조하고 싶다.

다문화 구비문학대계는 20권의 자료집과 1권의 연구서로 구성되어 있다. 자료집 구성은 다음과 같다.

1~2권 : 캄보디아 설화 (64편)
3권 : 태국·미얀마 설화 (53편)
4~5권 : 베트남 설화 (114편)
6권 : 필리핀·인도네시아·대만·홍콩 설화 (72편)
7~9권 : 중국 설화 (186편)
10권 : 몽골 설화 (92편)
11~12권 : 일본 설화 (149편)
13권 : 인도·네팔 설화 (78편)
14권 : 카자흐스탄 설화 (61편)
15권 : 러시아·중앙아시아 설화 (55편)
16권 : 유럽·중동·중남미 설화 (57편)
17권 : 세계의 문화와 풍속 이야기 (93편)
18권 : 세계의 속신·금기와 속담 (160편)
19권 : 세계의 신과 요괴 전승 (91편)
20권 : 한국 이주 내력 및 생활담 (39편)

1~16권까지 각국 설화를 나라별로 정리해 실었고, 17~20권에는 세계 여러 나라 문화 이야기와 속담, 생애담 등의 구술담화를 모아서 수록했다. 15권의 '중앙아시아'에는 우즈베키스탄, 키르기스스탄, 타지키스탄이 포함되며, 16권에는 에스토니아, 스웨덴, 터키, 아제르바이잔, 사우디아라비아, 도미니카공화국, 칠레, 브라질, 파라과이 등 9개국 자료가 실려 있다. 다 합치면, 설화가 수록된 나라는 총 27개국에 이른다. 중국편 자료가 가장 많은데, 한족과 조선족 자료를 포괄한 것이다. 7권에 한족 제보자의 구술자료를, 8~9권에 한국계 중국인 제보자 구술자료를 수록했다. 설화는 각 나라마다 앞쪽에 신화와 전설에 해당하는 것들을 싣고 뒤쪽에 민담을 실었다. 같은 유형의 자료를 한데 모으고 서로 내용이 통하는 자료를 이어서 배치함으로써 효과적으로 내용을 견줘볼 수 있게 했다.

27개국 총 1,364편에 해당하는 설화 자료 가운데는 한국에 처음 소개되는 것들이 매우 많다. 1, 2권에 해당하는 캄보디아 설화는 대부분 길고 흥미로운 것들인데, 모두가 한국어로 처음 출판되는 것들이다. 필리핀과 몽골, 인도, 카자흐스탄 등의 수많은 이야기들도 대부분 새로운 것들로 구성돼 있다. 베트남과 중국, 일본 설화 가운데는 한국에 알려진 유명한 이야기들도 포함돼 있지만, 새롭게 소개되는 것들도 많다. 각국의 대표 설화, 예컨대 베트남 설화 〈의붓자매 떰과 깜〉이나 일본 설화 〈복숭아 동자 모모타로〉 같은 경우는 제보자마다 이야기를 구술해서 최대 7~8편에 이르는 각편을 수록했는데, 세부 내용상 크고 작은 차이가 있다. 각편(各篇)마다 미묘한 차이가 있는 것은 구비설화의 본래적 특징으로, 이는 중요한 연구대상이 된다. 각국 주요 설화의 구술자료 각편들을 생생한 구어로 풍부하게 갖춘 것은 해당 국가에도 없던 일로서, 본 자료집의 가치를 더욱 높여주는 요소가 된다.

구비문학에 낯선 독자들로서는 구술을 녹취한 본문이 처음에 다소 어색하게 여겨질 수도 있을 것이다. 하지만 찬찬히 읽어나가다 보면 구술 담화의 맛과 가치를 생생히 느끼게 되리라고 믿는다. 구술자의 다양한 목소리가 귀에 쟁쟁 울려오는 듯한 경험을 할 것이다. 이주민 구술자들에 대하여, 이들은 오롯한 문화적·문학적 주체이자 구비문학 아티스트라고 말하고 싶다. 설화를 전공하는 한국인 연구자들에게 한국어 구술로 큰 감동과 깨우침을 안겼으니 특별한 아티스트가 아닐 수 없다. 현지조사 과정에서도 틈나는 대로 부탁했거니와, 이들이 앞으로도 적극적인 설화 구술로 21세기 한국어문화의 한 주역이 되어 주기를 기대한다.

본 자료집은 구비문학 연구와 언어문화 연구, 다문화 한국사회 연구를 위한 기초 자료로 널리 활용될 수 있다. 학술연구 외에 문화콘텐츠와 교육용으로도 본 자료집은 큰 의의를 지닌다. 작가와 기획자들에게 새롭고 특별한 소재를 제공할 것이며, 각급 학교와 평생교육 기관 등에서 다문화 교육자료 등으로 활용될 것이다. 아울러 본 자료는 일반 독자들에게도 재미있고 소중한 문학적·문화적 경험을 전해줄 것이다. 한국인 독자들은 외국의 문학과 문화에 대한 이해를 넓히는 한편으로 이주민들에 대한 인식을 일신할 것이며, 이주민과 다문화가정 구성원들은 문화적 정체성과 자부심을 내면화할 것이다. 아무쪼록 이 책이 한국사회 구성원들이 열린 마음으로 서로를 이해하는 가운데 상생적 화합과 발전을 이루어나가는 데 기여하기를 바라는 마음이다.

3년간의 현지조사와 정리 작업은 한국학중앙연구원 한국학 토대연구 지원 사업에 힘입어 진행되었다. 꼭 필요한 지원이 이루어져서 좋은 자료들을 널리 수집할 수 있게 된 데 대해 감사의 뜻을 밝힌다. 자료의 출판은 연구지원과 별개로 이루어진 것으로, 출판사의 후의와 결단에 의해 이루어졌다. 자료집의 가치를 이해하고 기꺼이 출판을 맡아준 북코리아 이찬규 사장님과 편집부 김수진 과장님께 깊은 감사 인사를 드린다.

이 자료집이 나올 수 있었던 것은 현지조사와 자료정리의 실무를 맡아 수고한 전임연구원과 연구보조원들이 있었기 때문이다. 팀장을 맡아서 일련의 길고 힘든 작업을 훌륭히 감당해준 박현숙, 김정은, 오정미, 조홍윤 박사와 이원영, 황승업, 김자혜, 김현희, 한상효, 김민수, 이승민, 엄희수, 강새미 등 여러 연구원의 노고에 감사와 사랑의 마음을 전한다. 공동연구원으로서 현지조사와 연구작업을 적극 뒷받침해준 김영순, 황혜진 선생님께도 깊이 감사드린다.

이 책은 기꺼이 이야기를 들려준 여러 제보자들에 의해 이루어진 것이다. 낯선 조사자들을 반갑게 맞이하고 바쁜 시간을 쪼개어 열성껏 이야기를 풀어내 주신 130여 명 제보자들께 머리 숙여 인사드린다. 본 자료집이 특별하고 귀중한 문화유산으로 자리 잡아 오래도록 널리 활용됨으로써 제보자들의 열정과 노고가 빛을 발할 수 있기를 바라 마지않는다. 모두들 행복하게 씩씩하게 잘 지내면서 한국사회의 실질적 주역 구실을 해주시기를 기원하며, 다시 만나 많은 이야기들을 즐겁게 나눌 수 있기를 기대한다.

2022년 5월
저자를 대표하여
신동흔

목차

터키

아제르바이잔

사우디아라비아

일러두기

1. 본 자료집은 한국에 와 있는 세계 여러 나라 이주민이 한국어로 들려준 설화와 생애담, 문화 이야기 등을 화자가 구술한 대로 녹취하여 정리한 것이다. 현지조사는 구비문학 전공자들이 만 3년에 걸쳐서 진행했으며, 구비문학 조사 및 정리 방법에 따라 자료를 수집 정리했다. 27개국에서 온 130명 이상의 제보자를 직접 만나서 구술 자료를 녹음했다. 제보자의 주축은 결혼이주민이며, 유학생과 이주노동자도 포함돼 있다.

2. 자료집은 총 20권으로 구성되어 있으며, 총 1,364편의 구술 이야기 자료가 수록되어 있다. 1~16권에는 각 나라별로 신화와 전설, 민담 등 설화자료를 실었고, 17~20권에는 여러 나라 문화 이야기와 속신·속담, 신과 요괴 전승, 생애담 등을 종합해서 실었다. 별권으로 연구서 『다문화 이주민 구술설화 연구』를 갖추어 조사사업의 성격과 의의를 밝히고, 자료 총목록을 제시했다.

3. 모든 자료마다 조사일시와 장소, 제보자와 조사자 등 기본 구연정보를 제시하고, 이야기 줄거리(또는 개요)를 제시하여 이해의 편의를 도왔다. 그리고 모든 설화와 생애담 자료에 '구연상황'을 제시하여, 해당 이야기가 어떤 맥락에서 구술되었는지 알 수 있게 했다. 설화집에 해당하는 1~16권 말미에는 나라별 제보자에 대한 정보가 제시되어 있다. 제보자 인적사항과 특성은 조사 당시를 기준으로 삼은 것으로, 추후에 변동되었을 수도 있다.

4. 이야기 본문은 녹음된 내용을 그대로 받아 적었으며, 현장 상황을 생생히 전하기 위해 조사자와 청중의 반응 부분을 함께 담았다. 한국어 어법에 맞지 않는 구술도 그대로 반영하여 전사했으며, 오해의 소지가 큰 경우 괄호 속에 표준어 표기를 제시했다. 내용 이해를 위해 필요한 경우에는 각주를 달아서 보충 설명을 했다.

5. 이야기 본문에서 제보자의 구술 외에 조사자와 청자의 반응은 [ ] 속에 넣어서 정리했으며, 기타 보충설명은 ( ) 안에 제시했다. 여러 조사자가 발언한 경우 '조사자 1', '조사자 2' 등으로 표시했는데, 번호는 구연정보의 조사자 순서에 준한다. 본문은 이야기 전개 흐름에 따라 문단을 나누었으며, 대화에 해당하는 부분은 행을 바꾸어 표현했다. 대화에 부수되는 언술은 행을 달리하되, '고'나 '구'는 구어체 특성을 살려 대화문 뒤에 붙였다. 2인 이상의 제보자가 공동으로 구술한 자료는 각 제보자와 조사자의 발화를 단위로 삼아 단락을 나누는 방식으로 편집했다.

6. 본 자료집에 자료를 수록한 모든 제보자들에게는 사전에 자료공개 동의를 받았다. 다만, 생애담 등의 구술에서 사적 정보가 노출될 수 있는 부분은 내용을 일부 삭제하거나 **로 표시하기도 했다. 조사장소도 개인정보 보호를 위해 번지수와 같은 세부정보를 삭제했다.

에스토니아

청년을 처벌한 숲의 요정

● **구연정보**

조사일시 : 2019. 01. 18(금) 오후
조사장소 : 서울시 광진구 화양동 건국대학교
제 보 자 : 마레트루드 [에스토니아, 여, 1998년생, 유학 1년차]
조 사 자 : 신동흔, 김정은, 김민수

● **구연상황**

제보자와 만난 조사자가 유학을 오게 된 동기와 한국생활 등에 대해 물은 뒤 본격적인 이야기 조사를 시작했다. 제보자가 먼저 준비해온 이야기 구연을 시작했다. 함께 온 스웨덴 유학생 울루잔 미라 제보자가 청자로 참여했다.

● **줄거리**

숲을 지켜주는 요정이 있었다. 어느 날 청년 한 명이 총을 들고 숲에 들어갔다가 자작나무 둥지에서 우는 새를 보았다. 새가 울자 울음소리를 귀찮게 여긴 청년은 새를 총으로 쏴서 죽였다. 그러자 덤불 뒤에서 할아버지 모습을 한 숲의 요정이 나와서 청년에게 왜 새를 쏘아 죽였냐고 물었다. 청년이 아무 말도 못하자 요정은 청년도 벌을 받아야 한다고 말하고 사라졌다. 청년은 별다른 일이 생기지 않자 집으로 돌아가는 길에 총을 한 번 더 쏘았는데, 갑자기 주변에 안개가 생겼다. 안개가 사라지고 난 뒤 청년은 아무것도 볼 수 없게 되었다.

그럼 제목은 '숲의 요정이 청년을 처벌한다?' [조사자: 숲의 요정이 누구를 처벌할까?] 청년을. [조사자: 청년을? 나쁜 청년인가요?] 네, 나쁜 청년입니다. (웃음) 그러면 이렇게 시작합니다.

모든 숲 안에 그 숲을 지켜주는 요정이 있습니다. 그 숲 안에 모든 동물들 그리고 모든 식물들 그 요정의 것이고 그리고 요정이 그 숲의 법을 지켜줍니다, 지켜줍니다. 그러던 어느 날 청년 한 명이 총을 들고 숲에 들어갔어요. 숲에서 걸어가다가 어느 자작나무 둥지에 우는 새를 봤습니다. [조사자: 오는 새?] 우는 새. [조사자: 우는 새, 우는 새구나.] 새가 울었어요. [조사자: 우는 새, 네.] 네. 그리고 그 새를 보고, 그 우는 소리가 귀찮게 들려서 총을 들고 그냥 새를 쐈습니다.

그리고 쏜 다음에 어느 덤불 뒤에서 어느 할아버지가 나왔습니다. 그 할아버지가 바로 숲의 요정이었습니다. 그 할아버지가 나와서 청년한테,

"이 새가 무슨 죄를 했나. 네가 그렇게 그 새를 죽였냐?"

근데 그 청년이 얼굴 막 빨개지고 아무 말도 못했어요. 그러다가 할아버지가 그 총을 가지고 만졌더니,

"네가 그 새를 쏘았기에 너도 벌 받아야 한다."

라고 하면서 총을 다시 돌려주고 그 덤불 뒤에 사라졌다. 근데 청년이 엄청 행복했습니다. 아무 일도 일어나지 않았는데, [조사자: 벌 받는다고 그랬는데? 아무 일도 없어.] 네.

'벌 받지 않고 그냥 갈 수 있다.'

해서 행복하게 집에 갔는데, 집에 가다가 그냥 다시 총을 쏴 버리고 싶은 마음이 생긴 거예요. 그래서 그냥 총을 쐈는데 두꺼운 안개가 '팍!' 퍼졌어요. 그리고 안개가 사라지고, 근데 청년이 그래도 아무것도 안 보였어요. 그러니까 그게 요정의 처벌이었던 겁니다. [조사자: 눈이 먼 거예요? 눈이 안 보이게 된 거죠?] 네, 결국에는 아무것도 [조사자: 볼 수 없게 된 거예요?] 볼 수 없게 된 겁니다.

[조사자: 재밌네요. 그 사람이 만약에 총을 안 쐈으면 그런 일은 이제 없었던 거예요?] 네네. [조사자: 한 번의 기회를 준거네요. 신은?] 네. [조사자: 재밌다. 그죠?] 그런 이야기입니다. 나쁜 짓을 하면 벌도 받을 것이다. 이런 내용을 담은 그리고 숲의 요정이 생각한 것처럼 예쁜 여성이 아니고 오히려 좀 못생긴 할아버지. [조사자: 우리나라도 산신령이 이렇게 수염이 많은 할아버지예요. 산을 지키시는 분들은] 아, 네. [조사자: 재밌네요.] 네.

달빛 아래 목욕하는 여성들

● 구연정보

조사일시 : 2019. 01. 18(금) 오후
조사장소 : 서울시 광진구 화양동 건국대학교
제 보 자 : 마레트루드 [에스토니아, 여, 1998년생, 유학 1년차]
조 사 자 : 신동흔, 김정은, 김민수

● 구연상황

스웨덴의 울루잔 미라 제보자가 〈평범한 여자 레일라와 부유한 남자 메지뉴의 사랑〉 이야기를 마치고 난 뒤, 마레트루드 제보자가 준비해온 이야기라며 구연을 시작했다. 울루잔 미라 제보자가 청자로 참여했다.

● 줄거리

세상의 비밀을 알고 싶어하는 한 청년이 있었다. 세상의 모든 지식을 섭렵한 청년은 사람들이 모르는 비밀이 있다는 것을 알고 핀란드 마법사를 찾아갔다. 핀란드 마법사는 비밀을 알게 되면 평생 편하게 살 수 없다고 했지만, 청년은 비밀을 알고자 했다. 그러자 마법사는 칠 년에 한 번씩 뱀들의 왕이 파티를 벌이는데, 금으로 된 접시에 담긴 하늘 염소의 우유에 검은 빵을 담근 뒤 먹으면 사람들이 모르는 비밀을 알게 된다고 했다. 청년은 마법사의 말대로 그곳을 찾아가자 한밤중에 뱀들이 파티를 시작했는데, 뱀의 왕 앞에 마법사가 말한 우유가 있었다. 청년이 무서움을 무릅쓰고 검은 빵을 우유에 찍어먹었다. 다음날 청년이 그곳에 가보니 금으로 된 사우나에서 아름다운 여인들이 알몸으로 목욕을 했다. 그 광경에 혹한 청년은 계속 그곳을 찾아갔지만, 다시는 그 모습을 볼 수 없었다. 결국 청년은 스트레스를 받고 입맛도 떨어져서 죽고 말았다.

옛날에 한 마을에 이 세상에 모든 것을 궁금해 하는 한 청년이 있었습니다. 그 청년이 세이지(세계)의 언어를 배웠고 어떤 비밀의 지식도 다 배운 다음에 이 세상에서 사람들이 알 수 없는 비밀 하나 있다고 알게 되었습니다. 그런데 주변에 마법사들을 다 방문했더니 아무도 그 비밀을 몰랐습니다. 근데 청년이 너무 궁금해서

'그 일을 어떻게 하든 알게 될 거야.'

라는 생각을 가지고 어느 날에 핀란드의 마법사를 만나게 됐습니다. 그리고 그 핀란드의 마법사가 그 비밀을 우연히 알고 있었습니다. 그런데 그 비밀이 그냥 단순한 비밀이 아니었습니다. 그 마법사가 청년에게 경고했습니다.

"이 비밀을 알게 되면 평생 편하게 살 수가 없습니다. 그래도 이 비밀을 알고 싶어요?"

라고 물어봤더니 청년이 너무 궁금해서,

"네, 그래도 알고 싶다."

라고 대답했더니 마법사가 가르쳐 주었습니다.

"칠 년마다 뱀들의 왕이 오늘 밤에 파티를 엽니다."

[조사자 2: 무슨 밤?] 그냥 칠 년마다 오늘 밤에 한 밤만 동안 [조사자 2: 하룻밤 동안, 칠 년마다 하룻밤마다 파티가 열려요?] 네, 한 밤에만. 근데,

"그 파티를 할 때 금으로 된 접시가 하나 있고 그 접시 안에 하늘 염소의 젖? 우유가 들어있어요. 그 우유 안에 검은 빵을 꺼내서"

에스토니아에서 검은 빵을 많이 먹거든요.

"검은 빵을 살짝 담그고 먹으면 그 사람들이 알 수 없는 비밀을 네가 알게 될 것이다."

라고 말했어요.

"그리고 그 운 좋게도 그 뱀의 왕이 파티를 열 날이, 시간이 얼마 남지 않았습니다."

그래서 청년이 그 파티에 가겠다고 결심을 했습니다.

그 파티가 열린 날에 숲에 갔는데 아무것도 보이지 않았습니다. 그래서 몇 시간동안 기다려보니 자정이 될 때 갑자기 덤불들이 막 바스락거리기 시작했고, 그 덤불 뒤에서 뱀들이 '쉬쉬'거리면서 나오기 시작했습니다. 그리고 숲 안에 늪 하나 있었는데 [조사자 2: 늪?]

작은 늪. 그 늪에서 불빛 하나가 하늘까지 올라갔고 그 뱀들이 그 불빛 아래 모였습니다. 올라가지 않았고 그냥 그 아래 그 빛을 보고 그 아래 얽히고 다 모였는데, 그 뱀들 사이에 어떤 크고 뚱뚱한 그리고 금으로 된 왕관을 쓰고 있는 뱀이 있었습니다. 바로 뱀의 왕인 거죠. 그리고 왕 옆에 금으로 된 접시가 있고 그 접시 안에 하늘 염소의 젖이 있었습니다.

이 청년이 그 경치를 보고 사실 너무 무서웠습니다. 뱀이 너무 많고 '쉭쉭'거리는 소리도 너무 크고 그래서,

'가까이 갈까? 말까?'

라는 고민도 했는데,

'그래도 해봐야겠다.'

라는 생각에 가까이 갔습니다. 근데 뱀들이 그 청년을 물기 시작했고 '쉭쉭'거리는 소리가 더 커지고 그래도 포기하지 않고 그 검은 빵을 그 우유에 담가서 먹을 수 있었습니다. 그리고 빨리빨리빨리 도망갔습니다. 네, 달릴 수 있었던 만큼 달려가고 그리고 너무 피곤해서 그냥 쓰러졌어요. 그리고 다음 날 일어났더니,

'오늘 밤에 다시 숲에 가서 그 비밀이 무엇인지 이제 볼 겁니다.'

라고 결정했고 다시 숲에 갔습니다.

근데 이번 밤에도 그냥 돌아가 보니 아무것도 없었습니다. 그래서 좀 더 기다리고 돌아봤더니 어느 순간 금으로 된 사우나가 자작나무의 어딘지(어딘가)에 나타났습니다. 그리고 근데 사람이 나타나지 않았습니다. 그래서 또 기다리고 기다렸는데 어느 순간 알몸으로 여성들이 나오기 시작했고 그 사우나에서 목욕을 하고 사우나를 했습니다.

그 청년이 그 경치를 보고 너무 감동받았습니다. 너무 아름다운 경치였습니다. 사랑에 빠진 것처럼 그 경치를 봤는데, 아침이 다가올 때 여성들이 사라지고 사우나 다 사라졌는데, 그 청년이 깨지 못하고 계속 거기 서 있었어요. 거기 서 있었는데 점심시간 때쯤 다시 정신을 차리고 집에 돌아갔는데 그 경치가(경치를) 잊지 못한 겁니다.

그래서 일 년이 지난 후에 다시 찾아가 봤는데 다시 사우나와 여

성들이 나타나지 않았습니다. 그리고 그날 이후로 매일매일 그 숲에 찾아갔는데 그래도 아무도 나타나지 않았습니다. 그래서 이것 때문에 스트레스 받고 나중에 입맛까지 떨어져서 결국엔 숨을 거두었다.

[조사자 2: 먹지도 못하고 그것만 기다리는 거지 그 여자들만.] 네, 너무 사랑에 빠졌으니까. [조사자 2: 불쌍해.] 그래서 사람들이 보지 못하는 거 분명히 있습니다. 마법사의 경고가 맞았습니다.

[조사자 2: 근데 아까도 그랬는데 에스토니아인데 핀란드 마법사가 되게 유명한가 봐요. 에스토니아에?] 아, 네. 핀란드 마법사가 들어가는 이야기가 꽤 많은 것 같아요. [조사자 2: 이거 되게 많이 있나 보네요. 꼭 핀란드 마법사가 나와가지고 뭔가를 이렇게 사건을 만드는군요.] 핀란드 마법사가 좀 더 지식이 많은 느낌? 그런 뭔가 있어요. [조사자 1: 그리고 또 우리나라가 아니라 다른 나라, 다른 세계에 속해 있으니까, 우리가 모르는 걸 알 수도 있겠죠.] 네, 에스토니아 사람들은 그때 농장 일만 하고 그랬었으니까.

남자의 진정한 행운

● 구연정보

조사일시 : 2019. 01. 18(금) 오후
조사장소 : 서울시 광진구 화양동 건국대학교
제 보 자 : 마레트루드 [에스토니아, 여, 1998년생, 유학 1년차]
조 사 자 : 신동흔, 김정은, 김민수

● 구연상황

스웨덴의 울루잔 미라 제보자가 〈대홍수와 진흙에서 생겨난 남녀〉 이야기를 마친 뒤 조사자가 두 제보자에게 어떻게 훌륭한 한국어 실력을 갖추게 됐으며 어떤 공부를 하는지에 대해 물었다. 잠시 담소를 나눈 뒤 다시 설화 구연이 이어졌다. 마레트루드 제보자가 미리 준비해 온 이야기라며 구술을 시작했다. 울루잔 미라 제보자가 청자로 참여했다.

● 줄거리

옛날 어느 마을에 농장을 가지고 있는 두 남자가 살았다. 한 사람은 부자로 살았는데, 다른 한 사람은 열심히 일해도 매우 가난했다. 가난한 사람은 부자가 되고 싶어서 밤에도 밭에 나가서 일을 했다. 그가 부자의 농장에도 일을 하고 있는 사람이 있는 걸 보고 다가가 봤더니 낯선 회색 노인이었다. 노인은 자신이 그 집의 행운이라고 했다. 가난한 남자가 자신도 행운을 찾고 싶다고 하자 회색 노인은 다음날 밤 목초지 자작나무 아래로 가면 행운을 찾을 수 있다고 했다. 가난한 남자가 그곳에 가서 기다리자 회색 노인이 나타났는데, 모기들과 이야기를 나누고 무언가를 주고받는 모양을 했다. 그것을 본 남자는 농장을 팔아 가게를 차렸고, 장사가 매우 잘 되었다. 그래서 자손들까지 잘 살게 됐다.

다음 이야기는 〈남자의 진정한 행운〉이라는 이야기입니다. [조사자: 〈남자의 진정한 행운〉, 남자 얘기 좋아요.] 네, 남자가 진정한 행운

을 찾고 있는 거예요.

옛날에 한 마을에 두 남자가 살고 있었다. 한 남자가 부유한 남자였는데 다른 남자가 엄청 가난했습니다. 두 분 다 농장 하나 있었는데 부유한 남자가 자기 농장에서 적당히 일을 하고 계속 부유했는데, 가난한 남자가 아침부터 밤까지 일을 해도 [조사자: 가난하구나.] 네, 그래도 가난했죠. 그래서 어느 날 이런 생각을 했어요.

'어떻게 해야 부유한 남자처럼 될 수 있겠다.'

[조사자: 아, (될 수) 있나, 생각 들죠.] 네, 그래서 생각난 것은,

'이제 밤부터 일을 해야겠다. 밤에도 일을 하면 따라갈 수 있지 않나?'

라는 생각에 바로 그날 밤에 일하러 갔습니다. 그래서 밭에 가서 일을 했는데 이웃 남자 농장 쪽으로 봤더니,

'어, 거기서도 일하는 사람 있었네. 아, 그래서. 아, 그래서 부자구나. 밤에도 일을 해서 부자가 될 수밖에 없다.'

근데 그 일하는 사람 쪽으로 가서 이야기 하고 싶었나 봐요. 그래서 그쪽으로 갔는데 알고 보니 그 이웃 남자가 아니었다. 어떤 회색 노인이 이웃 남자 밭에 일을 하고 있었어요.

[조사자: 그 회색 노인이 누굴까요?] 네, 누굴까요? (웃음) 바로 그걸 물어봤어요.

"누구세요?"

하고 했는데 그 남자가,

"저 이 집 남자의 행운입니다."

라고 대답했습니다. 근데 이를 듣고 가난한 남자가,

"아, 이웃 남자에게는 행운이 있는데 나는 없어. 그럼 제가 어떻게 해야 행운을 찾을 수 있을까요?"

하고 물어봤더니 그 회색 노인? 행운이 이렇게 답을 했습니다.

"내일 밤에 목초지에 가서."

[조사자: 어디?] 목초지? [조사자: 아, 목초지.] 네.

"목초지에 가서 거기 큰 자작나무 하나가 있을 겁니다. 그 자작나무 아래 보면 거기서 아마 행운을 찾을 수 있을 겁니다."

이렇게 답했고 그 남자가 바로 다음 날에 그 목초지에 갔습니다. 그 목초지에 가고 한참 기다렸는데 아무것도 보이지 않았습니다. 그래서,

'아! 나는 행운 없구나.'

라고 생각했는데 바로 그 순간 갑자기 어떤 회색 노인이 나타난 거예요.

근데 그 회색 노인을 모기가 둘러싸고 있었어요. 그 회색 노인이 그 모기들과 이야기하고 어떤 물건을 주고받는 느낌이었어요. 그래서 이 상황을 보고 가난한 남자가 정확히 무엇을 받는지 잘 몰랐었어요. 그래서 보고 결국에는 노인이 사라졌고 가난한 남자가 집을 향했다. 그리고 집에 가는 동안 무엇을 봤는지 알게 됐어요. 생각났어요.

그래서 바로 그날에 농장을 팔았고 가게를 하나 차렸습니다. 그래서 생각한 것은 그 남자가,

'모기들과(처럼) 물건을 팔고 가게를 차리면 자기의 운을 찾을 수 있을 것이다.'

[조사자: 라고 생각한 거예요? 그 모습을 보면서?] 네. 가게를 차렸더니 가게가 엄청 잘됐어요. 너무 잘 됐고 그 남자의 아들 그리고 그 아들의, 아들의 아들도 그 가게에서 일하고 아주 잘 됐습니다. 그런 이야기입니다.

[조사자: 행운은 적성을 찾는 건가 봐요.] 네.

가난한 아이의 맷돌

● 구연정보

조사일시 : 2019. 01. 18(금) 오후
조사장소 : 서울시 광진구 화양동 건국대학교
제 보 자 : 마레트루드 [에스토니아, 여, 1998년생, 유학 1년차]
조 사 자 : 신동흔, 김정은, 김민수

● 구연상황

스웨덴의 울루잔 미라 제보자가 〈카라다산에 오른 하얀 여자 샤르키즈〉를 마친 뒤, 마레트루드 제보자가 이 이야기를 구연했다. 울루잔 미라 제보자가 청자로 참여했다.

● 줄거리

가난한 집의 여자아이가 부모를 잃은 뒤 못된 부모에게 입양되었다. 새어머니는 아이에게 밥도 주지 않은 채 일만 시켰다. 하루는 아이가 맷돌을 돌리고 있는데 이를 불쌍하게 여긴 핀란드 마법사가 나타나 아이에게 손수건을 주면서 자기 전에 머리에 묶고, '꿈아 저절로 맷돌이 있는 데로 데려가라.'라는 주문을 외우라고 했다. 아이는 그날 밤 마법사가 말한 대로 하고서 잠에 들었다. 그러자 꿈에서 땅에 출입문이 생겼고, 그 안으로 들어가자 농장이 나타나면서 관 속에서 맷돌이 돌아가는 소리가 났다. 맷돌을 가져가고 싶었던 아이는 옆에 흰 말이 나타나자 관을 흰 말에 묶었다. 아이가 꿈에서 깨고 보니 곁에 진짜로 관이 있었는데, 관의 구멍에 곡물을 넣으면 맷돌이 저절로 돌아갔다. 그 후로 아이가 일을 잘 하는 것을 보고 이상하게 여긴 새어머니는 아이를 교회에 보낸 뒤 관 뚜껑을 열었다. 그러자 관에서 빛이 나와서 새어머니가 타죽고 말았다. 나중에 새아버지는 아름다운 성인이 된 여자아이와 결혼했다. 둘이 함께 밤을 보내자 관이 사라졌다.

다음 이야기는 가난한 아이의 맷돌. [조사자: 가난한 아이의 맷돌, 거기도 맷돌 있어요?] 네, 그 맷돌과 비슷한 거? 네. [조사자: 그래요? 좋아요. 가난한 아이의 맷돌.]

옛날에 가난한 부모가 없는 아이가 못된 가정에서 살게 됐어요. [조사자: 부모가 없는데 못된 가족으로 가서 살게 된 거죠?] 네. 못된 가정에서 살게 됐어요. 그 새어머니가 아이를 아침부터 밤까지 일을 시켰어요. 그리고 밥도 제대로 잘 먹여주지 않았어요. 그래서 여자가 계속 너무너무 힘들었어요. 그리고 맷돌을 손으로 돌려야 하는데 [조사자: 똑같네, 우리랑.] 네. 근데 그것도 너무 많이 해서 손이 너무 아팠어요.

그러던 어느 날 맷돌을 돌리고 있었을 때 어떤 노인이 지나갔어요. 근데 그 노인이 정말 거지처럼 생겼어요. 옷도 되게 못생기고, 생긴 것도 되게 씻지 않은 느낌으로. [조사자: 씻지 않는 사람.] 네, 그렇게 생겼는데 사실은 유명한 핀란드의 마법사였어요. 근데 너무 유명해서 사람들이 알아보지 못하게 거지처럼 옷을 입은 겁니다. 네, 그 노인이 그 아이에게 다가가서,

"무슨 일이냐?"

라고 물어봤더니 아이가 자기 삶의 이야기를 그 노인에게 다 했어요.

"너무 힘들다. 밥도 제대로 못 먹고 계속 일만 해야 된다."

라고 했더니 그 노인이 아이를 도와주고 싶었어요. 그래서 주머니에서 손수건을 꺼내고 아이에게 주었더니,

"오늘 밤에 자기 전에 그 손수건을 머리에다 묶고, '꿈아 나는 저절로 일하는 맷돌이 있는데, 맷돌이 있는데 가져가라' 이렇게 말을 하면 밤에 잠이 잘 올 겁니다."

그리고,

"앞으로 삶이 좋아질 거다."

라고 했고 돌아갔어요.

그날 밤에 여자(아이)가 마법사가 시킨 대로 했고 잠이 정말 쉽게 잘 왔어요. 그리고 꿈에서 땅에 들어가서 거기 큰 출입문 하나 있

었어요. 그 출입문을 열고 안에 들어가 봤더니 거기 농장이 있어요. 문을 열고 들어갔는데 거기 농장이 있었어요. 그리고 큰 마당이 있었고 그런데 어디선가 맷돌이 돌아가는 소리가 들렸어요. 그래서 그 소리를 따라갔더니 큰 관 안에 그 맷돌의 소리가 나왔어요. 그래서,

'그 관을 어떻게 가져갈 수 있나.'

생각을 했더니 갑자기 옆에 흰색 말이 하나 생겼어요. 나타났어요. 그래서 그 관을 말의 뒤에 묶고 그 말을 타고 그냥 갔어요.

바로 그때 일어난 겁니다. 그리고 돌아봤더니,

"어!"

바로 옆에 그 똑같은 관이었어요. [조사자: 말은 없고 관만?] 어 관만. 그 똑같은 관. 그래서,

'아, 이 관 안에 그 맷돌이 있지 않을까?'

하는 생각에 곡물을 넣어봤더니 그 맷돌이 돌아가기 시작하는 거예요. [조사자: 눈에 맷돌이 보이지 않는데?] 맷돌이 보이지 않았는데 구멍만 있었어요. 그래서 곡물을 구멍 안에 넣었더니 맷돌이 돌아가는 거예요. 그리고 가루가 나왔어요. 그래서 여자가 너무 행복한 거예요.

'아! 앞으로 일도 안 해도 되고 이제 편하게 살 수 있겠구나.'

라고 생각을 했고 이제 그렇게 살게 됐죠.

계속 맷돌이 저절로 일하고 여자가 편하게 있었는데, 그 새어머니가 그 비밀을 알게 됐어요. [조사자: 뭔가 알게 된 거죠.] 네, 이상했어요. 그래서 그 맷돌을 찾아보고 싶었어요. 그런데 어디에 있는지 잘 모르니까 어느 일요일 아침에 그 아이를 교회로 보냈어요. 근데 그 아이가 이런 부탁이 처음이었으니까 너무 행복하고 새로운 옷을 입고 예쁘게, 예쁘게도 하고 행복하게 교회를 갔어요. [조사자: 그전엔 못 가게 한 거죠?] 네, 그렇죠.

근데 그 사이에 새어머니가 집을 다 둘러보고 [조사자: 뒤져봐.] 네, 뒤져보고 그 관을 결국에 찾았어요. 그리고 그 관에 새어머니도 곡물을 넣어 봤는데 그때는 돌아가지는 않았어요.

'근데 왜 안 돌아가?'

라고 생각하고 그 덮개를 열어보려고 했어요. 그런데 그 덮개가 쉽게 열리지는 않았어요. 그래서 힘을 써서 열어보려고 했는데 결국에 덮개를 벗었을 때? [조사자: 뜯어, 뜯어버리는 거.] 뜯어버릴 때 그 관 안에서 불빛이 하나 나와서 그 여자애(새어머니) 불타버린 거예요. [조사자: 불빛으로 나왔는데 그 여자가 타버렸군요.] 그래서 그 여자의 재만 남았어요. 네, 그리고 조금 더 있어요.

새어머니의 남편이 아내가 없어졌잖아요. 그래서 다시 결혼해야 했는데 [조사자: 네, 금방 결혼하는군요.] (웃음) 네, 근데 그 아이가 이제 아이가 아니고 아름다운 여성이 됐어요. 그래서 그 아이와 결혼을 했고. (웃음)

[청자(울루잔 마라): 자기, 자기 딸?] 아, 근데 아이 진짜 아이가 아니죠. 가난한 아이. 그래서 결혼을 했고 같이 결혼을 해서 밤을 보냈더니 침대 옆의 관이 없어진 겁니다. 그리고 이웃한테 다 물어봤더니 아무도 그 관을 보지 못했습니다. [조사자: 이제는 보지 못했고.] 이렇게 이야기가 끝납니다.

돈 나오는 주전자

● 구연정보

조사일시 : 2019. 01. 18(금) 오후
조사장소 : 서울시 광진구 화양동 건국대학교
제 보 자 : 마레트루드 [에스토니아, 여, 1998년생, 유학 1년차]
조 사 자 : 신동흔, 김정은, 김민수

● 구연상황

스웨덴의 울루잔 미라 제보자가 〈대홍수에서 살아남은 가족과 동물〉 이야기를 마친 뒤, 마레트루드 제보자가 짧은 이야기라며 구연을 시작했다. 울루잔 미라 제보자가 청자로 참여했다.

● 줄거리

카틀라메에라는 작은 언덕에 돈이 나오는 주전자가 있다는 소문이 있었다. 한 청년이 도망치는 말을 잡으려다 우연히 그 카틀라메에 가게 됐는데, 땅에서 나온 주전자의 손잡이에 발이 걸려 넘어졌다. 청년은 그것이 돈의 주전자라고 생각하고 땅을 파면서, 그 주전자를 갖게 되면 돈의 절반을 어려운 사람들에게 나누어주겠다고 생각했다. 그러자 주전자가 더 잘 나왔다. 그런데 주전자 거의 다 나왔을 때쯤 청년은 마음을 바꿔 자신이 돈을 다 가지겠다고 생각했다. 그 순간 주전자는 다시 땅으로 들어갔다. 주전자가 들어간 자리에 커다란 구멍이 생겼고 그곳에 물이 흐르기 시작했다. 그 이후로 주전자를 본 사람은 아무도 없었다.

그러면 돈의 주전자 [조사자: 돈을 주는?] 주전자. [조사자: 주전자 맞아요.] 라는 이야기인데요. 이거는 장소랑 관련된 이야기인데요. 장소. 저희가 작은 언덕이, 언덕이 있는데 그 언덕 이름은 '카틀라메에' [조사자: 카틀라메에?] 네, 이런 이름인데 그 뜻은 '카틀라'는 주전자

라는 뜻입니다. 그 언덕이 그런 이름을 가진 이유가 그 언덕 안에 돈이 들어가 있는 주전자가 있다는 소문 때문입니다.

그 주전자를 실제로는 본 사람이 없는데 한번 어떤 청년이 거의 그 주전자를 가졌다고 합니다. 그런데 그 청년이 우연히 숲에 들어가서 말 찾으러 숲에 들어갔어요. 말이 도망갔나 봐요. 그래서 숲에 가서 말을 찾으려고 했는데 돌아가다 보니 그 언덕에 도착한 거예요. 언덕 위에 올라가 보니 발이 비틀거려서 넘어졌는데 왜 넘어졌는지 보려고 했더니 어떤 손잡이가 땅에서 나온 거예요.

'아, 이거 돈의 주전자인가 보다!'

라고 생각하고 가방에서 도구를 꺼내고 파기 시작했어요. 그 파고, 파고

'아, 이 돈의 주전자가 내 것이 되면 이 주전자 안에 들어가 있는 돈의 절반을 어려운 이웃에게 기부할 거야.'

라고 생각했어요. 그리고 그 생각을 한 뒤에 그 주전자가 자연스럽게 더 잘 나오게 됐어요. 근데 조금 더 파야 했고 거의 주전자가 나올 때쯤 청년이 갑자기 생각이 바뀌었어요.

'아, 어려운 이웃은 다 그렇고, 나도 어려운데 나도 이 돈이 필요해.'

라고 생각했고,

'내가 이 돈을 다 가질 거다.'

라고 생각한 다음에 그 순간에 주전자가 바로 땅에 들어갔어요. 그 언덕 위에 이제 큰 구멍이 생겼고 그 남자가 거의 들어갈 뻔했어요, 넘어져서.

그리고 그 구멍 안에 물이 흐르기 시작했고 그날 이후로 그 주전자를 본 사람이 아무도 없다고 합니다. 네, 이런 이야기예요.

[조사자: 이거는 진짜 실제로 있는 언덕이에요?] 아, 네 그런 언덕이 있긴 있는데 유명한 언덕은 아닙니다. 언덕이 많아서 그냥 있기는 있는데, 그냥 그 언덕 주변에 있는 사람들의 이야기? 그런 것 같습니다. [조사자: 그럼 에스토니아의 어느 쪽에 있을까요? 동서남북 하면 대충. 그냥 있는 언덕인가 보다.] 남쪽에 있을 것 같아요. 네.

손님을 위한 검은 빵

● 구연정보

조사일시 : 2019. 01. 18(금) 오후
조사장소 : 서울시 광진구 화양동 건국대학교
제 보 자 : 마레트루드 [에스토니아, 여, 1998년생, 유학 1년차]
조 사 자 : 신동훈, 김정은, 김민수

● 구연상황

스웨덴 울루잔 미라 제보자가 〈격리돼 살다가 뱀에 물려 죽은 딸〉 이야기를 마친 후, 마레트루드 제보자가 준비해 온 이야기라면서 구연을 시작했다. 울루잔 미라 제보자가 청자로 참여했다.

● 줄거리

옛날에 어느 부유한 농장에 동물도 많고 농작물도 많았다. 그 농장에는 항상 손님들이 많이 찾아왔고, 여주인은 손님들을 친절하게 잘 대접했다. 그러던 어느 날 여주인은 손님들을 대접하는 것이 지겹게 느껴졌다. 손님이 오지 않으면 돈과 음식을 아낄 수 있다는 생각도 했다. 여주인이 주술사를 찾아가 어떻게 하면 손님이 오지 않을 수 있냐고 묻자 주술사는 헛간 열쇠를 뒤로 던지며 '손님아 가라' 하고 외치면 된다고 했다. 여주인이 그렇게 하자 진짜로 손님이 오지 않았는데, 그 이후로 농장의 동물이 죽어가고 농작물도 말라서 식구들이 굶게 되었다. 여주인이 다시 주술사에게 찾아가니 주술사는 집에 손님이 많이 와야 잘 살 수 있다고 하면서 방법을 알려주었다. 여주인이 열쇠를 앞으로 던지며 '손님들을 다시 와라' 하고 외쳤더니 다시 손님들이 찾아왔고 그 집은 부자가 되었다.

그러면 〈손님을 위한 검은 빵〉이라는 이야기. [조사자 1: 검은 빵?] 응, 손님을 위한 검은 빵. [조사자 2: 여기는 빵이 검은, 밀이 검은

색인가보다.] 아, 네. [조사자 2: 빵이 다 검게 나온.] 다른 곡물로 만든 빵 귀리로 만들거나 다른 곡물. [조사자 2: 귀리, 아 그렇구나.]

옛날에 한 부유한 농장이 있었습니다. 그 농장에 동물이 많았고 농작물도 엄청 많았습니다. 그리고 그 농장의 특징은 거기 손님이 아주 자주 갔습니다. 근데 농장의 여주인이 친절해서 손님이 오실 때마다 친절하게 다 대접했고 그 음식도 다 나눠 드렸어요. 그리고 농장이 부유했기 때문에 그 돈 그리고 음식 문제가 없었습니다. 그래서 편하게 나눌 수 있었는데 어느 날 여주인이 손님들 대접하는 것이 지겨워졌습니다. [조사자 2: 네, 그럴 만하죠.]

'손님이 너무 많이 오고 오지 않았으면 음식도 많이 남았을 거고 그 시간에 일도 많이 더 많이 할 수 있는데. 앞으로는 더 이상 안 왔으면 좋겠다.'

는 생각에 주술사를 찾아갔습니다. 주술사에게 가서,

"어떻게 해야 손님이 다시 오지 않을까? 어떻게 하면 좋지?"

라고 물어봤더니 주술사가 어느 집에 가면 건초 헛간? [조사자 2: 헛간?] 헛간. 네.

"헛간 열쇠를 헛간 앞에서 세 번 던지고 던질 때마다 '손님들아 다 가라!' 라고 외치면."

[조사자 2: 거기 가서?] 네, 세 번. [조사자 2: 세 번. (웃음) 네.] 던지면,

"'손님아 가라!'라고 외치면 손님들이 다시 오지 않을 것이다."

그래서 다시 농장에 돌아가서 주술사가 시킨 대로 여주인이 했는데 정말 약속했던 것처럼 손님이 다시 오지 않았어요. 그런데 그때 동물이 조금씩, 조금씩 죽기 시작했고 농작물도 잘 안됐습니다. 그래서 결국에는 이 식구들도 굶어야 했습니다. 이런 상황에서 이 여주인이 다시 주술사를 찾아갔습니다.

"너무 배고프고 다 잘 안 돼요. 어떻게 하면 더 잘 할 수 있을까?"

그 질문을 듣고 주술사가

"네가 손님을 싫어해서 농작물 그리고 동물도 손님들과 같이 보냈다. 손님들을 잘 대접하면 본인도 부족할 것이 없다."

라고 대답했고,

“정말 다시 잘 살고 싶으면 오늘 저녁에 농장에 다시 가서 그 헛간 뒤에서 열쇠를 앞으로 세 번 던지고 이번에는 앞으로 던지고 던질 때마다 ‘손님들아 다시 오라!’라고 외치면 손님들이 다시 올 거고 이제 농장이 다시 잘 될 것이다.”

라고 했고 여주인이 역시 시킨 대로 했고 손님들이 다시 찾아오기 시작했습니다. 그리고 동물도 다시 많아졌고 농작물도 다시 잘 되었습니다. 그리고 처음보다 더 잘 되었습니다.

그래서 이런 이야기입니다.

의붓자매와 숲속의 세 난쟁이

● 구연정보

조사일시 : 2019. 01. 18(금) 오후
조사장소 : 서울시 광진구 화양동 건국대학교
제 보 자 : 마레트루드 [에스토니아, 여, 1998년생, 유학 1년차]
조 사 자 : 신동흔, 김정은, 김민수

● 구연상황

스웨덴의 울루잔 미라 제보자가 〈아버지의 복수를 한 커로우그루이〉 이야기를 마친 뒤, 마레트루드 제보자가 마지막 이야기로 이 설화를 구연했다. 울루잔 미라 제보자가 청자로 참여했다.

● 줄거리

옛날에 부모를 잃은 여자아이가 못된 가족과 함께 살았다. 못된 새엄마는 겨울인데 아이에게 숲에 가서 열매를 따오라고 했다. 아이는 숲속에서 이가 긴 할머니를 만났고, 할머니는 창틀을 닦으면 열매를 찾을 수 있다고 했다. 아이가 집에 들어가서 창틀을 닦자 열매가 나왔다. 그때 세 명의 난쟁이가 나타나 아이에게 먹을 것을 달라고 하자 아이는 새엄마가 싸준 검은 빵을 난쟁이들에게 나누어주었다. 난쟁이들은 그 아이를 위해 세 가지 소원을 빌어 주었다. 입에서 금으로 된 알이 나오고, 왕자와 결혼하고, 평생 행복하게 살게 해달라는 것이었다. 아이가 집으로 돌아가자 새엄마는 자기 친딸에게도 똑같이 하게 했다. 그런데 새엄마의 딸은 숲속에서 만난 할머니에게 퉁명스럽게 대했고, 엄마가 싸준 꿀빵을 난쟁이들에게 나눠주지 않았다. 그러자 난쟁이들은 아이에게 세 가지 저주를 걸었다. 말할 때마다 입에서 두꺼비가 나오고, 시집을 못 가고, 평생 불행하게 살리라는 것이었다. 질투가 난 새엄마는 의붓딸을 내쫓았는데, 아이는 길을 가다가 왕자를 만나 결혼해서 행복하게 살았다.

이름은, 주제는 가족의 딸 그리고 가난한 아이. 그러니까 가족이 있는데 그 가족의 딸 그리고 가난한 아이. [조사자 2: 가족의 딸 그리고 가난한 아이.] 네.

옛날 한 마을에 부유한 가족 하나 있었는데 어머니 아버지 그리고 딸 한 명. 그리고 그 가족에서 가난한 아이가 한 명이 자라게 됐어요. [조사자 2: 데리고 온 거예요?] 네, 부모님 없어서. [조사자 2: 고아였던 친구를 데리고 온 건가?] 네, 그건 잘 모르겠는데. 가난한 아이가 예쁘고 얼굴이 예쁘고 성격이 되게 착했는데 반면에 그 가족의 딸이 좀 외모도 좀 못생기고 성격도 좋지 않았어요. 근데 그 가족의 어머니가 본인 딸을 당연히 딸을 너무 사랑했어요. 그래서 가장 예쁜 옷을 딸에게만 입히고 맛있는 밥을 그 딸에게만 주고 일도 시키지 않았어요. 근데 반면에 그 가난한 아이에게 어려운 일 다 시키고 못된(허름한) 옷도 입히고 그리고 밥도 잘 주지 않았어요.

그러던 어느 날에 새어머니가 그 가난한 아이에게 또 하나의, 그 가난한 아이를 숲에 보냈어요. 겨울이었는데 그 새어머니가,

"숲에 가서 베리berry, 열매를 따서 이 바구니를 채워 오면 그때서야 집에 다시 들어오면 된다."

라고 했고 그 가난한 아이를 집에 보냈, 아 [조사자 2: 숲에?] 쫓아(쫓겨)나갔다. 아이가 숲에 들어가서 너무 춥고 눈도 너무 많이 쌓여 있었는데 거기서,

'어떻게 열매를 찾아서 따요?'

라고 생각했고 너무 슬퍼서 그냥 돌아다니고 결국에는 길을 잃었어요. 그리고 걷다 보니 어떤 한 집이 보였어요. 그 집에 가까이 가보니 그 창문에서 어떤 할머니가 창문 밖에 보고 있었어요. 그 할머니가 근데 특징이 치아가 길었어요. [조사자 2: 치아가 길어요. 이가 길구나.] 네, 이가 길어요. 근데 그 할머니가 가난한 아이에게 질문을 했어요.

"너 여기서 뭘 찾고 있니? 왜 이렇게 겨울에 나왔냐?"

라고 물어봤더니 아이가,

"우리 새어머니가 열매를 따서 바구니를 채워야 하는데 열매가

하나도 없어요. 어떻게 해요?"

라고 도움을 요청했더니 할머니가,

"내 창턱을 깨끗이 쓸면 거기서 열매가 찾을 수 있을 것이다."

라고 했고 가난한 아이가 그 할머니가 시킨 대로 창턱을 깨끗이. [조사자 2: 장독?] 창턱. [조사자 1: 창턱.] [조사자 2: 창의 턱? 창틀? 여기 창문 말하는 거죠? 네, 알겠어요.] 창문 그리고 [조사자 2: 턱. 알겠어요.] 창턱 맞아요? [조사자 2: 어, 맞아요.] 창턱을 깨끗이 쓸었고 다 된 다음에 할머니가 약속했던 것처럼 열매가 너무 많이 나와서 그 바구니를 쉽게 채울 수 있었어요. 그리고 그때 할머니가 그 가난한 아이를 집에 초대했어요.

"들어와. 안에도 따뜻해요."

라고 했고. 그 가난한 아이가 들어가서 문 옆에 벤치에 앉아서 싸준 점심을 꺼내고 먹기 시작했어요. 근데 그 어머니가 점심을 쌌는데 그 점심이 그 검은 빵의 껍질밖에 없었어요. 그래서 슬프게 그 껍질을 먹고 있었는데 갑자기 레프리콘leprechaun? 아일랜드. [조사자 3: 요정이요?] 아, 요정과 비슷한 짧은. [조사자 2: 난쟁이?] 난쟁이 제일 맞는 것 같아요. 난쟁이 세 명이 나타나서,

"우리도 배고파, 우릴 먹여 줘."

라고 했더니 그걸 듣고 가난한 아이가,

"나도 먹을 것이 없는데. 알겠어. 이거 먹어라."

라고 마지막 세 가지 껍질을 나눠줬어요. 그러면 점심을 다 먹고 집에 갈 때쯤 그 아이가 너무 착해서 난쟁이 세 명이 아이에게 좋은 소원을 세 가지를 말했어요. 첫째가,

"나는 이 아이가 말을 하면 입에서 금으로 된 알이 나왔으면 좋겠다."

라고 했고. 둘째가,

"나는 이 여자가 왕 아니면 왕자하고 결혼해서 성에서 잘 살았으면 좋겠다."

그리고 셋째가,

"이 아이가 평생 행복하게 살았으면 좋겠다."

이렇게 말하고 아이가 집에 갔어요. 그리고 새 어머니에게 바구니를 보여주고 얘기를 다 했더니 어머니가 입에서 떨어지는 금알을 보고,

"내 딸의 입에서도 그 금알이 나왔으면 좋겠다."

라고 해서 본인 딸을 똑같이 숲에 보냈어요. 그 딸도 숲에서 막 돌아다니고 그 집을 찾았어요. [조사자 2: 할머니 집을 찾았군요.] 네 할머니도 똑같이,

"이 추운 겨울에 왜 여기 왔어? 뭘 찾고 있냐?"

라고 물어봤더니 그 딸이 성격도 안 좋았잖아요. 그래서,

"아, 나 열매 찾고 있다."

라고. [조사자 2: 할머니한테 건방지게 얘기했군요.] 건방지게 대답을 했고 할머니가,

"어디서 찾을 거야?"

라고 물어봤더니,

"아, 몰라."

그냥 건방지게 대답하고. 할머니가 그래도 도와주고 싶어서 똑같이,

"내 창턱을 깨끗이 쓸면 열매가 많이 찾을 것이다."

라고 했는데 이를 듣고 딸이,

"니가 누군데? 내가 니 창턱을 깨끗이 닦아 주냐?"

라고 했고 닦아주지 않았어요. 그러고 나서 할머니가 그 딸을 집에 초대했어요. 그 딸이 가난한 아이처럼 문 옆에 있는 작은 벤치에 앉지 않고 바로 방 가운데 큰 테이블에 앉아서 점심을 꺼내는데 딸의 점심은 꿀빵이었습니다. 그 꿀빵을 먹고 역시 레프리콘leprechaun 난쟁이 세 명이 다시 나타났고,

"우리도 먹여줘. 우리가 배고파"

라고 했는데 그 딸이,

"나도 먹을 게 없는데 어떻게 줘?"

라고 대답했고 결국에는 주지 않았어요. 그리고 밥을 다 먹고 나서 집에 갈 때쯤 난쟁이가 또 세 가지 소원이 있었다. 첫째가,

“나는 이 아이가 말을 할 때마다 입에서 두꺼비가 나왔으면 좋겠다.”

둘째가,

“나는 이 여자가 평생 시집을 못 갔으면 좋겠다.”

그리고 셋째가,

“나는 이 아이가 평생 불행했으면 좋겠다.”

라고 하고 그 딸이 다시 집으로 돌아갔어요. 근데 돌아가고 얘기했더니 입에서 두꺼비가 나오는 거예요. 근데 새어머니가 그걸 보고 가난한 아이에게 질투가 너무 나서 너무 화가 났고 그 아이를 쫓아냈어요. 쫓아버렸어요.

아이가 다시 너무 슬프고 그 숲에서 다시 돌아다니게 됐는데 다시 그 세 명의 난쟁이가 나타났어요. 그리고 그 난쟁이들에게 무슨 일이 일어났는지 얘기한 다음에 난쟁이들이 그 길 하나를 보여줬어요. [조사자 2: 길?] 네, 길. 길 하나를 보여줬어요. 그리고 그 길 걷기 시작했는데 우연히 그 길을 왕자가 걷고 있었어요.

그 왕자가 그 여자의 예쁜 얼굴을 보고 말할 때 금알이 나오는 것을 보고

‘아, 이 여자랑 내가 결혼해야겠다.’

라는 생각을 했고 그 여자와 왕자가 결혼하게 되었고. 이 여자가 왕자의 성에서 살았고 못된 그 딸이 결국 시집을 못 가게 되었고 불행복하게 어머니와 같이 살게 되었습니다. [조사자 2: 재밌네요] 네, 이런 이야기입니다.

스웨덴

대홍수와 진흙에서 생겨난 남녀

● **구연정보**

조사일시 : 2019. 01. 18(금) 오후
조사장소 : 서울시 광진구 화양동 건국대학교
제 보 자 : 울루잔 미라 [스웨덴, 여, 1998년생, 유학 2년차]
조 사 자 : 신동흔, 김정은, 김민수

● **구연상황**

에스토니아의 마레트루드 제보자가 〈청년을 처벌한 숲의 요정〉 이야기를 마친 뒤 제보자가 이 이야기 구연을 시작했다. 터키계인 울루잔 미라 제보자는 스웨덴에 터키계 사람들이 많이 산다면서 자기는 어린 시절부터 터키 이야기를 많이 듣고 자랐다고 했다. 마레트루드 제보자가 청자로 참여했다.

● **줄거리**

아주 옛날에 세상에 아무도 없었던 때의 이야기이다. 대홍수가 일어나 진흙들이 동굴 안으로 흘러들어갔다. 그 안에서 진흙이 사람의 모양으로 빚어졌고, 여름에 햇빛이 강하게 비출 때 흙이 굳어 사람 모양이 되었다. 그 동굴에서 사람이 한 명 나왔는데, 이름이 아이아탐이다. 몇 년 후 다시 대홍수가 일어났고 같은 방법으로 여자 한 명이 만들어졌다. 그 이름은 아이와다. 둘은 결혼을 해서 아이를 낳았고 그들은 인류의 조상이 되었다.

제 이야기의 제목은 〈아이아탐〉이에요. [조사자: 아이아탐.] 네. 아이아탐 [조사자: 무슨 뜻일까요? 이거는?] 이거 이름예요. 사람 이름. [조사자: 사람 이름? 남자?] 네.

그래서 오래오래 전에 그 세상은 아무도 없었던 그때는 비가 많이 내렸고 홍수도 많이 있었던 그 시간이었어요. 그때는 구석구석이 진흙이 많이 있었고 그래서 그 대홍수로 그 진탕물이 산에 있는 동굴을 채웠어요. 그 동굴 안에서는 뭔가 (가위 모양을 하며) 이렇게 가위들도 조금 이렇게 떨어지는 거고 어떤 모습이 이렇게 가지는 거예요. [조사자: 어떻게 동굴에서 이렇게.] 가위들이, 가위가 있잖아요. 그 동굴에서, 동굴에서 안에 [조사자: 가위가?] 가위. 네 큰 이런 동굴에서 그런 거 있잖아요. [조사자: 큰 가위가?] 네. [조사자: 자르고 막 모양을 만들고 있는 거예요?] 아니, 그 홍수가 물이니까. 그래서 그 가위를 흙으로 같이 이렇게 떨어지는 거예요. 그래서 조금조금 어떤 모습을 가지는 거예요. [조사자: 물이 이렇게 흙으로 떨어지면서 빚어진다는 거죠?] 네네.

그래서 그 모습들이 어떤 사람처럼 생겼어요. 그래서 그 시간이 지나가면서 햇빛으로 어떤 7월이나 6월 때 햇빛이 너무 강하잖아요, 덥고. 그래서 그 젖은 점토로 그 그물이 같이 이렇게 합쳐서 익히는 거예요. [조사자: 그걸?] 익히는 거예요. [조사자: 익었구나.] 네 그래서 그 완전히 그 뭐지? 사람의 모양을 가졌어요.

그래서 어느 날은 동굴에서 한 사람이 나왔어요. [조사자: 그게 동궁?] 네, 동궁 산에 있는 [조사자: 동굴.] 네, 동굴. [조사자: 동굴에서 사람이 나왔어요?] 네, 사람이 나왔어요. 그 흙으로 만들어졌어요, 햇빛으로. 그래서 사람이 나왔는데 그 남자 분이었어요. 그래서 그 남자의 이름은 '아이아탐'이었어요. [조사자: 아, 이 사람이 아이아탐이구나.] 네, 그래서 다시 이렇게 어떤 몇 년 후에 다시 그 비가 내렸고 또 똑같이 홍수도 많이 났고, 그래서 다시 그 동굴에는 다시 물로 채웠어요. [조사자: 물로 채워지고?] 다시 그 모양 [조사자: 모양 이렇게 만들어지고? 진흙은?] 그래서 이번에는 여자 분이 나왔어요. 그래서 이 여자 분은 '아이와'였어요. [조사자: 아이?] 아이와.

그래서 이 둘이만 있으니까 그래서 둘이 뭐 결혼했고 아이도 낳고. 그래서 그 아이들도 그 다른 사람이 없으니까 같이 결혼했고 아이 낳고. 그래서 그 가족이 커졌잖아요. 그래서 어떤, 몇 년 후에 그 부모님이 아이아탐과 아이와는 죽었고. 그래서 그 자녀들이 이 부부를 동굴에서 묻었고, 그리고서는 금, 은으로 [조사자: 닫았고?] 네, 닫았고. 그래서 그런 이야기였어요. 네, 그래서 거기에서는 뭔가 사람한 사람이 탄생. [조사자: 생겨나고?] 네, 그런.

[조사자: 너무 재밌는 이야기예요. 이거 터키 이야기예요?] 네, 터키에서 이야기했던. [조사자: 너무 재밌는데요. 그럼 그들의 후손이에요 우리는?] 네, 그렇죠, 그렇겠죠. [조사자: 진흙으로 우리 다 만들어진 거죠?] 네네. 그렇게 만들었다고.

대홍수에서 살아남은 가족과 동물

● 구연정보

조사일시 : 2019. 01. 18(금) 오후
조사장소 : 서울시 광진구 화양동 건국대학교
제 보 자 : 울루잔 미라 [스웨덴, 여, 1998년생, 유학 2년차]
조 사 자 : 신동흔, 김정은, 김민수

● 구연상황

에스토니아의 마레트루드 제보자가 〈손님을 위한 검은 빵〉 이야기를 구연한 뒤, 울루잔 미라 제보자가 노아의 방주와 비슷한 이야기가 전해진다며 구연을 시작했다. 마레트루드 제보자가 청자로 참여했다.

● 줄거리

옛날에 아내와 세 아들과 함께 사는 남자가 있었다. 그는 신앙심이 깊어서 매일 신의 조각상 앞에서 기도를 했다. 하루는 신이 나타나 남자에게 대홍수가 올 것이니 배를 만들고, 다양한 종류의 동물들을 한 마리씩 배에 태우라고 했다. 남자는 아들들과 함께 배를 만든 뒤 동물들을 싣고 산 위에서 기다렸다. 그러자 신의 말대로 대홍수가 일어났다. 남자는 매를 날려보내 세상 밖의 소식을 알아오게 했지만, 매는 돌아오지 않았다. 그래서 다시 비둘기를 날려 보내자 한참 후에 먹이를 물고 돌아왔다. 매는 밖에서 죽은 동물의 시체를 먹느라 돌아오지 않은 것이었다. 이 사실을 알게 된 아들들은 자신들이 동물들을 보호해주었는데 감사한 줄 모르고 돌아오지 않는다며 화를 냈다.

이번 이야기는 좀 노아 아세요? [조사자 2: 노아?] 그 종교에 노아요. 그 배도 만들고. [조사자 1: 기독교에]

그런 비슷한데 이름은 '두판'이에요. [조사자 2: 이 사람은 두판?] 아니, 사람 아니고 그 이야기의 이름은 두판이에요. [조사자 1: 두산?]

두판, 네. [조사자 2: 이것도 터키어죠? 두판 이런 게 아, 산이구나?] 네, 터키어예요. 네, 두판. 아, 그래서 [조사자 2: 무슨 뜻일까요?] 이 두판은 그냥 어 홍수가 큰 그 홍수가 오는 그거예요. [조사자 2: 큰 홍수가 온다?] 네. 그 너무 세상을 땅에 보여질 수 없고 물만 있는 그거 그겁니다. [조사자 1: 대홍수.] 네, 대홍수.

그래서 이거는 한 남자는 그 혼자 살고 아들도 세 명 있고 가족 있어요, 와이프도 있고. 그래서 그 너무 기도, 종교적이게 너무 믿는 거예요. 그래서 매일매일 신에게 기도하고 그런 거. 그런데 어느 날은 왜냐하면 기도 그 기도할 때는 신의 뭔가 어떤 뭐 그게 뭐지? 조각, 조각인가? 있어요. [조사자 2: 아, 조각 있고.] 네. 그런 거 거기에 그 신이라고 믿고 거기서 [조사자 2: 기도하죠.] 기도하는데 어느 날은 그 신이 그 남자 분한테 이렇게,

"준비해라. 큰 대홍수가 올 거다."

해서,

"배 같은 거 만들고 그 가족도 넣고 그래서 그리고 동물 종류 다양한 종류 한 마리씩 다 넣고 준비해라."

근데 그 배는 그냥 배 아니고 다 이렇게 다 닫아야 해, 닫아야 해요. [조사자 2: 상자처럼 닫아야 하는 거죠?] 네, 그런 거죠. 그래서

"잘 준비해라. 튼튼하게."

그래서 이 남자는 아들이랑 같이 아들이랑 그 재료를 다 준비하고 그 배에 싣게 됐어요. 다 만들고. 그래서 어떤 높은 산에 가서 그 배를 놓았어요. 기다리고 있었어요. 그리고 그런 거 있죠. (손을 저으며) 이렇게 할 수 있는 그 [조사자 2: 노 젓는 거?] 네. 노 젓는 거 그런 것도 만들고 여섯 개 만들었고 거기 그 산에서 놓고 기다리고 있었어요. 그래 이제 이런 거 기다리고 있었어요.

그래서 며칠 동안 기다렸고 그래서 소리도 나죠. 대홍수 올 때는 그래서 이런 거 할 때는 노 젓기 할 때 물 느끼게 되죠. 그래서 네, 그래서,

'아! 이제.'

[조사자 2: 아 이제 홍수가 왔구나.] 그래서 이거 타고 이렇게, 이렇

게 다녔어요.

그래서 어느 날은 그냥 아버지가 궁금했죠. 어떤 상황인지 [조사자 2: 어떻게 됐는지.] 그래서 아들한테,

"창문 열어 봐. 보고 뭐가 있는지 보고 나한테 알려줘."

그래서 아들이 창문을 열었고 봤어요, 이렇게.

"아, 아버지 물 밖에 없어요. 아무것도 없어요. 그냥 물 있어요."

그래서 아버지가,

"아, 알았다."

고 하고 자기 직접 보고,

"아, 그렇구나."

하고. 그래서 그 다양한 동물이 한 마리 있잖아요. 그래서 어떤 새를 날렸어요. 되게 어떤 상황에 누군가 있으면 그 메시지 같은 거 다시 올 거잖아요. 그래서 근데 그것도 보냈는데 새 다시 안 왔어요. 그래서 다시 다른 종류의 새 날렸어요. 그 새도 안 왔어요. [조사자 2: 안 오는구나.] 네, 안 왔어요. 그래서

'어, 왜 안 오는 건가?'

그 생각하면서 그래서 비둘기인가요? 비둘기 같은 그 하얀 거 있잖아요. 작은 거. 그거 날렸어요. 근데 다시 그 돌아가면서 다시 왔어요. [조사자 2: 다시 왔어요? 그 하얀 비둘기는?] 네. 근데 그리고 메시지 없고 그냥 먹이가 있었어요. 그래서 알게 되니까 생각하면서,

'전에 보냈던 새들이 아마 죽은, 이미 죽은 동물 먹으니까. 아마 그래서 안 오는 거예요.'

그래서 그렇게 생각하고 아들이 화냈어요.

"제가 원하는 건."

이렇게 그것밖에 먹이 보고 그것을 가지고 그거는 살릴 수 없잖아요. 그래서 다시 그 대홍수가 오면 죽는 거죠. 그래서 화냈어요.

"우리는 보호했는데 왜 안 오는 거죠? 감사하지 않고."

[조사자 2: 우리가 보호했는데 안 와.] 네네, 그래서 그런 이야기예요.

그래서 돌아다니면서 그래서 그 이제 물도 갑자기 없어지고 다시 살게 되었죠. 네 그런 이야기. [조사자 2: 새에 대해서 원망하고 끝나

요?] 네, 그렇게 끝나요. 그런 거예요.

[조사자 2: 또 뒤에 뭐 없을까? 있었을 것 같아 원망하고. 그 원망한 새 이름이 있나요?] 아마 그 첫 번째는 한국어로 모르겠는데 호크Hawk예요. [조사자 3: 매.] 네, 그런 것 같아요. 네, 그런 거죠. [조사자 2: 그런 거고 비둘기는 왔고? 매들은 안 오고 가서 시체를 먹고 있는 거였고?] 네, 그런 거죠. [조사자 2: 마지막에는 그렇게 되는 거군요. 그래도 바라는 건 없는 거였잖아요. 그냥 하다보니까 아들만 그랬던 거지.] 네. [조사자 2: 아들은 벌 받진 않았나 봐요. 그래도 원망했어도 그냥 끝났나 봐요.] 네 그냥.

카라다산에 오른 하얀 여자 샤르키즈

● 구연정보

조사일시 : 2019. 01. 18(금) 오후
조사장소 : 서울시 광진구 화양동 건국대학교
제 보 자 : 울루잔 미라 [스웨덴, 여, 1998년생, 유학 2년차]
조 사 자 : 신동흔, 김정은, 김민수

● 구연상황

에스토리아의 마레트루드 제보자가 〈남자의 진정한 행운〉을 구연한 뒤 울루잔 미라 제보자가 이어서 이 이야기를 구연했다. 이것도 터키 이야기라고 하면서 제목을 말해주고 구연을 시작했다. 마레트루드 제보자가 청자로 참여했다.

● 줄거리

옛날에 규레라는 마을에 아름다운 여자 샤르키즈가 살고 있었다. 그녀와 결혼하고 싶어하는 남자들이 많았지만, 아버지는 소중한 딸을 아무하고나 결혼시키려 하지 않았다. 딸을 쉽게 주지 않자 화가 난 남자들은 샤르키즈에 대해 나쁜 소문을 퍼뜨렸고 이 소문은 샤르키즈의 아버지에게까지 들어갔다. 아버지는 딸을 죽이라는 주변 사람들의 말을 듣고 고민했지만 차마 딸을 죽일 수 없어서 그녀에게 오리를 주고 카라다산에 가서 살라고 했다. 샤르키즈는 그곳에서 오리를 키웠고, 오리가 점점 늘어나서 잘 살게 됐다. 뒤에 카라다산에 아름다운 여자가 있다는 소문이 나자 아버지는 그곳을 찾아가 딸을 만났다. 부녀는 그곳에서 행복하게 살았다.

이번 이야기는 '샤르키즈'라는 [조사자: 사람 이름이에요?] 네. [조사자: 샤르키즈? 남자예요, 여자예요?] 아, 여자예요. [조사자: 이번엔 여자?] 이번엔 여자예요.

그래서 오래 전에 어떤 마을에서 '규레'라는 마을에서 [조사자:

귀래?] 규레. [조사자: 네 규레라는 마을에서] 그 어떤 엄청 아름다운 여자가 살고 있었어요. 그래서 그 마을에서 사는 남자 분들이 그 여자를 너무 사랑했고 결혼하고 싶었는데. 고생, 고생해서 샤르키즈 아버지가 너무 고생해서 키웠으니까 그 딸을, 그 쉽게 결혼을 [조사자: 그치, 시키고 싶지 않아요?] 네. 시키고 싶지 않아서 그래서 어떤 날에는 그 남자들 화냈고 샤르키즈에 대한 나쁜 소문을 이렇게 말하게 됐어요.

그래서 사람들도 거기에 사람들도 그거 듣고 그거 얘기하고 그래서 결국은 아버지한테 가서,

"네 딸은 나쁜 길을 가는 거야. 지금 나쁜 행동을 많이 하고 있어. 그래서 죽여야 되거나 아니면 멀리멀리 보내야 된다."고.

"마음대로 해. 그런데 여기서는 살 수 없어, 이제."

그런 거. 그래서 아버지가 오래오래 고민했고 그래도 딸이니까 죽일 수 없잖아요. 그래서,

'어떻게 해야 되냐.'고.

근데 여기서 이 마을서 이제 살 수 없는 걸 알게 됐고.

그래서 같이 딸이랑 키우고 있는 오리. [조사자: 오리?] 조금 큰 동물이었어요. [조사자: 오리인데 큰 오리?] 네. 그걸 같이 어떤 '카라다'라는 산에 올랐어요. 올라갔어요. 거기서는 이제 딸과 오리를 떠나갔어요. 거기서 그래서,

'이제 그 죽으면, 죽어도 안 보니까 괜찮다.'고.

그런 생각을 했죠.

'안 죽으면 그냥 거기서 멀리서 사는 게 더 낫다.'고.

그런 생각을 하고 도망갔어요. 거기서는 샤르키즈 살았고 이제 오리를 키웠고 더 많아졌죠. [조사자: 오리를 키워서 오리가 많아졌다고?] 네. 그리고 그 지나간 사람들에게 계속 길 보여줬고 그런 거 알려줬고. 그래서 어느 날 그 거기에서 그런 사람이 살고 있는데 아름다웠죠. 그래서 사람들이 볼 때, [조사자: 또 소문났어.] 네, 그래서 그 이야기는 다시 아버지한테 알게 됐어요.

아버지가 그래서 좀 궁금해지고 그래서 다시 보러 갔어요, 딸을. 그래서 딸이 잘 살고 있는 걸 보고,

'다행이다.'

그런 느낌이 들었고 행복했어요. 그래서 거기서는 조금 딸이랑 같이 살았고, 거기에서 같이 살았고 딸이랑. [조사자: 딸이랑 같이 아빠가 온 거예요?] 아니 거기서, 카라다에서 산에서 살았고 그래서 결국은 거기서 둘이 죽었어요. 네, 거기서 살면서. [조사자: 그렇게 외롭게요?] 아니 행복했죠. 왜냐면 딸이랑 있으니까. 딸만 있어도 된다고 다른 사람이 뭐라고 해도 딸이 그런 나쁜 거 안 했고. 그래서 행복하게 살았어요.

[조사자: 그래서 거기서 행복하게 살다가 죽었다는 이야기예요?] 네. 그래서 그 산은 이제 사람들이 뭐 어떤 소중한 데 그런 의미가 깊다 그런 이야기가 있어요.

그 산. [조사자: 카리야 산은, 카리다 산은] 카라다. [조사자: 카라다 산은 있는 거예요, 실제로?] 네 터키에 있어요. [조사자: 터키에 있는, 아 터키에 있는 산이구나. 높아요?] 높겠죠. 저는 잘 모르겠지만. [조사자: 가봤어요, 안 가봤어요?] 산이 너무 많아요. 그래서 그렇게 많은 것 중에 하나니까. [조사자: 이 산에는 그런 전설이 있구나.] 그런 산들이 많아요. 네, 이야기 뭐가 사람이 죽었던 거기서 그런 산들이 많아요.

아버지의 복수를 한 커로우그루이

● 구연정보

조사일시 : 2019. 01. 18(금) 오후
조사장소 : 서울시 광진구 화양동 건국대학교
제 보 자 : 울루잔 미라 [스웨덴, 여, 1998년생, 유학 2년차]
조 사 자 : 신동흔, 김정은, 김민수

● 구연상황

제보자가 도시전설에 해당하는 〈호텔에서 사라진 여자〉를 구연한 뒤 귀곡산장에 대해 이야기하다가 이 설화를 구연해 주었다. 에스토니아의 마레트루드 제보자가 이야기판 청자로 참여했다.

● 줄거리

남쪽지역 볼루에 술탄을 도와주는 한 남자가 살았다. 하루는 술탄이 그 남자에게 말 두 마리를 사오라고 했다. 남자가 사 온 말이 마음에 들지 않은 술탄은 그 남자의 눈을 찢어서 앞을 못 보게 만들었다. 그 남자에게는 아들이 있었는데, 술탄은 아들에게 말을 키우라고 했다. 아버지의 눈을 멀게 만든 술탄에게 화가 난 아들은 어느 날 눈을 고칠 수 있는 약수를 찾아서 아버지를 데리고 갔다. 그러자 아버지는 자신은 늙어서 필요 없으니 물을 말에게 먹이라고 했다. 아들은 말과 함께 물을 먹고 강해져서 술탄을 죽였다. 나쁜 술탄이 죽자 사람들이 기뻐했다. 아들은 사람들을 도우며 살았다.

저 마지막으로 하나. [조사자 2: 네, 그래요.] 이거는 사랑 이야기 아닌데 한 아버지와 그 아들의 이야기예요. 이름은 '커로우그루이'인 거 같아요. (휴대폰을 보여주며) 이거 이렇게 말 하는데 한국어로 이거 이렇게 없잖아요.

[조사자 2: 이걸 어떻게 발음해야 되지? 커로우.] 오우로 하면 될 것

같아요. [조사자 2: 커로우오우루?] 오우루. 네, 그렇게 하면 될 것 같아요. [조사자 2: 사람 이름?] 사람 이름이에요. 그 아들의 별명? 사람들이 그냥 붙인 이름이에요. 진짜 이름 아니고 [조사자 2: 진짜 이름 아니고 이렇게 붙였다는 거죠?]

그래서 '볼루'라는 지역 도시예요. 볼루, 볼루. [조사자 1: 볼루?] 네. 거기서 이제 아버지 한 아버지가 아들이 살고 있었는데 거기서는 한 술탄이 있었어요. 근데 그 아버지는 술탄의 뭐지? 도와주는 사람이었죠. 그래서 술탄이

"뭐 달라."

고 하면 해야 되는 거죠. 그래서 어느 날은 이 술탄이 아버지한테

"말 두 마리 사와. 사 오라."고.

그래서 이 아버지가 가서 말 두 마리 사고 와요. 근데 술탄이 화내요. 마음에 안 들어서 [조사자 2: 말이 마음에 안 드는구나.] 네. 그래서 화내고 이 사람의 눈을 이렇게 찢는 거죠. 그래서 아무것도 안 보이죠. 이제 그래서 그렇게 하고 이제는 그 아버지가 아무것도 안 보일 수 있잖아요. 그래서 아들이 다 대신해야 되죠. 그래서 그리고 그 아버지가 아들한테,

"이 말들을 우리가 키워. 누가 키워야 돼."

그래서 키우면서 근데 아들이 좀 화냈죠. 아버지 눈을 [조사자 2: 눈을 이렇게 했으니까.] 네.

그래서 어느 날 그 어떤 이렇게 마실 수 있는 음료수 찾았어요, 아들이. 근데 그래서 그거는 마시면 이제 아버지가 다시 볼 수 있고. [조사자 2: 아, 눈을 뜰 수 있는 약.] 네. 눈을 뜰 수 있고 그래서 오래오래 살 수 있게 좀 세게 힘도 세질 수 있는 이렇게 튼튼할 수 있는. 그래서 아버지를 데리고 거기에 가요 말이랑. [조사자 2: 약수를 찾으러 가는 거군요 물을.] 네 그래서 갔는데 아버지가 거기에서는,

"아! 안 돼. 내가 이제 살아도 나이가 많으니까 필요 없어."

그래서 말한테 이렇게 먹이는 거죠. 그래서 이 말은 이렇게 너무 힘이 세고 이렇게 너무 튼튼하고 오래 살 수 있는 말이 된 거죠. 그래서 아들도 먹었고. 그래서 아버지가 아들한테,

“나 대신 이렇게 나한테 이렇게 이런 거 했으니깐 그 술탄을 죽여라. 그래서 그렇게 해라.”

그런 거 했고 그래서 아들이 그 말을 듣고 그 술탄을 죽이러 갔어요. 그래서 그 술탄도 죽었고. 왜냐면 그 술탄 너무 엄격한 술탄이었거든요.

그래서 사람들은 전부 이 술탄 죽은 후에 좀 편하게 살 수 있었고. 그래서 이제 이 아들도 가난한 어려운 사람들의 도움을 많이 주고 그래서 그런 행동을 기부 하는 걸 많이 했고 그런 이야기예요.

그리고 이 말이 이제도 살고 있대요. [조사자 2: 지금도.] 모르지만. [조사자 2: 오래 동안 살 수 있고. 그 남자도 살고 있겠네요.] 네, 그렇겠네요. [조사자 2: 커로우그루이도 살고 있겠네요.] 네. [조사자 1: 그건 모르죠. 하여튼 말은 살고 있다고, 이렇게 구전이 되고 있구나.] 네.

[조사자 2: 그러네, 맞아. ‘사람은 살고 있다’가 아니라 ‘말은 살고 있다’까지만 전승되는 거죠?] 네, 사람은 잘 모르겠지만 그런 이야기였어요. [조사자 2: 그럼 이 사람이 술탄이 된 것은 아니죠?] 아니에요. 그건 이제 완전히 없어졌고. [조사자 2: 그러고 나서 그 이야기는.] 네, 그런 이야기였어요.

평범한 여자 레일라와 부유한 남자 메지뉴의 사랑

● 구연정보

조사일시 : 2019. 01. 18(금) 오후
조사장소 : 서울시 광진구 화양동 건국대학교
제 보 자 : 울루잔 미라 [스웨덴, 여, 1998년생, 유학 2년차]
조 사 자 : 신동흔, 김정은, 김민수

● 구연상황

에스토리나의 마레트루드 제보자가 〈가난한 아이의 맷돌〉 이야기를 마친 뒤 울루잔 미라 제보자가 이어서 이 이야기를 구연했다. 터키에서 유명한 이야기인데, 터키와 아랍 여러 민족의 이야기가 합쳐진 것 같다고 했다. 마레트루드 제보자가 청자로 참여했다.

● 줄거리

부잣집 아들 메지뉴와 평범한 집안의 딸인 레일라가 같은 학교를 다니며 서로 사랑에 빠졌다. 레일라의 어머니는 메지뉴의 집에서 둘의 관계를 반대할 것이라고 생각해서 교제를 허락하지 않았다. 레일라가 학교에 나오지 않자 메지뉴는 화가 나서 사막으로 떠났고, 레일라의 집에서는 딸을 다른 사람과 결혼시켰다. 그런데 레일라는 자신에게 귀신이 씌였다는 등 여러 핑계를 대며 남편과 밤을 보내지 않았다. 레일라는 사막으로 메지뉴를 찾아갔는데, 메지뉴를 만나고 보니 레일라가 그리워서 정신이 나가 있었다. 그 모습을 본 레일라도 슬퍼서 병에 걸렸다. 레일라가 죽자 메지뉴는 레일라의 무덤을 끌어안고 울다 죽었다. 뒤에 메지뉴의 친구가 꿈을 꾸었는데, 레일라와 메지뉴가 하늘나라에서 만나서 지내고 있었다.

근데 이런 이야기는 이거는 뭔가 터키만이 아니고 왜냐면 아랍 같은 관계가 있으니까 그런 나라들이랑. 그래서 거기서도 조금 하고 우리도 합쳐지고 그런 거죠. 그래서 주제는 이름은 '레일라'와 '메지뉴'예요.

[조사자: 렐라와.] 메지뉴. [조사자: 메지뉴.] 한국어로 [조사자: 렐라 이렇게 쓰면 되려나? 렐라?] 레일라. [조사자: 레일라. 여자예요, 남자예요? 레일라는?] 한 명은 여자이고, 레일라는 여자이고 메지뉴는 남자예요. [조사자: 메지뉴는 남자?] 네.

그래서 이것도 옛날이야기고 메지뉴는 그 가족 다른 가족 집안이 그렇게 조금 [조사자: 잘 살아요?] 네, 좀 잘 되고 레일라는 반대요. 반대죠. [조사자: 가난해요?] 너무 가난한 건 아니고 그냥 평범하게? 그래서 둘이 같은 학교에 다니고 거기 저기 이제 만나고 그래서 너무 친하게 지내면서 그 사랑에 빠진 거죠. 그 사랑하고 엄청 많이 사랑해요. 그냥 사랑하는 거 아니고 그냥 뭐 지금의 평범한 사람들의 사랑을 더 높도록 [조사자: 정말 깊게 사랑하는군요.] 네. [조사자: 우리가 바라는] 엄청 이렇게 어마어마 그런 이야기인데.

그래서 이제 레일라의 엄마가 이런 거, 이런 얘기를 듣고 화내요. 엄청 화내요. [조사자: 오히려.] 그래서 왜냐면 아니까 메지뉴는 부자니까 받아들이지 않을 거라는 걸 아니까. 그래서 허락하지 않아요. 이렇게 사랑하는 거 [조사자: 오히려 엄마가 반대를 하는군요. 이쪽?] 네. 그래서 레일라를 그 학교에서 빼고 그래서 나오는 날 메지뉴는 학교 와서 레일라 없잖아요. 그래서 미쳤어요. 정신없고. 그래서 너무 화냈어요.

이제 레일라도 볼 수 없고 그래서 그냥 사막으로 가버렸어요. 그래서 거기서 살았고 그냥 여기저기 다녔어요. [조사자: 돌아다녔구나.] 그래서 그거 하면서 정신없고 미쳐, 돌았어요. [조사자: 그 남자는 미치고.] 네. 그리고 너무 슬펐잖아요.

너무 사랑하는데 그 사랑하는 사람을 볼 수 없고 그래서 레일라도 그 슬펐고 그래서 집에만 있으니까 여기저기 다닐 수 없고. 그래서 레일라 가족이 다른 사람을 찾고 이 사람을 결혼시켰어요. 레일라는 그건 하고 싶지 않고 한데 근데 해야 돼요. 왜냐면 엄마니까, 부모님이니까.

근데 결혼하고 나서도 결혼한 남편의,

“귀신이 제 몸에 있다.”고.

“뭐 악마 그런 게 있다.”

고 해서 그 뭐 그,

“아이를 만들 수 없다.”

[조사자: 같이 밤을 보내지 않는군요.] 네네네. 그렇게. [조사자: 그 여자가 머리 쓰는 거죠? 지금 내 몸에 귀신이 들어간 거 같다는 거죠?] 그래서 그 남자가 여자 이제 만지지 않고. [조사자: 못 만지게 하고.] 왜냐면 메지뉴를 사랑하니까 메지뉴를 사랑하고 다 주고 싶으니까.

그래서 메지뉴는 레일라의 이야기를 들었는데 근데 이제 너무 그립고 레일라의 추억이랑 살고 있죠. 그때도 종교도 있었고 그래서 종교를 뭐 신님에게 매일매일 기도하고 그래서 신님한테 잔소리 하는 거예요.

“왜 이렇게 됐고, 왜 이렇게 만들었고.”

[조사자: 원망하는구나.] 네. 그래서 왜냐면,

“사랑하는 사람이랑 왜 제가 살 수 없고.”

이런 거.

그래서 레일라는 어느 날 메지뉴는 사막에 찾아갔어요. 그 들었고 왜냐면 메지뉴의 친구가 레일라한테 알려줬어요. 그래서 레일라 갔는데 만나러 갔는데 근데 메지뉴는 이제 너무 정신없고. [조사자: 아, 정신 나갔고.] 그래서 알아들을 수가 없었어요. 그래서 레일라 더 슬펐고 그 이제는 병에도 걸렸고. 왜냐면 왜 이렇게 제 사랑을 너무 사랑했는데 우리 근데 기억할 수 없는 거죠.

그래서 다시 이렇게 메지뉴는 사막에서 돌아다니고 레일라는 너무 병에 이렇게 걸렸으니까. 그 어떤 너무 좋아하는, 좋은 그 의사들도 와서 살려줄 수 없었어요. 그래서 결국은 죽었죠. 그래서 메지뉴는 그런 이야기를 듣고 그 무덤에 갔어요, 레일라의. 그리고 너무 슬펐고 무덤을 안으면서 [조사자: 무덤을 안았어?] 네. 안았고 울었어요.

거기서 바로 죽었어요. 메지뉴는.

[조사자: 메지뉴는 그제서야 정신 차려가지고 그렇게 하고 죽었구나.] 네. 거기서 죽었고 그래서 메지뉴의 친구가 그 꿈을 꿨어요. 찾을 때 그 꿈 꿨을 때 레일라와 메지뉴가,

"하늘나라에서, 하늘나라에서 하늘에서 뭔가 같이 만났다."고.

"왜냐면 그 여기 그 뭐지 세계에서 살면서 만나지 못하는데 너무 그렇게 순수하게 살았으니까 거기에서 만나게 됐다."고.

[조사자: 그 친구가 전해준 얘기네요. 꿈에서 보고.] 네 그런 거예요. 그런 이야기. [조사자: 우리나라의 슬픈 이야기나 전세계에 있는 그런 슬픈 이야기들의 그런 이야기군요.]

이 이야기는 터키에서 너무 유명해요. 그래서 뭐 사람들이 엄청 이렇게 많이 사랑한 그런 이런 비슷한 상황이 있을 때 그걸 비교하는 거예요. [조사자: 이걸 비교하는 거예요? 유명한 이야기구나.] 레일라와 메지뉴 사랑이다, 그런 거. [조사자: 이런 상황 거부하는 상황 너무 재밌어요.]

격리돼 살다가 뱀에 물려 죽은 딸

● 구연정보

조사일시 : 2019. 01. 18(금) 오후
조사장소 : 서울시 광진구 화양동 건국대학교
제 보 자 : 울루잔 미라 [스웨덴, 여, 1998년생, 유학 2년차]
조 사 자 : 신동흔, 김정은, 김민수

● 구연상황

에스토니아의 마레트루드 제보자가 〈달빛 아래 목욕하는 여성들〉의 이야기를 마친 뒤, 울루잔 미라 제보자가 터키의 이야기라면서 이 이야기를 구연했다. 마레트루드 제보자가 청자로 참여했다.

● 줄거리

옛날에 어느 술탄이 딸을 아주 소중하게 키우고 있었다. 하루는 술탄이 꿈을 꾸었는데 딸이 뱀에게 물리는 것을 보았다. 걱정이 된 술탄은 터키에 있는 크즈구래쉬라는 섬에 작은 집을 지어놓고 딸을 그 집에서 안전하게 살게 했다. 그곳에서 몇 년 동안 혼자 살던 딸은 바깥세상이 궁금해서 창문을 열었는데, 그때 뱀 한 마리가 찾아와서 딸을 물었다. 의사들이 찾아왔지만, 딸은 결국 죽고 말았다.

터키 이야기들 뭔가 진짜 있는 그곳들에서 그런 거 많아서. [조사자 2: 오, 그런 거 좋아요.] 네. 이번에는 '크즈구래쉬' 라는 장소예요. 크즈구래쉬. [조사자 2: 장소예요, 이거는?] 네, 장소예요. 그 의미는 뭐 그 여자의 집 같은 거예요. [조사자 2: 여자의 집.] 네, 네. 그런 거죠. 총 아니고 근데 그 조금 작은 거? [조사자 2: 작은 집?] 그래서 이번에

또 옛날이고 그래서 왕 아니고 혹시 술탄●? [조사자 2: 술탄? 네, 알겠어요.] 네.

그 술탄시대 그 한 술탄의 딸 있었어요. 이 딸 너무 예쁘고 물론 [조사자 2: 예쁘네요, 터키는 다 예뻐.] 네, 근데 그래서 그리고 근데 그 한 술탄에게는 이 딸이 너무 소중하고, 그리고 너무 많은 걸 주고 여자한테. 그래서 너무 소중하니까 보호하는 거죠. 이렇게 강하게.

그래서 어느 날은 그 술탄이 꿈을 꿔요. 그 꿈에서는 뱀이 딸을 물어버리는, 무는 거. 그래서 걱정이 됐죠. 그래서 일어났고, 그게 뭐가 됐고, 해서 거기에 대해서는 어떻게,

'더 보호해야 되고 지켜야 되겠다.'

왜냐면 그때는 약이 별로 없었으니까 뱀이 물면 죽어져요 죽죠. [조사자 2: 약이 없으니까.] 네.

'그걸 어떻게 해야 되나, 어떻게 해야 되나?'

고민을 했고. 그래서 그때는 그 터키에는 섬 같은 거 이렇게 작은 작은 섬들 많이 있었어요. 그래서 그 한 섬에 가서 그 작은 집 같은 거 지었어요. [조사자 2: 섬에다가, 네.] 근데 돌로, 돌로 지었어요. 뱀이 들어가지 않도록. 그래서 그리고 지었고 안전하게. 그래서 아이를 그 딸을 거기에 넣었어요.

그래서 혼자서 거기에 살았고. 그런데 어느 날 몇 년 지나고 그래서 그 섬 주변에는 아무것도 없어요. 사막 같은 건데 근데 거기서는 이제 물도 나오고 그런 거 하고. 그래서 섬의 주변에는 물 많이 있어요. 지금도 있어요, 이스탄불에서. 그래서 거기서는 혼자서 살았는데 딸이 궁금해졌어요. 왜냐면 안에만 있을 수 없죠. 그래서 궁금했고 밖에 창문 열고 그리고,

'밖으로 가고 싶다.'

그런 마음 생겼어요. 그래서 밖에 있었을 때 뭔가 경치도 많이 아름다웠고.

그래서 근데 그때는 한 뱀이 찾아왔어요, 여자아이한테. 네, 그

● 정치적 지배자의 칭호로 술탄의 어원은 '통치자', '권위'를 의미하는 아랍어이다.

래서 물었어요. 근데 아버지가 엄청 이렇게 슬펐고 그 의사들도 찾았고, 그렇게 했는데 결국은 죽었죠. 네. 그래서 그런 데예요. 그런 거 있었어.

[조사자 2: 아! 거기는 그렇다고 전해지는 섬인가 봐요.] 네 이스탄불에서 드라마나 영화에 많이 나와요. 그 크즈구래쉬라는 곳, 많이 있어요. [조사자 2: 털로 만든 집도 있고.] 네네. [조사자 3: 돌, 돌 아니에요? 돌?] 돌. 네. [조사자 2: 돌로 만든 거예요? 털로 만든 거 아니고?] 네.

[조사자 1: 이거를 어릴 때부터 뱀하고 친하게 살게 했으면 뱀한테 안 물렸을 텐데, 일부러 이렇게 막으니까. 이렇게 보면 그 라푼첼 이야기랑 비슷하잖아요. 이렇게 딱 가뒀는데 여자는 나가려고 하고, 그 뱀이 뭔가 남자의 상징 같아. 그러니까 그 부모가 자식을 딱 이렇게 남자 못 만나게 딱 가둬놓잖아요. 약간 그런 느낌이 드네요.] 네. 그런 거죠. [조사자 2: 선생님 오시니까 더 재밌죠?] (웃음) 네.

호텔에서 사라진 여자

● 구연정보

조사일시 : 2019. 01. 18(금) 오후
조사장소 : 서울시 광진구 화양동 건국대학교
제 보 자 : 울루잔 미라 [스웨덴, 여, 1998년생, 유학 2년차]
조 사 자 : 신동흔, 김정은, 김민수

● 구연상황

에스토니아의 마레트루드 제보자가 〈돈 나오는 주전자〉를 구연한 뒤 순서를 넘겨받은 울루잔 미라 제보자는 준비한 이야기를 모두 마쳤다고 했다. 조사자가 준비한 이야기가 아니더라도 기억나는 이야기가 있으면 해달라고 하자 제보자가 스웨덴에서 유명한 이야기라며 도시전설류 이야기를 들려주었다. 마레트루드 제보자가 청자로 참여했다.

● 줄거리

한 여자가 어느 고급 호텔에 2주 동안 묵게 됐는데, 옆방에서 계속 고함 소리와 쿵쿵대는 소리가 들렸다. 여자는 호텔 직원에게 옆방 사람에게 주의를 줬으면 좋겠다고 말했는데, 직원은 옆방에 아무도 없다고 했다. 시끄러운 소리가 계속 들려오자 여자는 점점 미쳐갔고 사람들을 피했다. 여자는 호텔 옥상에 올라가 물이 들어있는 상자에 들어갔고, 사람들은 그녀를 찾을 수 없었다. 몇 년 후에 사람들이 물이 필요해서 상자를 열자 그 안에 여자의 시체가 있었다.

스웨덴에서 많이 유명한 이야기가 있었어요. 이 이야기 이름이 〈호텔에서 사라진 여자〉예요. [조사자 1: 스웨덴 이야기예요?] 스웨덴 이야기인지 잘 모르겠는데, 왜냐면 스웨덴에서 스웨덴에만 있는 이야기가 별로 없어요. 왜냐하면 영향을 다 여기저기 많이 받으니까. 네, 그래서 근데 많이 유명했어요, 이 이야기는.

그래서 이야기는 한 여자가 어느 호텔에 가죠, 묵어요. 그래서 그 아마 2주일 동안 거기서 살고 근데 갑자기, 너무 좋은 호텔이죠. 고급스럽고. 근데 갑자기 살면서 그 방에서는 뭔가 어떤 소리가 나와요. 근데 계속 이렇게 어느 날은 그냥 누군가 이렇게 소리를 지르고 아니면 벽에 이렇게. [조사자 2: 퉁퉁거리고 쿵쿵거리고?] 그래서 여자가 아 왜 이렇게 이웃인줄 알고 직원한테 이런 거 말해요. 그래서,

"왜 이런 거 조금 이웃님들한테 말 해주면 좋겠다. 왜냐면 불편해서."

[조사자 2: 조용히 좀 해주세요. 뭐 이거죠?] 네. 근데 그 직원이 근데 당황스러웠어요. 왜냐면 그때는 이웃이 없었어요. [조사자 2: 옆방에 사람이 없었어요?] 바로 옆방에 아무도 없었어요. 그냥 그 여자만 있었고 그래서,

"근데 확실한데, 진짜 들었는데요."

그랬더니 누군가 있어야죠. 그리고 그 소리를 지를 때 그걸 한 여자가 들을 때 너무 시끄러워요. 그래서 잘 수 없고, 그래서,

"아니, 아무도 없다."고.

그래서,

"알았다."

고 하고 계속 살고 있죠. 그래서 계속 이 소리도 나오고 그 소리 지르고 그럼 항상 다 이렇게 듣는 거죠. 그래서 어느 날은 그냥 여자가 궁금해서 안 자고 밤새도록 그냥 앉고 있어요. 그래서 다시 그 소리도 듣고 그래서 이제 미쳤어요. 그래서 그때는 엘리베이터 탔고, 엘리베이터 안에서도 뭔가 긴장하고 사람들이 왔을 때도,

"무슨 일이 있냐?"고.

그런데 아무도랑 얘기도 안하고 그냥 자기도 그냥 어떤 행동 하는데 이상하게 하죠. 근데 호텔에서 나오지 않아요, 여자는. 근데 다 제일 위에 가서 그 위에는 밖에도 갈 수 있어요. 그밖에는 큰 이렇게 상자 같은 거 안에는 물 있어요. 그래서 거기에 가서 근데 거기에서 사라져요. 여자는 그냥 사라지고 그래서 그 여자 아무도 찾을 수 없고.

그런데 그래서 몇 년 후에 그 이 상자 열 때 물 있잖아요? 물 필

요할 때? 근데 이제는 거기에서는 여자 몸이 있어요. 죽었어요. 근데 거기선 들어갈 수 없었대요. 그때는 왜냐면 잠겨 있었으니까. [조사자 2: 잠겨 있었는데 어떻게 이 여자가 들어갔을까?] 네, 그래서 그런 이야기였어요.

[조사자 2: 그런 이야기를 많이, 아니 다른 나라에서 들은 거예요? 아, 무서운데.] 이 이야기는 이 이야기는 실제, 실제 진짜 있었던 이야기. 그렇게 말하는데 근데 잘 모르지. 근데 이렇게 이런 이야기. [조사자 2: 사람들은 실제 이런 호텔이 있어서?] 네, 그렇다고 했는데 저도 잘 모르겠어요. 어디 있는지 그게 호텔이라고만 네.

터키

늑대의 후예 터키인 [1]

● 구연정보

조사일시 : 2019. 03. 07(목) 오후
조사장소 : 인천광역시 미추홀구 용현동 인하대학교
제 보 자 : 메르베에아한(한미성) [터키, 여, 1989년생, 유학 3년차]
조 사 자 : 박현숙, 유석

● 구연상황

제보자는 〈의적 결오루〉 이야기 구연을 마친 뒤, 계속 이야기를 구연해 달라는 요청을 받고 사전에 준비해온 이야기 구연을 시작했다. 구연은 보스쿠르트의 한국어 발음을 적어달라는 조사자의 요청과 응답으로 마무리되었다.

● 줄거리

캐스피안 근처에서 평화롭게 살던 투르크족이 있었는데 어느 날 인근 부족이 투르크족을 공격했다. 그 공격으로 투르크족이 대부분 사망하고 아이 하나만 남았다. 그 아이마저 죽이려던 군인들은 아직 어린아이이니까 살려주기로 했는데, 나중에 자라서 복수할 것을 우려해서 팔과 다리를 잘라 버렸다. 군인들이 돌아가고 나서 어디선가 늑대가 나타나 정성껏 상처를 치료해서 아이는 살아남게 됐다. 그 아이가 커서 잘 자랐다는 소식을 들은 군인들이 복수를 두려워해 아이를 죽이려 한다는 것을 알게 된 늑대는 아이를 데리고 캐스피안 바다를 건너 알타이산 쪽으로 도망갔다. 늑대와 아이는 깊은 산속 동굴에 거처를 마련하고 지냈는데 그 사내와 늑대 사이에서 열 명의 아이가 태어났다. 그들은 커서 각각 열 개의 부족을 만들었다. 그중 한 명의 이름은 아시네였는데, 능력이 탁월하여 왕이 된 뒤 자기 어머니를 기려서 국기에 늑대를 그렸다.

한국에 단군 이야기 있듯이 터키에도 비슷한 이야기가 있어요. 근데 이것은, 한국 사람들 조상은 곰이라고 하잖아요. 터키사람

들의 조상은 늑대예요. 늑대는 터키 이야기 속에 많이 나오는 그런 존재예요. 이거 '보스쿠르트 에스토니아'인데, '보스크루트BozKurt'는 터키말로 회색, 회색 늑대. 이거 돌궐족 이야기예요. 그래서 우리는 이야기는 중국 기록을 통해서 알게 됐어요.

근데 이 이야기는 두 가지로 있는데 터키사람들 많이 알고 있는 것. 그리고 그냥 이렇게 다른 방식으로 인터넷에는 다른 자료에 있는 것도 있어요. [조사자: 두 가지 다 해주세요.] 일단 돌궐족은 기원전 7, 8세기 그때 있었어요. 그럼 일단 터키 사람들 많이 알고 있는 것부터 시작하겠습니다.

이것은 '훈'이라는 나라 있는데. 훈 사람들의 조상, 기원은 아시나라는 그룹, 투르크 그룹 이야기예요. 이 투르크 그룹은 터키말로 하잘바다. 근데 아마 외국인들 알고 있는 말로는 캐스피안Caspian●, 그 바다 근처에서 살고 있었어요. 평화롭게 잘 살고 있었는데 어느 날, 그룹의 원수들이 공격했어요. 공격했고, 모든 아시나 사람들을 죽였어요. 하지만 한 명만 살아남았는데 그 한 명은 바로 꼬마아이였어요. 그래서 그 원수들은 꼬마아이들을 발견했는데,

"죽일까 말까."

이렇게 논의를 좀 했어요. 어떤 원수들은,

"그냥 그만 하자. 그냥 놔두자. 어차피 꼬마아이인데 불쌍한데."

이렇게 했는데 어떤 사람들은,

"아니 다 모든 친척들 다 죽였는데 나중에 커서 복수를 하지 않을까."

해서 그래서 여러 가지 이렇게 논의를 하고 결국 그 아이의 팔과 다리를 다 잘라서 그냥 버렸어요.

버렸는데 어떤 갑자기 어떤 늑대가 나타났어요. 나타나고 아이를 이렇게 상처 받은 것에는 혀로 핥아서 치료했고, 그리고 수혈했어요. 그 꼬마애가 다 회복하고 그 힘이 센 사내가 됐어요. 하지만 이

● 카스피해(Caspian Sea)는 러시아 남서부, 아제르바이잔, 투르크메니스탄, 카자흐스탄, 이란 북부로 둘러싸인 세계 최대의 내해이다.

거 원수들 다 들어서 이제 복수를 하지 않게 죽이기로 했어요. 그래서 그쪽으로 다 군인이나 죽일 사람들 보냈는데 그거 늑대가 이것을 눈치챘어요. 사내를 잡아서 캐스피안 바다를 건너서 알타이산(阿尔泰山)Altay 쪽에 갔어요. 그쪽에는 이렇게 높은 산으로 둘러싸인 동굴을 발견하고 거기에 거주했어요.

거기 가고 나서 그 사내랑 결혼해서 아들 열 명을 낳았어요. 그 아들 열 명은 이제 터키의 투르크Türk 사람들의 열 개의 그룹을 상징하는 것이에요. 나중에 그 아들 열 명은 커서 결혼하고 민족을 만들었어요.

그중의 한 명은 '아시네'라는 사람이었는데 능력이 많아서 가한kağan, 터키말로 가한, 하칸hakan, 한은 왕이라는 뜻이에요. 그래서 그 사람은 가한이 됐어요. 가한이 되고 나서도 자기네 어머니를 잊지 않고 나라를 상징하는 깃털에 늑대 그림을 그렸어요. [조사자: 깃털?] 깃털. 아마 국기라고 해야 되나요? 나라를 상징하는 국기, [조사자: 아, 깃발.] 깃발. 만들어서 계속 늑대 그림을 그렸어요. 그다음으로 아시네 사람들은 다 모여서 다른 나라로 이동했어요.

[조사자: 그러면 아까 열 명의 터키 나라.] 투르크Türk. [조사자: 투르크라는데 이름이 각각 있어요?] 그것도 없었어요. [조사자: 한 명 아시네만 있었네요.] 네 이거 터키 사람들 제일 많이 알고 있는 보스쿠르트. [조사자: 이름이? 보수클?] 보스쿠르트.

늑대의 후예 터키인 [2]

● **구연정보**

조사일시 : 2019. 03. 07(목) 오후
조사장소 : 인천광역시 미추홀구 용현동 인하대학교
제 보 자 : 메르베에아한(한미성) [터키, 여, 1989년생, 유학 3년차]
조 사 자 : 박현숙, 유석

● **구연상황**

제보자가 터키에 널리 알려진 늑대 조상 이야기를 구연한 뒤 널리 알려지지 않은 이야기가 또 있다면서 구연을 시작했다.

● **줄거리**

옛날에 돌궐 사람들은 '소'라는 나라에서 살고 있었다. 그 나라의 왕은 '부'왕이었다. '부'왕한테는 열여섯 명의 동생이 있었는데 그중 하나는 어머니가 늑대였다. 그 동생은 바람이나 비를 다스릴 수 있는 능력이 있었다. 어느 날 돌궐사람들은 다른 지역으로 이동하다가 적의 공격을 받아 많은 사람들이 죽었다. 그중 늑대가 어머니인 사내가 살아남았는데 그에게는 두 명의 부인과 네 명의 아들이 있었다. 그들은 세월이 지나 숫자가 많아져서 하나의 민족을 이루었는데 이 중에 투르크라는 사람이 왕이 되었다. 투르크는 열 명의 여인과 결혼해서 수많은 자식을 낳았다. 그중 가장 능력 있는 아들은 '아세나'였는데 나중에 그가 왕이 되어 다스리는 민족을 '아시나'라고 부르게 되었다.

다른 이야기는 우리 아까도 얘기했다시피 우리 터키 사람들은 왕을 가한kağan, 하칸hakan, 한이라고 불러요. 이거 왕을 상징하는 명칭인데, 이제 터키에서 이름으로도 사용하고 있어요. [조사자 ; 아, 가한이라고.] 네, 터키어예요. 그래서 이제 이야기를 할 때는 왕이나 임금이나 이런 것을 쓰지 않고 가한이라고 해야 돼요.

그때 돌궐사람들은 '소'란 나라에서 살고 있었어요. 그 소란 나라의 가한은 부가한이었어요. 부가한은 열여섯 명의 동생이 있었어요. 그 동생들 중의 한 명은, 한 명의 어머니는 늑대였어요. 그래서 그 사내는 좀 더 특별한 능력이 있었어요. 바람이나 비를 다스릴 수 있는 능력이었어요. 어느 날 돌궐사람은 소란 나라를 떠나서 다른 지역으로 이동했어요. 그때 가다가 어느새 원수들이 갑자기 공격했고 그 많은 돌궐사람이 죽었어요. 그래서 한 명만 살아남았는데 그 살아남은 사람은 바로 어머니가 늑대인 그런 사내였어요.

그 사내가 원래 두 명의 와이프가 있었고 그 와이프마다의 두 명씩 아들을 낳았고, 네. (뜸을 들이다가) 아, 그 시간이 지나면 지날수록 인원수가 더 많아져서 민족을 만들었어요. 그중에 민족 이렇게 많아졌으니까. 다스릴 사람 필요해서 가한을 선택했어요. 가한은 나이가 제일 많은 민족 중의 한 명을 선택했는데 이 사람의 이름은 돌궐사람들이 쓰는 언어에서 들어온 말이 아니었어요. 그래서 그분은 가한이 돼서 그 이름을 다 버리고 자기네 이름을 지어줬어요. '투르크Türk'라고 했어요.

이제 투르크는 여자 열 명이랑 결혼해서 수많은 자식이 태어났고 이 중에도 제일 능력 있는 아들은 '아세나'라는 아들이었어요. 그래서 아세나가 나중에 가한이 되고 아세나가 다스리는 그 그룹의 이름도 '아시나'라고 부르기 시작했어요. [조사자: 근데 아시나 민족의 조상이 된 거죠.] 네.

[조사자: 그러면 열여섯 명의 동생들 어머니가 다 달랐어요?] 대부분. 그래서 이제 우리 이 이야기를 잘 안 써요. 이것은 일부다처 그런 이야기잖아요. [조사자: 그렇죠.] 그래서 터키에서 이거 잘 알려지지 않아요. 그리고 맞다고 생각하지 않아요. 처음에 이야기했던 보스쿠르트 이야기가 더 낫다고 생각해요.

[조사자: 총 열일곱 명의 황제들 중에 늑대 자손인 아들이 가장 훌륭해서 나중에 자손들을] 그냥 살아남았고. [조사자: 살아남았다는 거죠, 왕이 되고. 아시나 민족을. 이거는 별로 알려져 있지 않은데 어떻게?] 인터넷에 나와요. [조사자: 인터넷에 찾으면 나와요?] 네.

의적 결오루

● **구연정보**

조사일시 : 2019. 03. 07(목) 오후
조사장소 : 인천광역시 미추홀구 용현동 인하대학교
제 보 자 : 메르베에아한(한미성) [터키, 여, 1989년생, 유학 3년차]
조 사 자 : 박현숙, 유석

● **구연상황**

조사자는 한국문학치료학회에서 제보자를 만난 뒤 조사 일정을 조율해서 인하대학교에서 만남을 가졌다. 제보자는 자신이 들려줄 이야기가 세계적으로 유명한 로빈 훗●이나 홍길동과 비슷한 이야기라며 구연을 시작했다. 이 이야기는 학교에서 배워서 알게 되었다고 했다. 결오루는 실존 인물로, 터키인 대다수가 그를 알고 있다고 설명했다. 이 이야기는 터키에서 영화로 만들어졌으며, 그의 일대기를 다룬 소설도 있다고 했다. 아제르바이잔과 우즈베키스탄에서도 변이형이 널리 전해진다고 덧붙였다.

● **줄거리**

옛날에 보르라는 도시의 지주가 아들이 태어나자 마부를 시켜서 아들에게 선물로 줄 좋은 말을 구해오라고 했다. 마부가 마른 망아지를 구해오자 지주는 화가 나서 마부의 눈을 불로 지지고 쫓아냈다. 고향으로 돌아간 마부는 아들과 함께 망아지 크랏을 크고 멋진 흰 말로 키우면서 복수를 다짐했다. 마을 사람들은 아들을 장님의 아들이란 뜻을 가진 '결오루'라고 불렀다. 어느 날 시력을 회복하는 마법의 물이 있다는 이야기를 들은 결오루는 마법의 물을 구하러 떠났는데, 실수로 마법의 물을 자신이 다 마셔버렸다. 그 물을 마신 뒤 결오루는 시 창작과 용기, 힘 등 세 가지 능력이 생겼다. 결오루는 그 능력으로 지주의 물건을 훔쳐서 가난한 사람들에게 나누어주었다.

● 포악한 관리, 욕심 많은 귀족, 성직자들의 재산을 빼앗고 그들의 횡포를 응징하여 가난한 사람들을 도운 의적이다.

일단 하나는 세계적으로 유명한 이야기 있잖아요. 로빈 훗Robin Hood. 한국에도 로빈 훗 있잖아요, 그 홍길동. [조사자: 홍길동.] 네, 터키에도 비슷한 인물이 있어요. '결오루'라고 하는데. [조사자: 이름이 뭐라고?] 결오루. 결오루. [조사자: 결오루.] 네.

그 말의 뜻은 일단 '결Kör'은 터키말로 장님이라는 뜻이에요. 근데 아마 '오루'는 '올oğul'이라는 그 언어에서 들어온 그런 것인데, 그것은 아들이라는 뜻이에요. 그래서 장님의 아들. 아 여기 이야기에는 '괴르gör'•는 그냥 겨루로 들어온 그 말이 아닐 수도 있다는 그런 논의도 있는데 '코르Kor'에서 이렇게 변경됐다는 이야기도 좀 있어요. 코르는 터키말로 그 불의 뜻이에요. 숯불이란 뜻인데, 그래서 그 장님 아들뿐만 아니라 불의 아들이란 뜻도 있어요.

그리고 이 이야기는 터기뿐만 아니라 아제르바이잔, 우즈베키스탄 같은 나라에도 있어요. 하지만 나라마다 좀 달라요. [조사자: 이름이 달라요? 아니면 내용이 달라요?] 내용이 달라져요. 다른 능력을 갖거나 그런 것이 좀 있어요. 터키에는 이 이야기는 16세기 이야기이고, 오스만 제국 때 그런 이야기예요. 여기서는, 아, 터키 사람들에게 중요한 요소들 중에, 동물들 중에 말이 있어요. 그래서 이 이야기에서도 말 좀 중요해요.

여기에는 그 터키에 보르Бор••라는 도시 있는데 그 보르는 마르마라Sea of Marmara해••• 근처에 위치한 도시예요. 그 시기에 보르를 다스리는 보르 지주가 있었어요. 보르 지주가 되게 부자이고, 그 당시에 아들이 태어났어요. 아들이 태어났으니깐 이렇게 힘이 센 튼튼한 말을 갖고 싶었어요. 그 아들에게 선물해 주고 싶어서. 그래서 마부에게,

"좋은 말을 사 달라."

• 보다의 뜻을 가진 터키어의 어간

•• 보르(Бор)는 터키의 니데주에 위치한 도시이다.

••• 마르마라해(Sea of Marmara)는 터키 북서부, 유럽과 아시아 사이에 있는 내해이다.

고 했는데. 마부가 돌아다니고 망아지를 좀 찾았어요. 이렇게 말랐는데 이제 앞으로 커서 되게 튼튼하고 힘이 센 말이 될 거라는 직감이 있어서 그거 사고 보르에 돌아갔어요. 돌아갔는데 그거 보고 보르 지주가 열 받았어요. 화가 나서,

"이렇게 마른 말을, 망아지를 왜 가져왔냐."고.

그래서 벌을 줬어요. 그 벌은 되게 심한 벌이었는데 뜨거운 쇠로 마부의 눈을 보지 못하게 했어요.

그 이후로 마부가 집에서도, 보르에서도 쫓겨나고 자기네 고향으로 갔어요. 고향으로 갔는데 아들 하나 있었어요. 그 아들 이름은 '브루센'이었어요. 그 아들이랑 망아지를 키우고 그 망아지는 되게 힘이 센 말이 됐어요. 그리고 색깔도 하얀색이라서 흰 말이라고 그런 뜻으로 터키말로 '크랏'이라고 불렀어요. 되게 유명해졌어요. 그 말은. 그리고 마부가 장님 됐으니까. 자기네 아들도 이제 장님 아들이 됐어요. 그래서 다른 사람들도 브루센을 보면서 장님의 아들이라는 뜻으로 결오루라고 부르기 시작했어요.

그다음으로 마부가 이제 상처받은 마음으로 이제 복수하고 싶은 거예요. 아들에게,

"복수를 꼭 하자."고.

하고 그리고 그 어떤 사람들에게 그것을 들었어요. '마법의 물이 있다'는 것을. '그거 마시면 눈이 이제 볼 수 있다'는 것을 알아냈고, 그래서 자기네 아들에게,

"이 마법의 물을 찾아 달라."

고 했어요.

결오루는 크랏을 타고 마법의 물을 찾으러 갔어요. 갔는데 아, 그 마법의 물을 실수로 다 마셨어요. 원래 아버지에게 가져가야 되는 거였는데 실수로 마셨어요. [조사자: 자기가 마셔버린 거예요?] 네네.

그래서 그 결오루는 새로운 능력 세 가지가 나타났어요. 첫 번째는 시를 쓸 수 있는 그런 능력이고, 두 번째는 용기, 세 번째는 이제 그 힘. 이렇게 그래서 보르 지주에게 이제 복수를 하기 시작했어요. 계속 이렇게 싸우고, 보르 지주의 물건을 훔치고 시민들에게 나눠주는,

가난한 사람들에게 나눠주는 역할을 했어요. 네, 이런 이야기예요.

[조사자: 근데 그 세 가지 능력 있잖아요. 이야기 속에서 세 가지 능력을 어떻게 발휘하는지는 안 나와요?] 안 나와요. [조사자: 아, 그냥 그 세 가지를 얻었다고?]

아, 그 시를 많이 써요. 그래서 시인도 있어요. 결오루라는 시인도 있는데 이거 바로 그 사람이래요. [조사자: 아, 이야기 속에서 시를 써서 어떻게 하는 이야기는, 내용은 없는 거고?] 그거 간단하게 이 정도만 알아요. [조사자: 그렇구나. 그럼 그 진짜 시인이 결오루라는 시인이 있다는 거구나.] 네.

[조사자: 그럼 결오루가 실존 인물이에요? 아니면 이야기 속에만 나오는 인물이에요? 이거 16세기라고 이야기하셨잖아요. 근데 사람들은 실제 살았던, 우리랑 터키에서 같이 살았던 실존인물로 알고 있는 거죠?] 네, 그리고 관련 영화나, 네, 영화 많이 찍었어요. 이거 원래 입에서 입으로 이렇게 돌아다니던 그런 이야기였는데 이제 어떤 작가가 그거 다 썼어요.

대머리가 된 켈올란

● **구연정보**

조사일시 : 2019. 03. 07(목) 오후

조사장소 : 인천광역시 미추홀구 용현동 인하대학교

제 보 자 : 메르베에아한(한미성) [터키, 여, 1989년생, 유학 3년차]

조 사 자 : 박현숙, 유석

● **구연상황**

제보자가 '우리는 다 터키사람이다'라는 속담 구연을 마친 뒤, 터키에서 가장 유명한 설화적 인물인 켈올란이 왜 대머리가 되었는지에 관해 구연하겠다고 했다. 제보자는 잠시 스마트폰으로 인터넷을 검색해서 내용을 확인한 뒤 구연을 시작했다.

● **줄거리**

옛날에 게으른 켈올란이 살고 있었다. 켈올란의 어머니가 게으른 아들을 꾸짖으며 산에 가서 나무를 해오라고 시키자, 켈올란은 어머니와 다투고 산으로 들어가 버렸다. 산에서 새 울음소리가 들려 가보니 덫에 걸린 새가 있었다. 새는 켈올란에게 살려달라면서 만약 살려주면 소원 한 가지를 들어주겠다고 했다. 하지만 켈올란은 소원을 들어줄 수 있는 능력이 있으면 스스로 빠져나올 수 있지 않냐며 새의 말을 믿지 않았다. 그러자 새는 소원을 아주 많이 들어주겠다고 약속했고 켈올란은 못 미더워하면서 새를 구해주었다. 구출된 새는 켈올란에게 머리카락을 하나씩 뽑을 때마다 소원을 이룰 수 있는 능력을 주었다. 그리하여 켈올란은 좋은 옷과 좋은 집을 사서 어머니에게 선물도 하고 큰 부자가 되었다. 켈올란은 마지막 남은 한 가닥으로 머리를 다시 자라게 할 수 있다고 생각해서 흥청망청 머리를 다 뽑아버렸다. 하지만 켈올란이 마지막 머리카락을 써도 머리는 원상태로 돌아오지 않았다. 놀란 켈올란은 머리를 되살리려고 병원을 찾아다니며 돈을 다 써버렸고, 결국 가난한 대머리가 되었다.

켈올란 민요는 터키에서 되게 유명한데 그 '켈올란Keloğlan'은 대머리의 아들, 사내라는 뜻이에요. 그 대머리 사내가 이렇게 왜 인물 중에 대머리를 선택하는지에 대해서 그런 이야기가 있어요. 터키사람들 누구나 다 아는 이야기인데 켈올란은, 그 여러 가지 이야기 있고, 그중에 켈올란이 켈올란으로 변경되는 이야기가 따로 있어요.

원래 켈올란은 대머리가 아니었어요, 머리 되게 많고 그랬는데. 어느 날 어머니가, 켈올란은 항상 했듯이 집에서 쉬고 있었어요, 게으른 사람이라서. 근데 어머니가 이제,

"불을 태워야 되는데 그 나무 조각이나 그 나뭇가지를 좀 가져와 달라."

고 했어요. 그런데 켈올란은,

"왜 이런 일을 계속 시키냐?"

하고 좀 말싸움을 했는데 어머니가 이제 장난을 안 했다는 것을 발견해서 어쩔 수 없이 그냥 산으로 갔어요. 산속으로 갔는데 거기 가다가 어떤 새의 소리를 들었어요. 새가 되게 함정에 빠져 있어서 계속 울고 있었어요. 그 새가 갑자기 말을 했어요.

"만약에 저를 구하면 제가 소원 하나를 이뤄주겠다."

이렇게 했는데 켈올란 그거 못 믿었어요.

"아니 그 마력이 있으면 그럼 그냥 스스로 빠져나갈 수 있잖아요."

이렇게 하고, 그래도,

"그러면 소원 하나 말고 여러 소원을 이렇게 이뤄줘."

했는데 못 믿어도 그냥 구했어요. 새가 이제 약속했다시피 켈올란에게,

"소원을 할 수 있게 이제부터 머리카락을 뺄 때마다 소원 하나를 빌 수 있다."

이렇게 해줬어요. 근데 문제는 만약에 그 머리카락을 빼면 다시 안, 없어. [조사자: 다시 안 자라는] 네.

"다시 안 자랄 거라."고.

켈올란은 그거 마음에 들었어요. 그래서 하나 그냥 시도를 했어요.

"그럼 좋은 옷을 입게 해주세요."

이렇게 했는데. 갑자기 이렇게 잘 입게 됐어요. 그래서 계속,

"그럼 집, 어머니에게 이거."

계속, 계속했어요. 어머니에게 자랑했고,

"돈 많이 주라."고.

이렇게 금, 켈올란 이제 부자가 됐어요.

근데 문제는 계속, 계속 머리카락을 뺐으니까 조금 대머리 하기 시작했어요. 근데 그거 별로 중요한 것이라고 생각하지 않았어요. 왜냐면,

'하나만 남으면 그때 다시 머리카락 많이 해달라고 하면 되겠다.'

이렇게 생각했어요. 그래서 끝까지 계속 했는데 하나를, 하나 남았었어요. 그것을 갑자기 빼고,

"다시 머리가 많이 있을 수 있게 해주세요."

이렇게 했는데 변화가 없었어요. (웃음)

그래서 이제 대머리가 됐는데 부자예요. 근데 쓸모없잖아요. 다시 머리카락이 있게 의사선생님 많이 찾으러 계속 돈을 썼어요. 계속 돈을 썼으니까 재산이 다 없어졌어요. 그래서 켈올란은 다시 대머리, 가난한 사람으로 변했어요.

켈올란과 마법 그릇

● 구연정보

조사일시 : 2019. 03. 07(목) 오후
조사장소 : 인천광역시 미추홀구 용현동 인하대학교
제 보 자 : 메르베에아한(한미성) [터키, 여, 1989년생, 유학 3년차]
조 사 자 : 박현숙, 유석

● 구연상황

제보자가 〈대머리가 된 켈올란〉 구연을 마친 뒤 조사자가 켈올란 관련 이야기 구연을 더 요청했다. 제보자는 잠시 머뭇거리다 스마트폰으로 검색을 한 뒤 구연을 시작했다.

● 줄거리

옛날에 켈올란이 낚시를 하다가 눈이 유리처럼 맑고 비늘이 깨끗한 물고기를 잡았는데, 요리하려고 배를 가르자 뱃속에서 작은 그릇이 나왔다. 켈올란이 그릇을 어머니에게 드리려고 강물로 씻는데 그릇에 담긴 물이 다 금으로 변했다. 그릇을 가지고 어머니한테 간 켈올란은 그릇으로 열심히 금을 만들어 제일가는 부자가 되었다. 하지만 벼락부자가 된 아들이 돈을 물 쓰듯 하고 하인들을 업신여기자 어머니는 다시 옛날의 아들로 돌아갔으면 좋겠다고 기도를 했다. 그러나 아들의 나쁜 행동은 더 심해졌고 주변 사람들이 다 그를 싫어하게 되었다. 하루는 켈올란이 궁전을 하나 더 지으려고 강가로 갔다가 그릇을 빠뜨렸고, 자기도 강물에 빠졌다. 간신히 살아난 켈올란이 울면서 돌아가자 앞으로 자기 힘으로 살라고 아들을 깨우쳤다. 어머니의 위로에 켈올란은 마음을 고쳐먹고 열심히 살게 되었다.

옛날 옛적에 켈올란이 있었습니다. 켈올란 어머니는 켈올란을,
"케르오름, 케르오르슌."

이라고 하면서 귀여워하셨어요.

[조사자: 그게 어떤 뜻이에요?]

"저의 대머리 아들, 귀여운 아들."

그렇게. 그런 말을 하면서 이렇게 불렀었어요.

어느 날 켈올란은 어머니에게 허락을 받아서 강에 가서 낚시를 하기로 했어요. 낚시를 하면서,

'생선 몇 마리라도 잡아서 요리 할 수 있다.'

고 생각했어요. 그래서 강에서 점심쯤 생선 하나를 잡았어요. 물고기 하나를 잡았는데 그 물고기 비늘이 되게 예쁘고 물고기의 눈도 유리처럼 되게 밝고 그랬어요. 되게 예쁜 물고기였는데 켈올란은 물고기를 이제 요리하고 싶었어요. 칼로 배를 갈라서 이렇게 만들려고 했는데. 갑자기 물고기 배에서 어떤 그릇이 나왔어요, 작은 그릇.

켈올란은 이거 보고 너무 행복했어요. 갑자기,

'이 그릇을 어머니에게 선물하면 되겠다.'

했는데, 그래서 물에 넣어서 설거지 하고 싶었어요. 깨끗하게 가지고 가고 싶어서. 그런데 갑자기 깨끗하게 할 때 그릇 안에서 물이 다 금으로 변했어요.

'아, 그러면 이거 마법의 그릇인가 봐요.'

했어요.

'빨리 어머니 옆에 가서 이거 보여줘야겠다.'

해서 빨리 집으로 뛰어갔어요.

그래서 집에서도 계속 그릇 안에 물을 담아서 뿌리고 금을 이렇게 많이 만들었고 부자가 됐어요. 이제는 그 나라의 왕도 켈올란보다 가난했어요.

그 정도 큰 궁도 만들고 도우미도 다 이렇게 채용하고, 뭘 원하면 그냥 다 살 수 있었어요. 이제 너무 고급스러운 것을 사서 어머니가 걱정했어요. 켈올란의 어머니가 이제 아들은 다른 사람도 무시하고 계속, 계속 필요 없는 것들 사 쓰고 잘난 척하고, 그래서 기도를 했어요, 어머니가,

'이제 우리 아들이 제발 옛날로 돌아갔으면 좋겠다.'

이렇게 했는데, 그 켈올란은 이제 어머니 말 하나도 안 듣고 그랬어요. 그래서 이제 어머니도 아니고 다른 사람들도 이제 켈올란을 싫어하기 시작했어요.

'왜 이렇게 잘난 척하니?'

이렇게 하면서. 켈올란은 다시 강 쪽으로 갔어요. 그래서

'여기도 하나 궁궐 만들면 되겠다.'

했는데 이렇게 하다가 갑자기 그릇을 [조사자: 빠뜨렸어요?] 네, 빠뜨렸고, 자기도 그 물속으로 넘었어요. 그래서 아무리 찾아도 잃어버렸어요. 그리고 켈올란은 수영도 못해서 이제 죽을 뻔했어요. 그 이제 근처에 있는 금도 다 도둑들 다 와서 다 가져가고 그래서 켈올란은 이제 울면서 어머니 곁으로 갔어요. 이제 어떤 일을 당했는지 다 얘기했고 근데 어머니는 이제,

"슬퍼하지 말라."고.

"어차피 너의 그 노력으로 얻은 것이 아니잖아."

이렇게 하고,

"이제부터 노력하면서 살자."

고 했어요.

"이제 다른 사람들도 무시하지 말라."

고 했고. 켈올란도 어머니의 이런 말을 들어서 위로가 됐고, 그 이제 다음으로 공평하게 살기 시작했어요.

공주와 결혼한 켈올란

● 구연정보

조사일시 : 2019. 03. 07(목) 오후
조사장소 : 인천광역시 미추홀구 용현동
제 보 자 : 메르베에아한(한미성) [터키, 여, 1989년생, 유학 3년차]
조 사 자 : 박현숙, 유석

● 구연상황

제보자가 〈켈올란과 마법 그릇〉 구연을 마친 뒤, 스마트폰으로 다음에 구연할 이야기를 검색했다. 제보자가 자료를 검색하는 동안, 조사자는 제보자가 구연한 이야기에서 발음이 불명확한 단어나 내용에 관해 질문했다. 제보자는 질문에 답변을 한 뒤 구연을 이어나갔다.

● 줄거리

옛날에 어느 나라에 왕에게 예쁜 딸과 아들이 있었다. 왕은 자식들을 무척 아꼈는데, 말 타고 노는 것만 좋아하는 왕자를 걱정한 왕은 유명한 학자들을 모아서 아들을 가르치게 했다. 공부하기가 싫었던 왕자는 우연히 만난 켈올란을 위협해서 자기 대신에 왕궁에서 공부를 하라고 했다. 그러던 어느 날 켈올란은 금발의 아름다운 공주를 보고 첫눈에 반했다. 켈올란은 궁전을 오가면서 호수를 건널 때마다 공주를 향한 사랑 노래를 불렀고, 호수 근처의 동물들도 그 노래를 따라 불렀다. 왕자가 다른 사람을 시켜서 공부를 한다는 사실을 왕이 알게 되자 켈올란은 무서워서 숨었는데, 왕이 동물들의 노래 소리를 듣고 켈올란을 찾아서 데려왔다. 켈올란은 왕자로 변장하고 왕자 대신 시험을 봤는데 그 모습을 본 공주가 켈올란을 사랑하게 됐다. 켈올란이 시험을 잘 치르자 그가 마음에 들었던 왕은 그와 공주의 결혼을 승낙했다. 둘은 결혼해서 잘 살았다.

옛날 옛적에 왕의 귀엽고 귀여운 그리고 예쁘고 예쁜 딸 하나랑 아들 하나가 있었어요. 왕은 이 자식을 다 이렇게 아끼고 자식이 뭘 원하면 다 들어주는 거였어요. 그래서 왕은 계속 이렇게 아들이 뭔가 원하면 다 들어주는데 근데 옛날에,

'제가 이렇게 죽으면 나중에 아들이 왕이 될 사람인데 이렇게 계속 하면 국민들에게 좋은 왕이 될 수 없다.'

고 생각해서 그 나라의 사방향으로 좋은 학자들을 찾으러 사람을 보냈어요. 이렇게 학자들 통해서,

"아들에게 좋은 지식을 많이 가르쳐 달라."

고 했어요. 근데 아들이 이것을 듣자 많이 서운해 했고,

"이렇게, 아버지가 왜 이렇게 해요? 어차피 아버지도 문맹인데 왜 제가 이렇게 글을 써야 돼요? 아니면 읽어야 돼요?"

계속 원망했고. 어느 날 정원에서 이렇게 고민하다가 나무 밑에서 누워있는 켈올란을 봤어요. 그래서 켈올란이랑 얘기하다가 켈올란이,

"무슨 고민 있냐?"고.

왕의 아들에게 물어봤는데 그 왕의 아들도 다 얘기해버렸어요. 그런데 켈올란은,

"이게 무슨 고민인지 이해가 안 되고, 이렇게 고민하지 않아도 된다."

고 했어요. 그런데 그 왕의 아들은 계속,

"제가 말 타고 말이랑 노는 게 있는데 왜 이렇게 글이라도 읽고 써야 되냐?"

이렇게 계속 했어요. 왕은 말 타고 말이랑 노는 것 진짜 좋아하는 거였는데. 하지만 학자들 다 이렇게 모였어요. 궁에. 그래서 왕의 아들은 그거 되게 싫어해서 켈올란에게,

"우리 자리 바꾸자. 대신에 제 옷차림은 켈올란 입고 제가 켈올란 옷차림 다 입어서 우리 자리 바꿔서 이렇게 하자."

고 했어요. 켈올란 이거 듣자 계속 거부했어요.

"안 된다."고.

"이거 되게 위험하다."고.

"만약에 왕이 알면 켈올란의 목을 그냥 베겠다."고.

근데 왕의 아들도,

"만약 아버지가 그렇게 안 하면 제가 그렇게 할 거예요. 지금 제 명령을 들어주지 않는데."

이렇게 해서 켈올란 어쩔 수 없이 왕의 아들이랑 자리랑 바꿨어요. 어차피 켈올란도 읽고 쓰는 것을 배우고 싶었어요. 그래서 계속 학자들은 계속 켈올란에게 가르쳐주고 켈올란은 매일매일 이렇게 궁에 와서 왕의 아들의 옷차림을 입어서 학자들을 만나서 배우고 그 다음에 가서 옷을 바꿔주는 그런 일상을 했어요.

어느 날 켈올란 이렇게 하다가 왕의 딸을 봤어요. 그 딸은 금발이었는데 그래서 켈올란은 이거 터키말로 '사르크지'라고 부르기 시작했어요. 사르크즈는 금발여자라는 뜻이에요. 그래서 그 여자를 보고 사랑에 빠졌어요. 그 여자도 켈올란을 보고 좋은 옷차림으로 봤으니까,

'궁 안에 이렇게 잘생긴 남자가 다 있나?'

했어요. 근데 자기 동생이랑 이렇게 자리를 바꾼 줄은 몰랐었어요. 그래서 켈올란에게 자기네 동생에 대해 물어봤어요. 켈올란도 그냥 정원에서 쉬고 있다는 것을 다 얘기했고 근데 이렇게 하다가 켈올란은 뱃사공이라서 이렇게, 궁은 호수 그 바로 옆에 있었고 호수 반대편에 그 나라가 있었어요. 그래서 켈올란은 맨날 뱃사공 일을 하면서 이렇게 갔다 왔다 했는데, 이렇게 갈대 많은 곳을 지나가다 계속 노래를 불렀어요.

그 노래는 '첵, 첵, 첵킬데키' 그것은 당기다, 당기다 씨앗. 그거 좀 말장난도 있는데 왜냐면 그 소리가 비슷하잖아요. '체크메크 çekmek'은 터키말로 그냥, '첵Çek'은 원래 당기다의 뜻이에요. 그래서 당기다, 당기다 이렇게 하면서. 당기다 씨앗. [조사자: 그럼 그 전체를 하면 터키말로 하면 어떻게 된다고요?] 첵, 첵, 첵킬데키. [조사자: 첵, 첵, 첵킬데키?] 네. 아, 그다음으로 '체킬데인 이치오' 씨앗에 씨가 없어요. 켈올란의 죄가 없다. '켈올란인 수치요크' 그리고 왕의 뭐가 있

어? 그 '바디솰은 네스와시' 다양한 뭐, 뭐가 있어요. '털루 털루 아이 와시' [조사자: 그 뭐가 뭐예요?] 저도 '이'라고 하는데, 사실 이가 이렇게 이라는 뜻이 없어요, 사실은. 그리고 '아트와네탄 올르와시' 그 말이랑 장난치는 아들이 있어요, 진주르, 이렇게 어떻게 말해야 하지? 진주일 하는 딸이 있어요. '왕을 다시 보면 그 사르크즈, 금발 여자를 원하면 그 여자를 저에게 주라' 이렇게 이런 노래를 부르고.

그래서 계속, 계속 이 노래를 불러서, 갈대도 다 이렇게, 갈대에서 지나가다가 다른 동물들도 이 노래를 다 외웠어요. 그 켈올란이랑 계속 같이 불렀어요.

[조사자: 그 노래를 한국말로 다시 한 번 더 해봐주시겠어요?] 네.

첵 첵 첵킬데키Çek çek çekirdek 당기다 당기다 씨앗.
체킬데인 이치 오Çekirdeğin içi yok 씨앗의 씨가 없어요.
켈올란인 수치 요크Keloğlan'ın suçu yok 켈올란의 죄가 없어요.
바디솰은 네시 와시Padişahın nesi var 왕의 뭐가 있어요.
털루 털루 아이 와시Türlü türlü i var 다양한 뭐가 있어요.
아트와네탄 올르 와시At oynatan oğlu var 말이랑 장난치는 아들이 있고,
인치 디젠 키치 와시İnci dizen kızı var 진주 일을 하는 딸이 있고,
바디솰은 버 고셈Padişahı bir görsem 왕을 다시 보면,
사리 키치 이스테셈Sarı Kızı istesem 금발 여자를 원하면,
버르 키치, 아로 키치Ver o kızı, al o kızı 금발 여자를 저에게 주라.
버르 키치, 아로 키치Ver o kızı, al o kızı 금발 여자를 저에게 주라.

이런 노래예요. [조사자: 그래서 동물들하고 켈올란이 그 노래를 같이 불러요?] 네 그리고 호수에서 지나가다 백조들 다 같이 불렀어요, 그 노래를. 다 배우고. 그리고 켈올란은 이렇게 학자들에게 배우면서, 되게 똑똑해서 학자들은 왕에게,

"왕의 아들 똑똑하다. 이제 우리 가르칠 필요 없다. 우리 가르칠 것이 안 나왔어요."

이렇게 해서 왕은 기분 되게 좋아졌어요. 근데,

'그러면 이렇게 똑똑한 아들이면 시험을 좀 하면 좋겠다.'

해서 다른 나라의 외국나라들에게 이렇게,

"학자들을 보내 달라."고.

"시험 좀 해달라."

고 했어요. 그런데 왕의 아들은 그거 듣자 되게 급했어요, 갑자기. 그래서 켈올란에게,

"이제 궁에 오지 말라."고.

"숨어 있으라."

고 했어요. 아버지 옆에 가서 다 털어놨어요. 근데 아버지도 이거 되게 열 받아서,

"학자들 올 테니까, 민망할 테니까 켈올란을 찾아 달라."

고 했어요. 그런데 켈올란은 아무데도 없었어요.

어느 날 그 호수에서 지나가다가 왕도 이 노래를 들었어요. 그래서,

'아, 이 호수를 다 지나가면 켈올란이 거기 있겠다.'

했어요. 갔는데 모든 사람들이 켈올란 집을 보여줬어요. 그래서 켈올란 찾아서 이렇게 궁으로 데려왔어요. 그리고,

"켈올란 이제 목을 베서 죽이겠다."

고 했어요. 그런데

'학자들 다 올 텐데 이렇게 민망하면 안 되겠다.'

해서,

"대신에 시험을 하라."

고 했어요.

"그다음으로 죽이겠다."고.

켈올란은 계속 빌었어요. 무릎 꿇고,

"제발 용서해 달라."고.

그래도 용서를 못했어요. 하지만 그냥 미뤘어요. 시험 후에. 왕은 시험을 할 때 왕의 아들을 아는 사람은 부르지 않았어요. 그냥 모르는 사람들만 초대해서 그 사람들 앞에서 그 시험을 했어요.

시험을 할 때 왕의 딸도 그거 켈올란 갑자기 보고 그 사랑하는 사람이 와서, 그 사람 켈올란 다시 보고 사랑에 빠졌어요. 그날 켈올

란 시험을 잘 쳐서 모든 사람들 계속 켈올란에 대해서 좋은 말을 많이 했어요. 왕도 그것을 봐서 용서했어요. 그리고 켈올란에게 그런 말을 했어요.

"너는 되게 똑똑해서 우리나라에 필요한 사람인가 봐요."

했어요.

"그래서 그것 때문에 너를 그냥 용서하겠어요. 소원이 있으면 얘기해 달라."

고 했어요. 그런데 켈올란은 무릎을 꿇어서,

"아무것도 아니라."

고 했는데 왕은 그 노래도 들어서 그리고 자기 딸이랑 다 이렇게 봐서 눈치를 채서 그냥 결혼을 하게 했어요.

아제르바이잔

해가 흙을 던져 생긴 달의 얼룩

● **구연정보**

조사일시 : 2018. 01. 11(목) 오전
조사장소 : 인천광역시 미추홀구 용현동 인하대학교
제 보 자 : 레일라 [아제르바이잔, 여, 1991년생, 유학 5년차]
조 사 자 : 박현숙, 김민수

● **구연상황**

제보자가 아제르바이잔 나라에 대해 소개하는 이야기를 한 뒤 조사자가 아제르바이잔에서 전해온 이야기를 들려 달라고 하자 해와 달 이야기를 하겠다면서 구연을 시작했다.

● **줄거리**

옛날에 태양은 여자고 달은 남자였다. 달은 태양을 사랑해서 보고 싶어 했으나 태양은 달을 피해 다녔다. 어느 날 달과 태양이 만났는데, 태양은 달이 자신을 보는 것이 싫어서 달에게 흙을 던졌다. 그래서 달에 얼룩이 생겼다.

옛날에 태양이랑 달. 태양은 여자라고 하고 달은 남자였대요. 그때 달은 태양한테 사랑에 빠졌는데 늘 달은 태양이를 보고 싶다고 해서 노력을 많이 했는데 태양이가 늘 되도록 피하려고 노력했대요. 원래 달은 밤에 나오고 태양은 낮에 나오니까.

그래서 한 번 달은 자기가 하고 싶은 일을 했대요. 아무튼 태양이를 어쨌든 보게 됐는데 근데 태양이가 그때 그거 싫어하니까 자기 얼굴 보여주는 거? 그래서 돌 하나, 흙 같은 거 이렇게 자기 손으로 해서 태양이 그 달 위에다가 이렇게 던졌대요. 던지면서 이렇게 얼룩 같은 거 생겼어요. 그래서 달, 딱 볼 때 달을 딱 보면 약간 얼룩 같은 거 있다고 하는데. 그거는 태양이 때문에 이렇게 됐다고 한 대요.

[조사자: 그럼 둘이 어떻게 만나게 되어서 어떻게 좋아하게 되고 그런 거는 없어요?] 네, 그런 스토리는 없어요. [조사자: 재밌네요, 흙을 던져서?] 네.

[조사자: 근데 한국에서는 그 태양이 여자거든요. 해가 여잔데 이렇게 우리가 해가 반짝 났을 때 눈을 정면으로 뜨고 못 보잖아요?] 네네. [조사자: 못 보는 이유가 부끄러워서 바늘로 눈을 찌른다고 그러거든요. 근데 여기서는 흙을 던져서 달이 얼룩덜룩해졌다는 거죠?] 네.

숨가이트 도시와 제이란바탄 강 유래

● **구연정보**

조사일시 : 2018. 01. 11(목) 오후
조사장소 : 인천광역시 미추홀구 용현동 인하대학교
제 보 자 : 피루자 [아제르바이잔, 여, 1990년생, 유학 2년차]
조 사 자 : 박현숙, 김민수

● **구연상황**

제보자가 아제르바이잔에서 예지드의 의미에 대해 설명한 뒤, 조사자가 제보자에게 아버지에게 들은 이야기가 또 있는지 묻자 제보자가 하나 더 있다면서 구연을 시작했다. 제보자는 숨가이트에 갔을 때 아버지에게 도시의 역사를 들었던 기억을 되뇌이며 웃었다.

● **줄거리**

옛날에 어느 마을에서 남자 숨과 여자 제이란이 약혼했다. 그런데 마을에 침략자가 나타나서 부족민을 한 명씩 정기적으로 바치라고 했다. 숨의 가족이 희생 제물이 될 순서가 닥치자 숨과 제이란이 서로 자신이 가겠다고 했다. 숨은 제이란을 재운 뒤 침략자를 죽이러 달려갔다. 제이란이 뒤늦게 이 사실을 알고 숨에게 돌아오라고 외쳤다. 그러나 숨은 침략자를 해치우고 자신도 죽음을 맞이했다. 그 후 그 도시를 '숨, 돌아오라'는 뜻의 숨가이트라고 부르게 되었고, 강은 제이란의 이름을 붙여서 제이란바탄이라고 부르게 되었다.

[조사자: 그래서 아버지한테 들은 건 여기까지?] 또 하나 있는데. 그거는 아제르바이잔에서 숨가이트●라는 도시가 있어요. 지금 도시예요. [조사자: 도시?] 네, 숨가이트. 숨가이트라는 도시가 있어요. 그 도

● 아제르바이잔 바쿠 북쪽에 있는 도시이다.

시 이름이 어떻게 생겼는지.

왜냐면 우리는 우리 아는 친척들이 거기 살았어요. 우리 아빠는 그런 분이세요. 공부를 많이 하셨으니까, 공부한 사람이니까. 어렸을 때 너무 마음에 안 좋았어요. 아빠는 계속 강의하시는 것처럼 다 얘기해 주세요. 뭐라고, 그래서 아빠한테 아무것도 안 물어봤어요. 한 번 물어보면 끝이 없어요. 계속 얘기해 주시는 거예요. 그래서 제가 그 도시에 갔을 때 아빠가 그때 그 도시 어떻게 생겼는지 얘기하시는 거예요.

숨가이트라는, 거기서는 부족. 부족들이 사는 지역이었어요. 어떤 아제르바이잔 부족이 살고 있었어요, 거기서는. 거기서 부족들이 살고 있었는데 거기서는 연애 서로 좋아하는 사람이 있었어요. 남자 이름은 숨. 여자 이름은 제이란. 근데 그 남자는 항장사? 힘 있는 장사라고 해요. [조사자: 힘 장사? 그러니까 힘 있는 장사] 네. 힘장사? [조사자: 힘이 좋은 장사?] 네, 힘이 좋은 장사라고 하고 그 사람들이 약혼한 상태였어요, 그때 이야기가 생겼을 때.

그래서 그 사람들이 그 부족이 사는 데에서 한 강이 있었어요. 강이 있었는데 그 강이가 물고기도 주고 물도 주고 마실 수도 있고 먹을 수도 있는 그렇게 사용, 이용할 수 있었어요. 근데 부족에서는 어떤 야만인 전쟁하는 야만인들이 들어온 거예요. 그래서 그 야만인들이 들어와서 그 거기 있는 부족을 다 없애고 하고 싶었어요. 근데 그걸 안 없애려면 조건이 있었어요. 그 야만인들이 그렇게 얘기한 거예요. 하루에 한 명 어떤 사람을 기부를 하는 거. [조사자: 그러니깐 그 바치라고? 자기들한테?] 네, 줘 달라고 한 명을.

그러니까 예를 들면 그렇게 생각하는 거예요. 한꺼번에 그 부족을 없애기보다는 죽이는 것보다는 하루에 한 명씩 한 명씩 데리고 오라고. [조사자: 그러니까 하루에 한 명씩 제물로 바치라고?] 네, 한 명씩.

그때는 그 숨 남자는 반대한 거예요. 반대하고 왜냐하면 그거는 차례 순서대로 오는 거예요. 그래서 어느 날 그 숨 가족으로 그 순서가, 차례가 왔어요. 그래서 그 숨 가족이 민족에서 누가 가야 되니까 그 제이란 여자가,

"내가 간다."

고 얘기하고. 남자도,

"내가 간다."

고 하는 거예요.

근데 여자를 살리기 위해서는 남자가 여자를 재우는 거예요. 재우고 아침 새벽에 그 남자가 그 다른 사람들이랑 가는 거예요. 여자가 일어나 보면 남자가 없대요. 남자가 없었으니까 그 전쟁 아니고 장소에 강 옆에 뛰어갔는데 남자가 저쪽 그 아까 [조사자: 야만인?] 네. 야만인을 죽이고 자기도 죽는 거예요. 근데 뛰어갈 때마다,

"숨 가이트, 숨 가이트!"

계속 그렇게 얘기하는 거예요.

"숨! 돌아와, 숨! 돌아와."

그 뜻이에요. '돌아와'라고 그 뜻이에요.

그래서 지금 그 도시의 이름은 그 남자가 거기에서 죽었으니까 죽었을 때도 못 믿고,

"숨가이트, 돌아와! 돌아와!"

그렇게 계속 소리를 질렀으니까 지금 그 도시의 이름은 그 남자의 이름으로 숨가이트 그렇게 지었어요. 숨가이트라고 해요.

"숨 돌아와."

그 도시의 이름은 그렇게. 그래서 그 강의 이름도 그 제이란바탄. 강 이름은 제이란바탄이에요. 그거는 물에 빠져서 익사하는 거? 죽는 거. 그래서 그 여자 이름이 제이란이니까 제이란바탄이 강으로 되어 있어요, 지금.

그래서 그거는 우리 그 도시에 갔을 때 아버지가 그때는 살짝 얘기하셨는데 제가 다시 물어봤어요. 자세히. 얘기해주실 수 있냐고. 그런 거 있어요.

[조사자: 아버지한테 얘기를 많이 들으셨겠어요.] 어렸을 때부터 많이 들었는데 왜냐면 우리 아버지는 강의하는 것처럼 그런 거 너무 좋아하세요. 역사까지 그래서 지금 다 배운 건 아빠한테 배운 거 같아요. 왜냐면 제가 대학교 들어가서 어떤 교수한테 들었을 때 전화

해서 엄마한테 얘기한 거예요.

“교수가 지금 교수가 얘기한 것을 제가 어렸을 때 아빠한테 들었다.”고.

우리 아빠는 교수보다 잘하시는데 얘기하고.

투라지새 머리에 빗 모양이 있는 이유

● **구연정보**

조사일시 : 2018. 01. 11(목) 오후
조사장소 : 인천광역시 미추홀구 용현동 인하대학교
제 보 자 : 레일라 [아제르바이잔, 여, 1991년생, 유학 5년차]
조 사 자 : 박현숙, 김민수

● **구연상황**

제보자가 〈해가 흙을 던져 생긴 달의 얼룩〉 구연을 마친 뒤, 조사자가 다른 유래담이 있는지 묻자 아제르바이잔의 한 새에 관한 이야기가 있다면서 구연을 시작했다. 제보자는 이야기에 나오는 새의 한국 명칭이 무엇인지, 한국에 사는지 잘 모르겠다고 한 뒤, 본격적으로 이야기를 이어나갔다. 제보자는 구연을 마친 뒤 그 새가 깊은 숲에 살아서 사람들이 사는 곳에서는 잘 볼 수 없다는 설명을 덧붙였다.

● **줄거리**

옛날에 가난한 투라지가 부잣집 일을 하며 살았다. 부잣집 여주인은 투라지에게 힘든 일을 시켰고 소리치며 때리기도 했다. 어느 날 투라지는 부잣집 여주인이 머리를 감기라고 하여 빗을 찾고 있었다. 그런데 부잣집 여주인이 소리를 지르면서 빨리 빗을 갖고 와서 머리를 감기지 않으면 죽이겠다고 협박했다. 투라지는 새가 되어 이 상황에서 벗어나고 싶다고 울면서 기도했다. 투라지는 소원대로 새가 되어 날아갔는데, 빗을 두고 온 것이 생각나 빗을 되찾아서 날아갔다. 그래서 투라지새의 머리에는 빗 모양이 있다.

그 투라지라는 새가 있는데 제가 나중에 한국어로 찾아서 보내드릴게요. 새 이름. [조사자: 이름이? 뭐라고 부른다구요?] 투라지. [조사자: 두라지?] 네, 아제르바이잔어로 투라지라고 하는데 한국어로는

잘 모르겠어요. [조사자: 네.]

그 새가 원래 여자였대요. 그 여자는 너무 가난한 집 여자라서 어떤 부자인 그 아줌마 집에서 아무튼 노예처럼 일을 했대요. 아줌마를 계속 챙겨주고 아무튼 그런 식으로 했는데, 그 여자 어느 새? 어느 날 그 아줌마가 와서,

"내 머리를 감으라."

고 시킨 거예요, 여자한테. 그래서, 근데 아줌마가 계속 그 여자를 힘들게 하나 봐요. 그래서 그때 소리를 치면서 때리기도 했대요. 그래서 소리를 치면서,

"빨리 와서 내 머리를 감으라."

고 하면서 그 여자가,

"알았다."

고 해서 그 물을 끓이기를 시작했대요. 근데 물을 끓였는데, 근데 빗이 없어서 머리를 감을 때 빗도 필요한데, 계속 빗을 찾아봤는데 근데 빗을 못 찾는 거예요, 여자가. 근데 아줌마도 계속 소리를 치면서,

"빨리 안 오면 너를 죽일테니까 빨리 오라."고. "빨리 오라."

고 하는데 너무 무서워서 그때 그 여자가 울면서, 그 여자 이름은 투라지였다고. 울면서 그랬대요.

"하나님 저를 지금 제가 새가 되었으면 날아갔으면 이 여자를 벗어날 수 있다."고.

울면서 그런 약간 소리 말을 했대요. 그래서 갑자기 여자가 그 투라지라는 여자가 갑자기 그렇게 새가 되고 그리고 창문에서 날아가는데 그때 근데 갑자기 날아가면서 기억나는 거는

'아, 나는 빗을 거기 두고 갔다.'

라고 해서 다시 돌아가서 빗을 가지고 가는데 그 빗은 지금 그 새를 보시면 여기서 빗처럼 뭔가 있는데 그거 때문에 이렇게 그 새 이름은 투라지라고 변경했대요. 그리고 노래할 때도 그 빗은 항상, 그 새는 항상 그때 그 여자가 울면서 하는 그 소리처럼 노래를 하니까 그래서 그렇게 그 새가 생겼다고 하는 거예요, 사람들은.

[조사자: 그러면 그 노랫소리가 그 여자가 이렇게 외치는 소리같이 들린다는 거예요?] 네네. [조사자: 혹시 어떤 소리를 내는지 아제르바이잔 나라말로 해 주실 수 있어요?] 아, 모르겠어요. 그 새는 아까 저도 찾아봤는데.

[조사자: 근데 그 새를 어떤 새인지는 아시죠?] 아, 네, 사진 보여드릴게요, 나중에. [조사자: 그 소리는 그러니까 그 소리는 어떤 식으로 내는지는 잘 모르고?] 네, 모르겠습니다. 왜냐면 그 새는 뭐 아마 숲이나 이런 데 있는 새. 그리고 너무 예뻐요. 진짜 사진 보시면 아마 아실텐데, 너무 예쁘고. [조사자: 예뻐요?] 네, 예쁜 새니까 그래서 아마 숲이나 이런 데 있을 거 같아요. 평소에는 못 봤어요. [조사자: 평소에는 못 보고?] 네네. [조사자: 아 그러니까 시골 마을에 살았어도?] 네네. 없었어요, 우리 시골에는.

[조사자: 그러면 이 새는 숲, 깊은 숲 이런 데만 사는 새인가 봐요?] 네, 아마 네 그런 거 같아요. 평소에 못 봤어요. [조사자: 아 그러면 이렇게 멀리 도망가느라고 깊은 데 들어가 있나보다. 그쵸?] 네. [조사자: 아 되게 재미있는 이야기인데요?]

비둘기가 평화의 상징이 된 유래

● **구연정보**

조사일시 : 2018. 01. 11(목) 오후
조사장소 : 인천광역시 미추홀구 용현동 인하대학교
제 보 자 : 피루자 [아제르바이잔, 여, 1990년생, 유학 2년차]
조 사 자 : 박현숙, 김민수

● **구연상황**

제보자는 아제르바이잔에서 우즈베키스탄으로 이주해서 정착한 과정을 비롯해 자신의 살아온 이야기를 구연한 뒤, 이번 조사의 취지를 듣고서 사전에 아버지에게 전화를 걸어서 평소에 들었던 이야기를 재확인했다고 말했다. 조사자가 아버지에게 들은 이야기를 들려 달라고 하자 제보자가 구연을 시작했다.

● **줄거리**

옛날에 십오 년 동안 전쟁을 하지 않은 왕이 전쟁을 하게 되었다. 왕은 어머니에게 전쟁터에서 입을 갑옷과 머리에 쓸 투구를 챙겨달라고 했다. 그런데 어머니가 투구를 빼고 나머지 전투복만 챙겨왔다. 아들은 투구를 쓰지 않으면 백성들과 자신의 목숨이 위험하다며 투구를 챙겨 달라고 했다. 그러자 어머니는 투구 안에는 비둘기가 알을 낳아 평화롭게 새끼를 키우고 있어서 줄 수 없다며 투구 없이 전쟁에 나가라고 했다. 상대국 왕이 투구 없이 전쟁터에 나온 왕에게 이유를 묻자 왕은 어머니가 해준 비둘기 이야기를 들려주었다. 상대국 왕은 그 이야기를 듣고서 전쟁을 멈추고 왕과 화해했다. 이때부터 비둘기는 평화의 상징이 되었다.

아 그, 비둘기? [조사자: 비둘기] 새 있잖아요. 제가 어렸을 때부터 아빠한테 그런 거 들었는데 근데 왜 아빠가, 아빠가 항상 그랬어요. 비둘기가 오면 좀 애들이 돌만 던지는 사람들이 있고 그래서 우

리 아빠는 항상. 우리는 마당 집에 살아요. 주택이에요. 그래서 마당에 비둘기 들어오면 아빠가 항상 먹이 줬어요. [조사자: 먹이를 줘요?] 네. 죽이지 말라고. 그때는 아빠가 항상 그랬어요. 그때는 제가 신경을 안 썼는데 어제 물어봤어요. 아빠가 나한테 그랬어요.

“비둘기는 우리나라에서는 평화의 상징을 가지고 있다.”고.

그래서 제가 그게 무슨 말인지 그냥 새인데 그렇게 얘기하고 그리고 어렸을 때부터 많이 들었어요. 비둘기가 편지를 전달한다. [조사자: 편지 전달한다고.] 근데 그거는 제가,

‘어유, 어떻게 비둘기가 편지를 전할 수 있지?’

그런 거 이해가 좀 못 갔는데 근데 평화의 상징이라고 하셨을 때는, 어제 물어보셨어요, 다시.

옛날에 그런 거 있었어요. 두 지방에 칸이라고 해요. 혹시 누군지 아세요? 왕인데 근데 두 쪽 나라들에서는 칸이라고 해요 왕. 칸 국가라고 하든 왕의 국가라고 하든 그렇게. 그래서 아빠가 어제 얘기하셨으니까 인터넷에서 찾아봤어요, 더 잘 알기 위해서는.

거기서는 옛날에 두 칸 국가가 있었어요. 아제르바이잔에서. 하나는 겐지라고 하고 그 어떻게 발음해야 하나? 한국어로 겐지라고 하고 하나는 샤키. 하나는 그거예요, 겐지. 하나는 샤키예요. 그 두 칸 국가 사이에 논쟁이 생긴 거예요. 너무 심해서 그 전투로 전투까지. [조사자: 전쟁까지 갔어요?] 전쟁까지, 네. 그래서 그 국가 왕들이 그 전투 날짜랑 장소를 정한 거예요, 어디에서 만나서 언제 할 건지를. 그래서 샤키의 왕은 거의 십오 년 동안 전쟁을 안 한 사람이었어요. 안 한 사람이라서,

“그 전투의 갑주? 투구 그 옷들. 다 준비해야 된다.”

하셨어요. 그래서 오십 년, 아니 오십 년 아이고 십오 년 동안 전쟁을 안 했으니까 그 보관하는 데가 있어서 그거 가지러 올라가. 엄마를 부탁했는데 엄마가 헬멧 [조사자: 투구.] 헬멧, 네. 투구 빼고, 모자 빼고 다 가져오신 거예요. 그래서 엄마한테,

“헬멧 없으면 제가 어떻게 나가서 전쟁을 할 수 있는가. 우리 그 백민이? 국민? 국민이.”

[조사자: 백성들.]

“백성들 다 돌아갈(죽을) 수 있다고, 저도. 왜냐면 바로 질 수 있으니까. 그래서 가져가야겠다.”고.

그렇게 얘기하고 돌아가려고 했을 때는 엄마가 막는 거예요.

“돌아가지 말라.”고.

“가져가지 말라.”고.

(아들이)

“왜냐?”

고 물어봤는데 그 헬멧 안에 비둘기? 하얀색 비둘기 두 마리가 집을 만든 거예요. 집을 만들어서 거기서 비둘기 알? 계란? 세 개 있었고 새끼들이 나와 있는 그런 상태였어요. 그래서 부모가 엄마가 그렇게 얘기하신 거예요.

“지금 그렇게 평화하게, 편하게 살고있는 그 비둘기 집을 그 건지면 부모님들이 날아가는데 새끼들이 나올 거예요. 그래서 어떻게 부모랑 새끼들을 그렇게 헤어지게 할 수 있냐?”고.

“그렇게 하면 안 된다.”

고 하시는 거예요. 그래서 엄마 말 듣고 그냥 그대로 나온 거예요.

그 전쟁 장소에 가서 그래서 두 번째 그 겐지 하는 왕은 보고,

“너 왜 그렇게 왔냐?”고.

[조사자: 투구도 안 쓰고 왜 왔냐고?] 투구도 안 쓰고. 그래서,

“저 투구가 없어도 괜찮다.”고.

“투구 없다고 그만하지 말라.”고.

“제가 이길 수 있다.”고.

그래서.

“투구 없는 이유가 뭐냐?”

고 물어봤는데 엄마가 얘기했던 비둘기 이야기를 하는 거예요.

그래서 그때 그 겐지 왕이 파악하고, 생각하고 전쟁 안 하고 그냥 손을 주는 거예요. 그거 뭐라고 하지 그거? 전쟁 안 하는 거예요. 전쟁 안 하고 얼마나 대단한데 그 국민들도, 백성들도 생각하고. 그래서 그 샤키 왕자가 그렇게 얘기한 거예요.

"제가 부모가 비둘기 새끼들도 백성들처럼 보고 그래서 지금 그 집 제가 예를 들면 비둘기 집을 깨지면? 가져가면 깨지는 거잖아요. 그래서 여기서는 지금 부모들은 왕, 그 왕자들처럼, 왕들처럼 보면 백성들은 새끼들처럼 보고."

예를 들면 그거 뭐라고 하나? 그때는 그 왕이 화해하고. 그 이후에는 두 왕이 칸 국가들이 평화하게 사는 거예요. 그때부터 그 나라의 평화 상징으로 그 비둘기가 남아있었어요.

그래서 어렸을 때부터 다 그렇게 얘기해요.

"그 비둘기를 좀 다치지 하지 말라."고.

"먹이라."고.

"그 비둘기 때문에 평화하게 잘 편하게 살 수 있다."고.

[조사자: 양 나라가 그 비둘기의 사연으로 이제 평화롭게 지내게 됐다.] 네, 전쟁이 없었어요. 전쟁을 안 했었어요. 그래서 그거는 막판에 신화라고 하셨어요.

[조사자: 그게 아제르바이잔에서 전해져 오는 오래된 이야기인 거죠?] 네. 그래서 아빠가 항상 비둘기 보면 색깔이 하얀 색 아니라도 그때는 아 평화 이렇게 얘기하세요. 그래서 우리 집 마당에 많이 있으면 우리 아빠 항상 그래요.

"아, 너희가 모여서 평화스럽게 살 수 있다."

[조사자: 한국에도 되게 많잖아요, 보시면.] 근데 그런 게 있어요. 비둘기는 어디에나 가서 사는 거 아니에요. [조사자: 그럼요? 어디에서나 안 살면?] 편하게 평화를 느끼는 데 가서 사는 거. [조사자: 아, 자기가 편하게 마음이 있어야 가서 살아요?] 그래서 엄마도 그렇게 얘기. 그 왕의 엄마도 그렇게 얘기하신 거. 왕자님의? 엄마가 그렇게 얘기하신 거.

"여기 와서 집을 만들었으니까 여길 편하게 평화스럽게 느껴서."

그래서 예를 들면 각 나라 어디 가면 비둘기를 쉽게 볼 수 있는 데가 있잖아요. [조사자: 우리는 워낙 많이 봐서.] 아, 그냥 날아 있는 건 많은데. [조사자: 흰 비둘기?] 네. 예를 들면 그냥 모여서 어디서 그렇게 돌아다니면서 가끔 광장들이 있어요. 가보면 비둘기 엄청 많아요.

사람들이 그렇게 먹여요. 예를 들면 유럽에서도 그런 거 많고. 그래서 음 그런 이야기가 있고.

양파가 리지긴 민족의 사과가 된 이유

● **구연정보**

조사일시 : 2018. 01. 11(목) 오후
조사장소 : 인천광역시 미추홀구 용현동 인하대학교
제 보 자 : 피루자 [아제르바이잔, 여, 1990년생, 유학 2년차]
조 사 자 : 박현숙, 김민수

● **구연상황**

제보자가 〈비둘기가 평화의 상징이 된 유래〉 이야기를 마친 뒤, 아버지에게 들었다는 다른 이야기를 이어서 구연했다.

● **줄거리**

옛날 리지긴족 어느 부부가 살았다. 아내가 남편에게 돈을 주고 사과를 사 오라고 했는데 남편이 잘못해서 양파를 사 왔다. 남편은 돈을 주고 사왔으니 다 먹어야 한다며 눈물을 흘리며 양파를 다 먹었다. 그때부터 사람들은 양파를 리지긴의 사과라고 불렀다.

재밌는 이야기가 있어요. [조사자: 재밌는 이야기? 또 어떤 재밌는 이야기?] 양파 이야기. 근데 그건 신화 아닌데 아빠한테 많이 들었어요. 양파 이야기인데 아제르바이잔에서 소수민족들이 있어요. '리지긴'이라는. 리즈긴? 리지긴 그렇게 써요, 한국어로. 리지긴이라는 민족이 있어요.

그래서 아빠가 항상 양파를 볼 때마다 양파 먹을 때마다 그래요.

"리지긴 민족의 사과."

먹는 거 사과.

"왜?"

그렇게 물어봤어요. 왜 그렇게 얘기하시는지 사과 아닌데, 양파인데.

어느 날 그런 신화가 있는데 아내가 남편한테 한 통? 사과 사오라고 돈 주는 거예요. 남편이 가서 사과 대신에 양파를 사 온 거예요. 그래서 돈을 주워 먹었으니까, 샀으니까 양파를 먹을 때 울잖아요. 계속,

"돈 줬다. 먹어야겠다."

하고 울면서 먹는 거예요.

[조사자: 아내가?] 아내가 아니고 남편이.

"다 끝까지 상하면 안 된다, 돈을 줬으니까."

그래서 그때부터 그런 이야기가 있어요. '리지긴의 사과'라고.

"먹어야겠다, 돈을 줬으니까."

억지로 먹었어요, 울면서.

아빠한테 그런 거 많이 들었어요. 그래서 더 그런 거 아빠 항상 말씀하셨어요. 예를 들면 물 달라고 하는 사람들한테, 물 마시고 싶은 사람한테 모르는 사람이라도 예를 들면 노크하고 집에 와서,

"물 주세요."

하면 거절하면 안 된다. 꼭 줘야 된다는.

개구리 공주와 결혼한 막내 왕자

● 구연정보

조사일시 : 2018. 01. 11(목) 오후
조사장소 : 인천광역시 미추홀구 용현동 인하대학교
제 보 자 : 피루자 [아제르바이잔, 여, 1990년생, 유학 2년차]
조 사 자 : 박현숙, 김민수

● 구연상황

제보자가 〈친구로 가장해서 닭을 잡아먹은 여우〉 이야기 구연을 마친 뒤 조사자가 더 기억나는 이야기가 있는지 묻자 제보자는 동화책에서 읽은 이야기가 기억난다면서 구연을 시작했다. 제보자는 구연을 마친 뒤 이야기 의미에 대해 추가 설명을 했다.

● 줄거리

옛날 어느 왕국의 세 왕자가 아내를 찾기 위해 시합을 했다. 그들은 각자 활을 쏴서 활이 떨어진 자리에 있는 사람과 결혼하기로 했다. 첫째는 귀족 딸, 둘째는 상인 딸과 결혼했는데 막내 왕자는 개구리가 있는 곳에 화살이 떨어져 개구리와 결혼했다. 왕이 세 왕자를 시험하기 위해 세 번의 과제를 냈는데, 막내 왕자의 개구리 아내가 밤에 여인으로 변신해서 빵과 카페트를 만드는 두 과제를 훌륭히 완수했다. 세 번째 과제는 아내들을 궁으로 불러서 춤을 추는 것이었다. 막내왕자의 아내가 춤을 출 때 오른쪽으로 돌면 호수가 생기고, 왼쪽으로 돌면 백조가 생겼다. 두 형의 아내가 이를 따라 하려고 했지만 실패했다. 막내 왕자는 아내가 시합을 하는 동안 집으로 와서 아내의 개구리 허물을 불에 태웠다. 아내가 이 사실을 알고 울면서 떠나버렸다. 아내를 찾아 나선 왕자는 길에서 만난 노인의 실꾸러미를 따라가다가 곰과 토끼, 오리 등 여러 동물들과 조우했다. 왕자는 동물들이 나중에 도움을 줄 거라고 하자 그들을 죽이지 않고 함께 길을 떠났다. 막내 왕자는 숲에서 바바야가를 만났고, 그로부터 불사의 괴물 카시에를 죽이는 방법을 알아냈다. 막내 왕자는 동물들의 도움으로 카시에 비스미야르트니를 죽인 뒤 아내를 되찾아와서 잘 살았다.

[조사자: 또 혹시 기억나는 얘기가 있어요?] 동화들이 많이 기억이 나는데 [조사자: 동화 아니면 또 신화. 아까 왜 신화도 많이 있다고 했잖아요. 러시아에 어떤 신화가 있어요?] 어 확실하게 기억이 잘 안 나는데 예를 들면, 아 그거 동화인데. [조사자: 괜찮아요, 동화라도. 어떤 이야기예요?]

그거는 (러시아말로 제목을 말하며) 리그슈크 끄라리아바Лягушка королева라고 해요 러시아 말로는 왕녀? 개구리 왕녀? [조사자: 아 개구리?] 혹시 들어보신 적 있어요? [조사자: 개구리 왕자 대신 개구리 공주?] 개구리 왕녀. [조사자: 왕녀가 그러니까 공주를 말하는 거예요. 아니면 왕비를 말하는 거예요?] 여자. [조사자: 그러니까 여잔데 왕의 부인? 아니면 왕의 딸?] 부인. [조사자: 부인? 그럼 왕비.] 왕비.

그거는 어떤 얘기냐면 왕자가 자기한테 아내를 찾아요. 어떤 왕이 있는데 그 왕이 아들이 세 명인가? 세 명 있어요. 두 명은 결혼을 했고 막내는 아직 결혼을 안 했어요. 그래서 막내한테 막 그 여자를 찾는 거예요. 여자를 찾는데 근데 어떻게 했는 거냐면 그 남자가 그거 뭐라고 하지? [조사자: 활?] 활. [조사자: 활쏘기를 해요?] 활쏘기를 해요. 활쏘기를 할 때 그 활이 가서 개구리. 그래서 그렇게 얘기해요. 어디에 가면 누구 언제 그 사람이랑 저쪽에 있는 사람이랑 결혼을 한다고 그렇게 결정을 해요 그 남자가. 그렇게 결정했는데 그리고서 가보면 개구리예요. [조사자: 아 활을 쐈는데 가보니까] 네. 개구리예요.

그래서 개구리인데 여기서는 그 세 명 남자들이 어떻게 결혼을 했냐면 화살표를 보냈는데 어디 가면 그 사람들이 세 명이 그렇게 결혼한 거예요. [조사자: 화살이 떨어지는 자리에 있는 사람이랑 만나서 결혼해요?] 결혼해요. 그래서 첫 번째는 양반집에 떨어지는 거예요. 양반 마당으로. 두 번째 아들의 화살은 [조사자: 뭐 장사하는 사람?] 상인? 장사? 오 어떻게 아셨어요? (웃음) 상인 그 사람의 마당으로 [조사자: 화살이 떨어졌고] 그리고 세 번째는 그 더러운 소택지 습지? [조사자: 습지? 웅덩이?] 네. 저쪽으로 떨어지는 거예요. 그래서 아버지가,

“너 운명이 그렇구나. 어쩔 수 없이 가서 결혼해야겠다.”

그렇게 얘기하는 거예요.

그래서 그렇게 하면서,

"그 화살을 개구리가 잡힌 거니까 개구리랑 꼭 결혼을 해야 되겠다."

라고 하고 그렇게 결혼하게 된 거예요. 그래서,

"어쩔 수 없다."

고 하고 결혼을 했더니 그래서 결혼을 한 다음에 아버지가 세 아들을 부르면서 심부름 같은 거 시키는 거예요. 그래서,

"이 세 명들의 아내들은 내일까지 빵 그거 만들어 오라."

고 해요. 그래서 그 남자가 와서 개구리한테 얘기합니다.

"너, 개구린데 어떻게 할 거지? 내일까지 빵 만들어야 되니까."

그렇게 하면서,

"어쩔 수 없다."

고 하고 자요. 그래서 근데 여기선 어떻게 하면 개구리가 아마 말을 하는 거 같아요, 왜냐면 답변하니까. 그래서 그 남자가 자면서 그 여자가 밤에 그 개구리가 밤에 여자가 되는 거예요. [조사자: 아, 사람으로.] 네. 변화하는 거예요. 그래서 어떻게 변화하면 [조사자: 여자로 변신을 해요?] 껍질. [조사자: 껍질.] 허물을 벗어요. 벗으면서 예쁜 여자가 돼요. 근데 밤에만. [조사자: 밤에만.] 밤만 여자가 되고 되면서 빵을 만들고 다시 개구리가 되는 거예요. 근데 그거는 시간이 있어요. 얼마 그 여자가 될 수 있는 시간이 그래서 아침에 일어나 보면 빵이. [조사자: 빵이 만들어져 있었어요?] 네. 빵이 만들어져 있었어요.

두 번째 날에는 카펫 있잖아요. [조사자: 카페트를 만들어 오라고?] 네. 카펫 만들어 오라고 해요. 그래서 다시 섭섭하면서 돌아오고,

"이번에는 카펫을 만들어야 된다."

고 얘기하는 거예요. 그래서 이번에는,

"섭섭하지 말라."

고 하고 남편을 재우고 다시 여자가 되고 카펫을 만들어요.

그리고 마지막으로는 여기서는 마지막으로는 아내들이 다 나와서 사람들 앞에서 행사 같은 거 해요. 거기 아내들이랑 와야 해요. 그래서,

“제가 어떻게 너랑 개구리인데 어떻게 너랑 같이 사람들 앞에서 볼 수 있다.”고.

“섭섭하다.”

고 해요. 그래서,

“너 걱정하지 말라.”

고 하고 바로 그때만 그 여자가 다시 여자가 돼요. 여자가 되고 들어 와요. 그래서 세 명 형제들 중에 가장 예쁜 며느리가 개구리 며느리예요.

그래서 그 여자가 댄스 하는데 예를 들면 그 닭, 닭고기 먹고 [조사자: 닭고기?] 네. 우리 신기했었어요, 그거 배웠을 때. 닭고기 먹고 예를 들면 그 여자 이름이 바실리사브리무드라야. 그 개구리 여자 이름은 댄스를 하고 할 때 예를 들면 왼손으로 그렇게 할 때는 호수가 생기고 오른손으로 그렇게 댄스를 할 때는 오리들이 생기는 거예요. [조사자: 오리.] 네. 아, 오리 아니구나 다른 새예요. [조사자: 백조?] 하얀. 맞아요. 백조. 아세요? [조사자: 아니요.] 어떻게 그럼 그렇게 맞춰요? 다른 새들 많은데 백조가 생기는 거예요.

근데 아까 그거 물이랑 닭고기를 먹었을 때 그렇게 물 마시고 닭고기를 그래서 그 형제들의 아내들도 그렇게 따라 하려고 했는데 안 되고 예를 들면, 여기서는 예를 들면 큰 형의 아내가 그렇게 하려고 했을 때는 왼손으로 할 때는 그냥 물이 나와가지고. 오른손으로 그렇게 할 때는 왕의 그 *가 나오는 거예요. 왕 얼굴로 던지는 거예요, 그렇게. 그래서 어떻게 돼서 장안의 사람이 될 수 있는 거예요. 근데 남자애가 그런 거 모르는 거예요.

근데 거기서는 여자를 되려면 꼭 어떤 조건이 있어야 돼요. 아, 어떻게 했냐면 그 행사 있을 때는 남자가 빨리 집에 가서 그 개구리의 껍질? 껍질 아니고 아까 그 [조사자: 허물.] 허물을 불 만들고 태우는 거예요. [조사자: 태워요? 그 불에다?] 그 아내가 계속 그렇게 유지하기 위해서는 그거 모르면서 태우는 거예요. 그래서 아내가 집에 와 보면 허물이 없어요. 그래서 계속 울고,

“이제 나 사라져야 된다.”

는 거 얘기해요.

그래서 그렇게 했으니까 그 안 죽는 카시에• (카시에 번역을 읽으면서) 민화(민담) 속의 말라깽이? [조사자: 말라깽이? 말랐다고?]

(번역된 이야기를 잠시 살피면서) 아니 '안 죽는 민화 속의 인색하고 부자인 불사의 노인' 이거 아니고. [조사자: 그러니까 매일 울어요? 허물이 없어져서?] 매일 우는 게 아니고. 우는 건데 근데 그 말라깽이 사람이 있어요. 그런 사람이 있는데 그런 나쁜 사람의 집으로 가는 거예요. [조사자: 마녀?] 마녀 아니고. [조사자: 인색하고 못된 사람?] 근데 안 죽는 사람이에요. [조사자: 안 죽는 사람?] 지금 사진 보여줄게요, 그 영화에서 나오는.

[조사자: 불사신 뭐 이런 거야?] 바로 그 영화. 그 동화의 영화예요, 지금. 여기서는 카시에, 카시에 비스마르트니••이라고 하는데, 뭘 해도 안 죽는. 그래서 이제 나를 그 사람이 집에서 찾아가야 된다고 없어지는 거예요. 그래서 계속 찾아가요. 찾아가면서 여러 동물들을 만나게 돼요.

[조사자: 어떤 동물들을 만나요?] 예를 들면 여기서 지금 나오는 거는 아 여기서 나오는 거는 예를 들면 먼저 만나는 거는 노인이에요. 노인을 만나고 자기 이야기를 얘기해 줘요, 길을 물어봐야 되니까. 그 카시에 비스마르트니의 집으로 어떻게 가야 되는지를 물어보고 그다음에는 어떻게 하냐면 그 노인이, 그 사람, 그 남자한테 실꾸리? 실꾸리를 줘요. 실꾸리를 주는데 그 실꾸리가 가는 대로 따라가라고 해요. 길을 보여 줄 테니까 얘냐면 그 따라가야 볼 수 있대요. 그다음에 가면서 곰 만나게 돼요.

그래서 그 어떻게 하냐면 남자가 보면서 곰을 죽이고 싶어요. 근데 곰이,

"나를 죽이지 마. 내가 나중에 너에게 도움이 될 거라고."

• 카시에(코셰이, Koschei)는 자신의 영혼을 실처럼 가늘게 만들어서 몰래 숨겨 놓음으로써 불멸하는 존재로 알려져 있다.

•• 해골 같은 모습을 한 불사의 괴물이다.

애기해요. 그렇게 애기하니까 안 죽이고 그냥 넘어가는 거예요. 다시 또 가요. 오리인데, [조사자: 청둥오리?] 이거 한국어로 수오리 나오는데 오리예요. 그래서 오리도 죽일려고 하고,

"죽이지 말라."

고 얘기한 거예요, 도와줄 테니까.

그다음에는 가면서 토끼? 토끼를 만나는 거예요. 그래서 그 만났던 동물들이 다 사람 소리로 얘기하는 거예요. 그 이후에는 생선. 고기. 창꼬치? 그런 생선이 있어요. 담수어? (제보자에게 사진을 보여주며) [조사자: 창꼬치? 아, 물고기야, 물고기.] 물고긴데 그거 왜 특별한 아무 물고기 아니라 그 물고기 나와요. 그래서 그 창꼬치를 만나요.

그 이후에는 혹시 그런 거 들어보셨어요? 러시아에서는 집이 있는데 그 집에 닭 다리가 있어요. [조사자: 집에 다리가 있다고?] 그런 동화 신화에 나오는 거 있어요. 러시아에서는 숲속에 있는 집이 있어요. 집인데, 그 집에 다리, 근데 그 다리는 닭 다리예요. [조사자: 닭의 다리.] 지금 사진 보여줄게요. (조사자에게 사진을 보여주며) 그렇게 생겼어요. [조사자: 집이 있는데, 닭 다리처럼.] 집이 있는데 움직여요. 그 집이 닭 다리도 있고 가면서 그런 집을 만나게 돼요.

그 집을 만나게 되는데 그 집 안에 바바야가, 아까 바바야가● 살아요. 음 그거 다 만나는 이유가 있어요. 그것들을 다 바바야가 살아요. 그래서 그 바바야가한테에 어디인지 주소를 물어봐요. 근데 바바야가의 의도는 그 사람을 먹이고 잡아먹는 거.

근데 어떻게 될 거냐면 그 안 죽는 사람의 어떻게 해야 할지 죽어야 되는 그 방법을 알려주는 거예요. 바바야가 계란이 있는데 계란의 안에, [조사자: 노른자?] 바늘? [조사자: 바늘.] 맞아요 바늘이 있대요. 계란을 깨지고 그 바늘, 가장 바늘 여기 아니고 바늘 밑에 그 바늘 밑에 실을 끼우는 데 아니고 바늘 끝은 그 사람의 심장 죽음이에요. 근데 그 바늘도 계란 안에 있어요. 그 계란을 찾아야 해요. 근데 그 계란도 그냥 찾을 수 있는 것도 아니고 궤짝 안에 계란이 있어

● 러시아의 숲속에 사는 요괴. 말라서 뼈와 가죽만 남은 노파의 모습을 하고 있다.

요. 그거 찾아야 한다고 방법을 다 알려줘요.

근데 그는 안 죽는 사람들이니까 그 사람이랑 전쟁해야 해요. 그래서 그 궤짝이 어딨는지를 얘기해줘요. 근데 그 궤짝도 오크나무, 떡갈나무? [조사자: 떡갈나무.] 떡갈나무의 쇠사슬로 그렇게 [조사자: 묶여있어요.] 묶여있어요? 그거를 다 찾아야 돼요. 그런 나무 찾고 그 궤짝을 찾아야 해요. 그래서 여기서는 찾아왔는데 어떻게 하려고 그 궤짝을 가져갈지를 몰라요. 그래서 그때는 어떻게 하면서 처음 만났던 검이 생겨요. 검이 생겨서 그 나무를 뿌리, 가지로까지 뽑아요. 뽑는 다음에 그 궤짝이 떨어져요. 떨어진 다음에 그 숨 궤짝이 떨어지는데 깨져요.

깨진 다음에 그 저쪽 안에서는 토끼가 튀어나가요. [조사자: 궤짝 안에서?] 네 그 궤짝 안에서 토끼는 뛰어가는데 그 안 죽이고 살린 토끼가 그 토끼를 잡으려고 뛰어가요. 뛰어가는데 그 토끼를 잡고 죽이는 거예요. 두 번째 토끼가 죽인 토끼 안에서 오리가 날라가요. 그 오리를 잡기 위해서는 아까 도와줬던 안 죽이는 오리가 그 뒤로 날아가요.

그래서 그거 어떻게 했냐면 그 뒤에 간 오리가 잡을 건데 그 안에 있는 계란이 바다 안에 떨어진 거예요. 계란이 없어졌다고 생각하는데 안에 있는 창꼬치 생선이 잡는 거예요. [조사자: 먹는 거예요?] 먹는 거 아니고 잡는 거예요. 잡아주는 거예요. 그렇게 하고 그 다 보고 웃는 거예요. 안 먹이면서 살려왔는데 그 동물들이 다 도와주는 거 다 도와주니까 그렇게 하고 계란을 가지고 그 바늘 밑을 반으로 그렇게 하는 거예요.

[조사자: 그 끝을 반을 잘라요?] 네, 잘라요. 그래서 그 안 죽는, 그 아까 그 죽는 기예요. 그리고 그 카시에의 집에 가서 자기 아내를 살리고 데리고 집으로 돌아오는 거예요. [조사자: 그 데리고 와서 어떻게 됐어요?] 같이 집에 다시 살게 됐어요.

근데 그때보다는 그 개구리 왕비라고 근데 그거는 왕자 아들의 혹시 한국어로 있어요. 그런 거? [조사자: 아니요. 그냥 찾아보는 거야, 있는지.] 아 찾으셨어요? [조사자: 근데 그냥 줄거리만 있어서 자세한 얘

기는 없네.]

근데 이거 이야기를 다 아까 제가 얘기했듯이 여기서는 우리한테 선생님이 어떻게 해석해주면,

"동물에 대한 나쁜 행동들 하면 안 된다. 동물들 도와주면 동물도 너를 도와준다. 각 사람을 어떻게 생겨도 무시하는 거 아니고. 외모도 보지 말고."

왜냐면 우리한테 지금 여기 개구리랑 결혼을 할 건데 개구리가 나중에 사람이 된 거예요. 근데 개구리라고 하고 다른 사람들이 그 형제들이 아내들이 무시하는 거예요. 웃기면서 그래서 그 동화의 두 번째 해석이 있다고 해요, 선생님이 항상. 그래서 그거는 그 백성들에서 나오는 이야기예요. 그거 애들한테 얘기해주는 거 그렇게 계속 이야기하면서.

[조사자: 그러니까 엄청 긴 이야기인데 그쵸?] 네. 그래서 지금 그거 순서대로 얘기 안 하면 그래서 예를 들면 여러 가지 동물들이 나오니까 그거 다 보여주고. [조사자: 그럼 이것도 어렸을 때 선생님이 학교에서 이야기를 접했어요?] 네. 어 초등학교에서. 왜냐하면 초등학교 4학년까지는 동화 같은 거 많이 읽어요. [조사자: 그쵸.]

물고기 방생한 어부와 욕심 많은 아내

● 구연정보

조사일시 : 2018. 01. 11(목) 오후
조사장소 : 인천광역시 미추홀구 용현동 인하대학교
제 보 자 : 피루자 [아제르바이잔, 여, 1990년생, 유학 2년차]
조 사 자 : 박현숙, 김민수

● 구연상황

제보자가 〈개구리 공주와 결혼한 막내 왕자〉 구연을 마친 뒤 러시아에는 이와 같은 민담이 많다고 했다. 조사자가 어떤 이야기가 더 있으냐고 하자 제보자는 짧은 이야기를 하나 더 하겠다면서, 구연에 앞서서 자기가 기존에 생각했던 것과 다른 해석을 들었다고 설명한 뒤에 이야기 구술을 시작했다. 제보자는 이야기 구연을 마친 뒤 이 이야기에 대한 푸쉬킨의 재해석을 길게 설명했다.

● 줄거리

옛날 어느 어부가 큰 생선을 잡았다. 생선은 노인에게 살려달라고 빌면서 자기를 살려주면 소원을 들어주겠다고 했다. 생선을 놓아주고 돌아온 노인이 그 일을 아내에게 말하자 아내는 첫 소원으로 큰집을 요구했다. 생선이 소원을 들어주자 어부의 아내는 이어서 귀족이 되기를 청했고, 그다음에는 왕후가 될 수 있게 해달라고 했다. 생선이 어부 아내의 소원을 모두 들어주자 그녀는 바다의 왕이 되게 해달라고 했다. 그러자 생선은 그 동안 들어줬던 소원을 다 원상태로 되돌려놓았다.

[조사자: 그러니까 이런 이야기 많죠? 러시아에.] 엄청 많아요. [조사자: 그러면 다음에.] 예를 들면 지금 짧은 거 얘기하나 할게요. [조사자: 지금 해줘요.]

예를 들면 노인과 낚시하는 노인에 대해서 이야기예요. [조사자: 어부, 어부] 어부? [조사자: 낚시하는 노인을 어부라 그래.] 들으셨어요? [조사자: 낚시하는 노인을 어부라고 해. 물고기 잡는 사람] 여기서는 제가 그동안 그거 푸쉬킨 작가가 쓰신 건데 제가 그동안 해석을 다르게 생각하고 있었어요. 근데 육 개월 안 됐어요. 다른 해석을 들었어요, 다른 사람한테 어떤 역사도 아니고 교수한테 동명 설화 본 거예요. 몇 번 반복하면서 들었어요.

어렸을 때 어떻게 들었냐면 그 어부의 어부가 큰 생선을 잡는 거예요. 생선이 나를 죽이지 말라고 하고 항상 소원이 있으면 소원을 빌어줄 거라고 얘기해요. 그래서 집에 와서 아내한테 얘기한 거예요. 그래서 아내가 여러 가지 욕심이 너무 많아서 너무 많은 것을 부탁해요.

[조사자: 근데 그 어부가 큰 물고기를 잡아서 어떻게 했어요?] 어떤 첫 번째는 어떤 사원이 있다고 얘기할 때는 아내한테 좋은 세탁하는. [조사자: 그러니까 이야기 처음에 어부가 물고기를 잡아요?] 네. 근데 그 어부가 물고기를 잡아 먹이려고 해요. 근데 그 아내가 계속 잔소리하고 먹는 거라도 가져오라고 하니까 계속 앉아있으면서 항상 실패해요, 안 잡히니까. 그래서 잡히는 거 큰 생선을 잡혀요. 잡히면서,

"죽이지 마. 나 도와줄게. 소원이 있으면 소원 들어줄게. 세 번 소원을 빌어줄 수 있다."

고 해요. 그래서 세탁용 대야? 아내한테 나이가 많으니까 좋은 대야를 부탁해요, 첫 번째는. 두 번째는 그거는 어부랑 생선이라고. [조사자: 어부랑 생선?] 네. [조사자: 두 번째는 아내가 또 뭘 요구해요?] 두 번째 요구하는 거는 잠시만요. 두 번째는 기억이 안 나는데. 세 번째는 기억이 [조사자: 세 번째는 뭐예요?] 큰 집을. [조사자: 큰 집을?] 두 번째로는. 마지막은 부자 되고 싶고 큰 집을 얻고 싶어요. (앞 내용을 정정하며) 아아, 두 번째는, 첫 번째는 남자는 그 아까 세탁용 대야를 부탁했는데 아내가 대신에 좋은 집을 부탁해요. 그래서 집을 해줘요. 그다음에 그 노인 아내가 양반 여자? [조사자: 귀족?] 네. 귀족 되고 싶어요. 그래서 그다음에 아, 그 귀족 어떻게 아셨어요? 귀족?

[조사자: 성?] 아니 양반 여자. [조사자: 귀족.] 귀족이 된 다음에 자기 남편을 마을 보는 데 있잖아요. [조사자: 성주?] 예를 들면 마을에 마을 아니고 말. 말 사는 데 있잖아요. [조사자: 마굿간?] 마부? 마굿간에 일을 하기로 보내요, 남편을. 그래서 남편은 거기서 일을 해요.

마지막으로 그 여자가 왕후 되고 싶어요. 그래서 마지막 소원도 왕후로 해줘요. 그다음에 마지막 소원이 아닌데 그다음에 어떻게 하고 싶으냐면 바다의 주인. 신이 되고 그 큰 생선이 부하가 됐냐면 그렇게 얘기해요. 그래서 그런 부탁을 얘기했는데 생선이 아무 말 안 하고 그냥 가는 거예요. 그래서 그 답변을 뭐라고 할까? 계속 기다리고 있어요. 처음부터, 처음 그대로 다 돌아가는 거예요. 가난한 집에서 살고, 세탁 대야도 깨진 거 있고 다 처음으로 되는 거예요.

제가 그냥 우리는 어렸을 때 보통 양심에 대해서 양심이 너무 많다. 양심 있다고 그렇게 안 된다. 그렇게 배웠는데 아까 그 교수가 어떻게 해석을 했냐면 푸쉬킨은 그런 대단한 작가가 욕심에 대해서 그렇게 얘기를 할까? 그렇게 생각하냐고. 그건 틀린 생각이라고. 작가는 노화 때 노인이 된 아내에 대한 얼마나 사랑이 큰 감정을 보여주는 거냐고. 노인이 되면 누가 그 사람을 좋아한가? 못생기고 안 이쁘고 고집도 많고 다 해요. 근데 여기서 작가는 그 노인이 얼마나 자기 아내를 좋아하고 소중하게 생각하고 다하기 위해서 다 노력하는 거예요. [조사자: 아내가 원하는 걸 다 해주려고 한다고.] 네.

근데 우리는 어렸을 때부터 아내를 무서워해서 아내가 그냥 힘이 있으니까 무서워해서 욕심 많고 다 해주는 거예요. 왜냐면 아내가 계속 잔소리를 했었으니까 근데 지금은 선생님들도 다 그렇게 해석을 하면 안 된다. 그 여자에 대한 사랑이라고 그렇게 얘기해요.

[조사자: 그러면 그 어부의 아내가 제일 처음에 요구한 건 큰 집, 그다음에.] 근데 노인은 그 세탁 대야를 부탁하는데 그거 다음이 집을 원하는 거예요. 그리고 요번에는. [조사자: 집 다음에 귀족이 되게 해달라. 그러고 그다음에 왕후가 되게 해 달라. 그러고?] 그리고 그 마지막으로는 바다의 왕. 그다음에 그런 거 너무 하니까 바다의 왕을 부탁할 생각 있으니까 그 큰 생선이 부하가 되어야 해요, 다 해치워야 되니까.

우리는 그 죽음까지 스물일곱 살인데 계속 욕심에 대해서 그렇게 알고 있었어요. 그런데 다시 해석해봤는데 진짜 그 노인의 사랑에 대한 이야기네요. [조사자: 그러네요.]

세 마리의 아기 염소와 늑대

● 구연정보

조사일시 : 2018. 01. 11(목) 오후
조사장소 : 인천광역시 미추홀구 용현동 인하대학교
제 보 자 : 레일라 [아제르바이잔, 여, 1991년생, 유학 5년차]
조 사 자 : 박현숙, 김민수

● 구연상황

제보자가 아제르바이잔의 금기문화와 금기어에 대해 들려준 뒤 초등학교 때 배웠던 이야기가 생각났다며 구연을 시작했다.

● 줄거리

옛날 어느 마을에 엄마 염소와 아기 염소 세 마리가 함께 살았다. 엄마 염소는 먹을 것을 구하러 나가가면서 아기 염소들과 암호를 정하고 아무에게나 문을 열어주지 말라고 당부했다. 늑대가 엄마 염소가 없는 틈에 집에 찾아가서 아기 염소를 속이려 했으나 아기 염소들이 문을 열어주지 않았다. 늑대는 염소의 집 근처에 숨어 있다가 엄마 염소와 아기 염소들의 암호를 알아냈다. 늑대가 엄마 염소가 없는 틈에 다시 찾아가서 암호를 대자 아기 염소들이 문을 열어주었다. 그러자 늑대가 막내 염소를 잡아먹었고, 겁이 난 두 형제 염소는 겨우 몸을 숨겼다. 이후 집으로 돌아와 이 사실을 알게 된 엄마 염소는 뿔을 날카롭게 간 뒤 늑대를 찾아가서 뿔로 늑대의 배를 찔렀다. 그러자 늑대의 갈라진 배 사이로 아기 염소 두 마리가 살아나왔다. 엄마 염소와 아기 염소들은 행복하게 살았다.

어느 마을에 염소랑 염소 자식 세 명 같이 살고 있었는데 염소가 늘 자기 자식들 먹이기 위해 항상 숲에 가서 자기가 먼저 먹고 그리고 먹고 나서 먹으면 우유가 생기고 그리고 먹고 나서 거기서 풀이랑 물이랑 이런 것들을 자기 자식들 먹이기 위해서 입으로 물 뿔로 풀을 가지고 오고 자식들을 먹였어요, 많이.

그때 딱 들어오(며) 항상 자기 자식들한테 강조하면서 얘기를 했는데 제가 노크를 할 때마다 내가 하는 말은 불 니네들 이름 얘기하고,

"생그룸, 쉥그룸, 맹그룸."

이라고 하면서,

"니네들 이름 얘기하고 그다음으로 내가 입으로 물을 가져오고 뿔 위에 지금 풀이 있고, 내 가슴에 우유가 있다."

고 하면서,

"이 얘기를 한 다음에 문을 열어주라."

고 했어요.

한번 늑대가 이 염소를 알게 되고 이 염소가 숲에 가는 길에 그 염소를 알게 되고 그 알아본 다음에 이 염소 자식이 세 마리 더 있으니까 이 자식들도 먹을 수 있고 염소까지 잡아먹을 수 있다고 생각했대요. 그래서 한번 노크해서 그 자식들이 똑같이 엄마한테 물어보는 것처럼.

"누구냐?"

고 물어봤을 때 그 늑대는,

"니네들 엄마."

고 했는데 근데 자식들 안 믿잖아요. 왜냐하면 자기들끼리 쓰는 말이 있으니까. 그래서 그때 문을 안 열어주고 늑대는 많이 노력을 해도 문을 안 열어줬으니까 그때 딱 염소가 들어오는 거예요, 그 시기에. 그때 염소가 늑대랑 싸우면서 늑대가 도망가는 거예요. 근데 도망가는데 그 염소가 들어와서 똑같은 말을 다시 강조하면서 얘기하는 거예요.

"제가 말씀했듯이 늑대는 우리를 잡아먹을 수 있으니까 문을 열지 말고 제가 이 말을 한 다음에 문을 열어달라."고.

이렇게 하는데 근데 그 말을 그 늑대가 문 뒤에서 듣고 있었어요. 그래서 그 어느 날 늑대가 준비해서 거기 와서 염소가 숲에 간

다음에 똑같이 그 말을 했대요. 노크하고 자식들 물어보면,

"누구냐?"고.

염소의 자식들이 물어보면 그때 똑같이 말을 했대요.

"나는 너희들의 어머니이고 뿔에 풀이 있고 입에는 물이 있고 가슴에는 우유가 있다."고.

"너네들 먹이러 왔다."

고 했대요.

그래서 자식들이 속으면서 문을 열어줬는데 문을 열어주고 보니까,

'아. 이거 어머니 아니고 늑대구나.'

그래서 자식 중에 두 명은 도망갔고 도망가서 집안에서 숨겼고, 매그룸이라는 자식을 늑대가 잡아먹는 거예요. 잡아먹었으니까 아무리 찾아봐도 다른 자식들을 못 찾았으니까 아무튼 늑대가 잡아먹고 도망가는데 딱 애기들 너무 무서워서 다시 문을 잠가놓고 계속 울면서 기다렸는데 이번에 엄마가 진짜 염소가 와서 노크를 하면서 똑같은 말을 했는데 이번에 애기들 무서우니까 문을 안 열어주고 이번에도 속일까 봐 문을 안 열어줬는데 근데 그때 딱 어머니가 설득시켜줬어요.

그리고 어떤 구멍 같은 데서 보니까,

'아. 진짜 우리 어머니다.'

하면서 문 열어줬어요. 근데 애기들이 이렇게 슬퍼하는 모습 보고 그 염소가 물어보는 거예요, 왜 슬퍼하는지. 그때 애기들 다 이야기를 하고.

"우리 동생을 잡아먹었다."고.

"늑대가."

그래서 그때 어머니가 너무 그 너무 충격받았고 슬퍼하면서 계속 나가서 숲속에서 자기 자식을 찾아보면서 어떤 여우 집에 가서 물어봤대요.

"내 자식을 니가 먹었냐?"고.

근데 여우가.

“내가 안 먹었다.”고.

“가서 늑대한테 물어보라.”고.

“나는 그런 짓을 안 했다.”

고 했대요. 그래서 그 어머니가,

‘아, 늑대가 먹었으면 그럼 늑대랑 싸우기 위해 내 뿔이 좀 날카로워야 된다.’고.

생각해서 약간 철 같은 것들 날카롭게 하는 사람들한테 가서,

“내가 염소인데 너한테 우유를 줄 수 있다.”고.

“내 뿔을 좀 날카롭게 하라.”

고 해서 그 사람한테 우유를 주고 아무튼 자기 뿔을 날카롭게 해서 그다음으로 늑대 집을 찾는 거예요. 계속 숲속에서 늑대 집을 찾으면서 하루 정도 시간을 보내면서 드디어 결국에 찾는 거예요. 찾으면서 거기 노크하는데 늑대한테 물어보는 거예요. 늑대가 물어봤어요.

“누구냐?”고.

“나는 염소인데 너는 내 자식을 먹었다.”

고 그랬는데,

“지금 싸우러 왔다.”

고 해서 늑대가 문을 열어주는 거예요.

“어, 그래 와서 싸우자.”

하면서 염소가 자기 뿔까지 날카롭게 했으니까 한두 번 이렇게 싸움 부딪히면서 한번 자기 뿔을 그 호랑이(늑대) 배 쪽에다가 해서 그 호랑이(늑대)가 죽게 되고 그 배 쪽이 이렇게 열리게 되고 안에서 자기 자식이 나타나는 거예요. 그래서 자식을 데리고 자기 집에 가서 오래오래 행복하게 살았다고 그런 이야기였습니다.

[조사자: 그럼 이 이야기가 아주 오래전부터 전해져오는 이야기예요? 아니면 그냥 교과서에 실려 있는 얘기예요?] 아주 오래부터 얘기인데 근데 교과서에서도 나오는 초등학교 때 가르치는 거예요, 우리한테는. [조사자: 초등학교 때 그때 배웠던 이야기예요?] 네.

친구로 가장해서 닭을 잡아먹은 여우

● **구연정보**

조사일시 : 2018. 01. 11(목) 오후
조사장소 : 인천광역시 미추홀구 용현동 인하대학교
제 보 자 : 피루자 [아제르바이잔, 여, 1990년생, 유학 2년차]
조 사 자 : 박현숙, 김민수

● **구연상황**

제보자가 무슬림의 고양이에 대한 인식과 말에 대해 소개한 뒤, 조사자가 제보자에게 아버지한테 들은 이야기가 더 없는지 묻자 제보자는 아버지에게 들은 이야기를 다 들려주었다고 했다. 조사자가 다른 이야기를 더 청하자 제보자는 잠시 생각하다가 동화를 들려주겠다면서 구연을 시작했다. 제보자는 이 이야기가 초등학교에서 많이 가르치고 동화책에도 많이 실리는 이야기라고 설명했다.

● **줄거리**

옛날에 친구로 지내는 닭과 여우가 있었다. 여우는 닭의 집에 자주 가서 병아리를 지켜주는 것처럼 닭을 안심시킨 뒤 살찐 병아리를 잡아와서 요리를 해 먹었다. 그런 뒤 여우는 곰이 병아리를 잡아먹었다고 덮어씌우고는 닭을 부추겨 곰에게 따지러 가자고 했다. 가는 길에 여우는 닭도 잡아먹었다.

[조사자: 그 러시아 이야기. 러시아 이야기는 어부 부인이 욕심 부리고 물고기 살려줘서 점점점 욕심 부려가지고 더 큰 거 선물해달라고 그랬다고 하는 이야기도 있던데. 러시아 이야기에.] 그런 거는 전 잘. [조사자: 모르시면 아는 이야기로. 아까 그 동화 이야기도 좋고 러시아 신화 이야기도 좋고.] 동화 이야기로 해 드릴게요.

예를 들면 우리 학교 다녔을 때 그 여우. 선생님이 보시면 러시아 동화를 많이 보시면 여우가 자주 나와요. 그거는 여우의 예를 들면 '여우 같은 여자'라고 해요. [조사자: 어어. 잠깐만요]

(조사자가 장비를 재조작하느라 잠시 구연을 멈춤.)

[조사자: 네, 러시아에 여우 이야기가 많다고요?] 네. 우리는 왜냐면 학교 다녔을 때도 그렇고 동화나 그런 거 해석을 많이 했었어요. 한국에서는 나쁜 뜻이라고 들었는데 근데 우리는 그렇게 얘기해요.

"아, 여우 같은 여자. 여우이다."

그렇게 그거는 오히려 똑똑하고 다 잘할 수 있는. 계산도 잘하고 계산하는 그거는 수학적으로 아니고 미리 계획하고 미리 잘할 수 있는 그것을 방법을 찾는 거? [조사자: 영리하다고?] 영리하다고. 그래서,

"아, 너 여우 같다."

고 얘기해요. 근데 그거는 칭찬하면서 얘기하는 거예요.

[조사자: 칭찬하면서.] 칭찬을 좋게 하려면 그렇게 하고 그래서 왜냐면 동화에서도 많이 나오니까 그런 거. [조사자: 어떤 동화가 있어요? 영리한 여우 이야기?] 닭과 여우인가? [조사자: 닭과 여우. 한번 찾아보셔도 돼요.] 네, 찾아볼게요. (웃음) 음 맞아요. 그거는 뭐라고 하면 동화도 아니고 잠시만요. 우화? 교훈적 이야기? [조사자: 네 맞아요. 닭과 여우?] 닭과 여우. 그런 거 있어요. 어, 맞아요. 그 학교 초등학교에서 가르쳐 줘요.

그 여우의 닭 친구가 있었어요. 근데 예를 들면 그 닭의 작은 새끼 병아리들이 있었어요. 그래서 그 지금 친구이니까 자꾸 그 여우가 집에 오는 거예요. 집에 와서 항상 보고,

"너, 똑똑하다. 너가 좋다."

그렇게 친구한테 칭찬 많이 하는 거예요. 그래서 그 오는 이유가 오면서 계속 그 병아리를 지키는 거예요. 그 친구, 친구 애를 지키는 거고, 그렇게. 그래서 여기서는 딱 집을 계속 집에 가면서 지키는 거. 통통한 병아리를 잡는 그렇게 지키는 거 그래서 몇 마리를 잡고 집에 가져온 거예요. 집에 가서 맛있는 것도 닭국도 만드는 거예요. 그렇게 하면서 그 닭의 믿음을 얻었으니까 그렇게 집에 들어갈 수 있었어요.

그래서 그 병아리들이 없어지는 거 알고 친구한테 그 여우 집에 와서 도움을 받는 거예요. 그래서 여우가 자기가 훔쳤다는 거 얘기 안 하고 아마 그 숲속에 있는 곰. 곰 집으로 가는 거예요.

"아마 네가 혼자서 못 가니까 내가 가서 도와줄게."

하고 곰이 훔쳐갔다고 곰한테 옮기는 거예요. 그래서 그 닭이 믿으면서 같이 여우랑 가는 거예요. 그렇게 하면서 닭도 잡아먹는 거예요. [조사자: 여우가.] 네.

그래서 그렇게 얘기하는 거예요. 사람이 살면서 그렇게 쉽게 믿을 수 있는 사람들도 있어요. 여기서는 착하고 쉽게 다른 사람을 귀얇은 사람들을 얘기하는 거예요. 그 사람들이 모르면서 친구라고 하고 계속 그렇게 여우 같은 사람들한테 먹이가 될 수 있고 잡힐 수 있다. 그거 어렸을 때부터 유치원에서도 얘기해주는 거예요.

그래서 그런 사람들이 안 좋은 의도를 갖고 교활하고 자기 입장만 생각하고 편하게 살기 위해서는 모든 것을 한다. 그런 뜻으로 얘기하는 거예요. 그래서 여기서는 교활한 사람들이랑 착한 사람들 비교하면서 얘기하는 우화예요.

[조사자: 이거를 초등학교 때.] 우리는 초등학교 때 학교에서 책 그 만화 아니 동화책 같은 거 나와요. 그림이랑 같이 보면서 그래서 어렸을 때부터 도덕적인 교육을 시키기 위해서는 우리 부모님들이 예를 들면 동화나 우화 같은 걸 많이 가르쳐 줘요. 근데 저도 어렸을 때부터 학교에서 다녔으니까 그전에도 주변에 있는 사람들이 러시아 사람들이 많았으니까 그런 도덕적인 동화를 우리한테 많이 가르쳐 줬어요.

사우디아라비아

안타라와 아블라의 사랑

● **구연정보**

조사일시 : 2016. 10. 28(금) 오전
조사장소 : 서울시 성북구 정릉동 국민대학교
제 보 자 : 압둘라 르만 [사우디아라비아, 남, 1990년생, 유학 6년차]
샤하드 [사우디아라비아, 여, 1992년생, 유학 2년차]
힌드 [사우디아라비아, 여, 1989년생, 유학 2년차]
조 사 자 : 오정미, 이원영, 이승민

● **구연상황**

제보자들이 아랍사람이라면 다 알 정도로 유명한 사랑 이야기라면서 구연을 시작했다. 압둘라 르만 제보자가 잠깐 자리를 비워 힌드 제보자가 먼저 구연을 시작했는데, 압둘라 르만과 샤하드 제보자가 협력하면서 이야기를 이어나갔다.

● **줄거리**

노예 출신의 어머니를 둔 안타라와 귀족의 딸 아블라의 안타까운 사랑 이야기이다. 두 사람은 서로 깊이 사랑했지만 가족의 반대로 사랑을 이루지 못하고 이별했다. 그 후 안타라는 시인이 되었다. 안타라의 시들은 오늘날까지 사우디아라비아 사람들에게 향유되고 있다.

힌드 : 이 남자 이름 안타라. 그런데 그 안타라 아버지 아랍사람, 그런데 어머닌 윗사람.

조사자 1 : 위?

(샤하드와 힌드 제보자가 아랍말로 대화를 했고 부재중이던 압둘라 르만 제보자가 돌아옴.)

샤하드 : 부자! 아빠 부자였어요. 그런데 엄마 윗사람(아랫사람)이었

어요. 까만색.

조사자 1 : 아! 흑인!

샤하드 : 네.

조사자 2 : 그걸 윗사람이라고 해요? 윗사람?

샤하드 : 아뇨. 그냥 한국말로.

조사자 1 : 한국말이 헷갈렸던 거야. 흑인?

(잠시 샤하드와 힌드가 사우디어로 대화함.)

조사자 1 : 그러면 아빠와 엄마 사이에서 태어난 아들의 이름이 안타라야?

샤하드 : 네.

조사자 1 : 이 이야기의 제목은 뭐로 할까?

힌드 : 안타라와 아블라.

샤하드 : 안타라와 아불라.

조사자 1 : 아블라는 여자이름이겠네?

샤하드 : 네.

조사자 1 : (압둘라 르만에게) 알아? 안타라와 아블라 이야기 알아요?

압둘라 르만 : 네.

조사자 1 : 오, 다 아는 이야기구나.

조사자 2 : 유명한 거라고.

조사자 1 : 어, 어, 그러네. 진짜.

(이야기가 어려운지 힌드가 한번 심호흡을 한 뒤 아랍어로 이야기하고 압둘라 르만이 통역함.)

압둘라 르만 : 전쟁이 들 때는 그 남는 사람이 몇 명 있을 거 아니잖아요. 여자는 남녀 그, 그래서 그 뭐지? 말이 안 나와요.

힌드 : 선생님 옛날 옛날에.

압둘라 르만 : 아니! 요즘도 있을 수 있는 거잖아요?

힌드 : 아니, 아니, 사람들이 여기, 중국! 중국! 중국 사람, 한국 사람 이렇게 (막대과자 둘을 손에 들고 칼을 휘두르는 시늉을 하며) 쉭! 쉭! 쉭! 쉭!

조사자 1 : 아! 전쟁이 났어?

힌드 : 어! 이렇게.
압둘라 르만 : 왼쪽이 (오른손을 흔들면서) 이쪽의 남자들 잡아, 잡는 거다.
조사자 1 : 잡아갔어? 포로?
압둘라 르만 : 네!
조사자 2 : 포로! 전쟁해서 포로로 잡아갔어?
압둘라 르만 : 네!
조사자 2 : 포로! 이쪽 나라 사람을 이쪽 나라 사람이 데려가는 것.
힌드 : 그 안타라 아버지 이름 '아무로셋탓.'
조사자 1 : 그냥 우리 안타라 아빠로 하자. (전원 웃음)
힌드 : 어머니 이름 '즈비바.'
조사자 1 : 전쟁에서 포로로 잡아갔어?
힌드 : 네.
샤하드 : 그래서 안타라 피부가 엄마 때문에 까만색이었어요.
압둘라 르만 : 엄마를 완전히 닮았다.
힌드 : 그리고 멋있지 않아요. (힌드 자신의 아랫입술을 가리키며) 여기.
샤하드 : 못생겼어요.
압둘라 르만 : 완전히 못생겼어요.
힌드 : 아뇨! 아뇨! (아랫입술을 가리키며) 여기
(한국말을 이어가지 못하고 아랍어로 이야기하고 압둘라 르만이 통역함.)
압둘라 르만 : 그래서 입술에다가 뭔가 찢어져 있었다.
조사자 2 : 언청이 같은 건가? 언청이.
압둘라 르만 : 진짜 잘 보이는 잘 볼 수 있는 바로. 입술의 그 뭐라고 하죠?
조사자 1 : 그거 우리나라는 언청이라고 해.
압둘라 르만 : 언청이.
조사자 1 : 태어날 때부터 그런 거죠?
압둘라 르만 : 네.

힌드 : 그래서, 아랍 옛날에 윗사람 같이 이야기 안 해.

샤하드 : 윗사람 같이 이야기 안하고 결혼 안하고, 밥도 같이 안 먹어요.

압둘라 르만 : 옛날에 있었던 문화는, 문화 중 하나는 그 가난한 사람들이 윗사람이랑 말을 못 거는 그런 문화였다.

힌드 : 안타라 아버지 부자인데.

(한국어가 기억이 안 나는지 아랍어로 말했고이를 압둘라 르만이 통역함.)

압둘라 르만 : 근데 안타라 아빠는 좀 부잣집에서 나오는 아저씨인데 자기 아들은 너무 까맣게 생겨가지고 우리 아들이라고 안 부르고 너무 너무 창피.

조사자 1 : 어! 창피했어. 아들이 창피했어.

압둘라 르만 : 네.

힌드 : 선생님 옛날에 (페트병들을 하나하나 가리키며) 이거 사람, 사람, 사람 똑같은, 가족끼리 그런데 높은 사람, 너무 높은 사람.

압둘라 르만 : 예를 들면 한국에서는 이 가족이 있잖아요. 이외 밖 가족도 있고, 장도 있고, 정도있고 뭐, 뭐, 그런데 제일 그 제일 위치가 제일 높은 사람들은 그 압스. 압스라는 가족이었다.

조사자 1 : 아! 신분이 가장 높은 패밀리 네임 성이 압스였다?

압둘라 르만 : 네. 그래서 그 뭐지? 그때는 그 부잣집들이랑 잘 지내려면, 친하게 지내려면 뭐, 뭐, 뭐, 뭐 해야 될 것이 너무, 몇 가지 있었다. 그 사람들, 예를 들면, '저 교수님이랑 일하고 싶다.' 그래서 교수님도 따로 조건이 있으실거다. 그래서 무슨 뭐, 뭐, 뭐 하면 되는지, 꼭 해야 되는 것이 먼저 알아보고 해야지 일하게 된다. 그래서, 그래서 안타라는. 그래서 이제는 압스 뭐지?

조사자 2 : 가문?

압둘라 르만 : 가문? 압스 가문도 있잖아요? 그래서 안타라는 잘 지내고 싶잖아요? 친하게 지내고 싶으니까 다가가서. "저 친하게 지내고 싶다. 뭐, 뭐 하면 되는지 좀 알려 달라."고 했다. 그래서. "아, 그래? 이렇게 하자. 우리는 우리 항상 싸우는 다른 부잣집

들이 있다." 다른 압스(가문) 같은 높은, 같고 높은, 싸움이 잘 되는. 그 집에 가서 뭐, 뭐 해 와라, 해오라고 뭐 그렇게 시켰다.

(다시 힌드 제보자가 아랍어로 이야기를 하고 압둘라 르만 제보자가 통역함.)

압둘라 르만 : 그래서 그 시킨 일을 다 뭐 가서 해냈다. 해내고 왔다. 그래서 이제는 너무너무 아빠는 너무 자랑스럽게 볼 수 있는 그런 아들이 되어가지고. "압스(가문) 집안 되는 우리 아들이다." 말해줬다. "이제는 창피 안 하고 진짜 아들이다. 우리 아들이다." 말을 했다. 그래서 그렇게 되어 그 안타라는 진짜로 제일 잘 싸우고 제일 잘 뭐지.

조사자 2 : 사나이? 용사? 제일 잘 싸우는?

압둘라 르만 : 네! 사람이 되었다 이제. 그래서 안타라의 한 사촌이 있는데 그 아빠의 형제 있는데 그 형제의 딸이 한 명 있었다. 그래서 그 딸을 보고 사람에 빠졌다. 뭐 좋아하게 되었다. 그 여자 이름은 아블라라고 했다.

(아블라의 풀네임에 대해서 서로 이야기 나눔.)

압둘라 르만 : 이름이 길어서.

조사자 1 : 아니 길게도 알고 싶어. 아블라 빈투맛?

힌드 : 네. 선생님

압둘라 르만 : 그 문화에선 뭐, 뭐 진짜 살았던 사람은, 뭐 완전히 달랐다. 완전히 달랐어요. 뭐 제일 다른 점이 뭐냐 하면 결혼할 때는 남자와 여자는 집이야 결혼이 된다. 100% 진짜 다 똑같은 집에서 태어난 여자랑만 결혼할 수 있는 그런 문화였어요.

조사자 1 : 옛날에는 그런 부자, 위에 사람들을 뭐라고 했어? 우리나라는 그걸 양반이라고 했거든.

압둘라 르만 : 양반?

조사자 1 : 어 우리나라는 옛날에 돈 많고 귀족 같은 노블레스들을 양반이라고 했는데 사우디는 그게 뭐야?

압둘라 르만 : 아랍말로요?

힌드 : 따바깔라 빌라 아누발라.

압둘라 르만 : (천천히 다시 말해주며) 앗다바가.
힌드 : 앗다바까하.
(압둘라 르만과 힌드 제보자가 아랍어로 서로 발음함.)
조사자 1 : (농담으로) 싸우지마! (전원 웃음)
힌드 : 앗다바까하. 네. 맞아요.
조사자 1 : 앗다바까하 안나빌라 (웃음)
힌드 : 네.
조사자 1 : 이렇게. 그러니까 그게 양반이었어. 그렇지? 이 사람들, 이 사람들끼리만 결혼을.
조사자 2 : 좋은, 좋은 가문들끼리?
힌드 : 네.
조사자 1 : 그래서?
힌드 : "우리는 가난한 사람이랑 왜 그런 결혼하지 않는다."고.
조사자 1 : 없고
압둘라 르만 : 네. 그래서 그 안타라는 그 사촌의 딸이랑 결혼하고 싶다고 말을 하니까 그 사촌이. 그 딸의 아빠는. "아유! 말 되는 소리나 해." 먼저 그런 말을 하면서. "너 죽을 때까지 결혼 못 하겠다. 우리 딸이랑. 절대로 그런 생각 하지 말라."고 말했다. 우리 집 사람이 아니니까, 우리 가족에서 되는 사람 아니니까.
조사자 2 : 그런데 아까 안타라 아빠도 부자라고 하지 않았어요?
압둘라 르만 : 네.
힌드 : 사촌. 아버지들이 형 동생.
조사자 1 : 그런데?
힌드 : 그런데 안타라 어머니.
조사자 1 : 아! 엄마 때문에
힌드 : 그래서 안타라 아랍사람 100% 아니에요. 그래서 안 돼요.
조사자 1 : 그러면 엄마는 아까 말한, 엄마는 전쟁 때 데리고 온 사람인거네?
압둘라 르만 : 네. "우리 딸이 그냥 높은 집이니까 그런 생각을 그냥 버리면 되겠다." 이렇게요. 그래서 아빠는 딸한테는, 아빠는 딸

이 슬픈 것을 보고. "아, 그래 일단 이렇게 하자. 안타라야 우리 딸이랑 결혼하고 싶지? 그러면, 결혼하려면 몇 몇 개 있으니까 해 와라." 일을 시켰다. 진짜 어렵게 시켰거든요. 진짜 할 수 없는 것도 시키고 뭐 결혼하려면 그런 것을 해오라고 말했다.

조사자 1 : 왜?

(제보자들이 사우디어로 대화를 함.)

힌드 : 한국여자랑 결혼하고 싶대요.

압둘라 르만 : 아니!

샤하드 : 외국 여자! 외국 여자! 한국여자들이 얼마나 이뻐요, 엄청 많아요. 아니, 그건 옛날이잖아!

조사자 1 : 그런데 갑자기 이 이야기를 왜 한 거야?

압둘라 르만 : 사우디 여자보다 더 그렇게 이쁘게 볼 수 있는 여자가 어딘데요?

조사자 1 : 어, 없다 그거지. 아니 그런데 갑자기 이 이야기를 왜 한 거야?

압둘라 르만 : 아. 몰라요.

힌드 : 그 아저씨 안타라한테 알마하라 선생님! 알마하라 알아요?

샤하드 : 결혼 준비, 결혼 준비!

조사자 1 : 이 이야기는 조금 있다가 하자.

샤하드 : 아니. 왜냐하면

압둘라 르만 : 아니 됐거든? 아니! 안타라 그 여자 아빠한테 결혼일 준비하고 다시 와요. 그거, 그 결혼 준비하는, 결혼 조건 중에서는 아랍 아닌 이슬람 문화에서는 그 남자는 여자한테는 그 뭐지? (아랍어로 이야기를 하며) 그 뭐라고 하죠?

힌드 : 선생님! 선생님! 지금 압둘라 르만 결혼하고 싶어요. 그런데 여자 아무것도 안 해요. 그런데 압둘라 르만 (손목을 가리키며) 비싼 시계, (손가락을 가리키며) 다이아몬드 여기 반지? 그리고 여기부터 금 다 금, 가방 그런데 이 가방 다 금 그리고 돈.

조사자 1 : 아, 그게 사우디 문화예요?

샤하드 : 무슬림 문화.

압둘라 르만 : 으아! 머리 아파! 미안해요.
힌드 : (핸드폰으로 뭔가의 목록을 보여주며) 이런 거 달라. 여자한테.
샤하드 : 이거부터 시작해요.
힌드 : 이거 너무 비싸요.
조사자 2 : 여자 집에?
힌드 : 네.
조사자 1 : 이슬람 문화는 결혼을 하려면 남자가 여자한테 많은 선물을 하고 돈을 줘야.
힌드 : 많은 아니에요. 그냥.
조사자 1 : 많은 거지.(웃음) 근데 어째 됐건 그래서?
조사자 2 : 그게 기본으로 다 하는 거야?
힌드 : 네.
조사자 1 : 옛날에만? 지금도?
힌드 : 지금도. 이거 다 남자만. 집도 남자. 여자 아무것도 안 해요. 이거 이름 '마하르.'
조사자 1 : 음! 그래서?
조사자 2 : 그걸 마하르?
힌드 : 네, 그래서
조사자 1 : 그 마하르를 준비해야 돼? 안타라가.
힌드 : 네.
조사자 2 : 지참금?
조사자 1 : 어, 지참금.
조사자 2 : 매매혼의 그거네. 옛날에
압둘라 르만 : 뭐라고 하죠? 저 배웠는데 까먹었어요. 한국말로 뭐?
조사자 1 : 지참금
압둘라 르만 : 지참금! 네!
조사자 2 : 이런 돈 준비해야 되는 거?
압둘라 르만 : 네.
조사자 1 : 응. 지참금.
압둘라 르만 : 원래는 그 이슬람. 뭐 처음 이슬람이 나타났을 땐. 그

무함마드라는 사람이 있었잖아요? 그래서 그 결혼 지참금? 그 지참금을 너무 간단하게 내라고. 너무 조금이라도 내라고. 제가 낼 수 있는 만큼 내라고. 그렇게 시켰다. 그렇게 이슬람이 시작했다. 그런데 문화에 따라서 너무 달라지기도 하고 사람들도 더 많이 달라하기도 하고, 뭐 그리고 집마다 다르거든요. 엄청 많이 달라요. 어떤 집이 진짜 말도 안 되는 것들을 달라고 하고 어떤 집은 봐 봐요, 어떤 집은 양을 한 마리라도 주면 되는 그런 집도 있어요.

(샤하드 제보자가 잠깐 자리를 비움.)

조사자 1 : 그러면 무슬림은 아들보다 딸을 낳는 게 더 좋겠다.

힌드 : 네, 네 맞아요.

조사자 1 : 그러네. 알죠? 유교 문화에서 한국, 중국은 아들을 더 선호하잖아. 그런데 이슬람은 그게 아니라 딸이 더 좋다는 거잖아. 그렇지?

힌드 : 네.

(조사자가 설명 후, 샤하드 제보자가 다시 돌아오고 이야기가 계속됨.)

조사자 1 : 하여간, 그래서 우선 이 이야기마저 합시다. 결혼 준비를 시켰어.

조사자 2 : 안타라가 지참금을 준비해야 되는데 결혼하려고.

힌드 : 네, 그런데 아블라 아버지 안타라한테.

샤하드 : 빨간 낙타.

조사자 1 : 빨간 낙타?

압둘라 르만 :. 아니 낙타 백 마리를 그 데려오라고.

조사자 1 : 빨간 낙타야? 낙타 백 마리야?

힌드 : 낙타 빨간 백 마리요.

조사자 2 : 빨간 낙타를 백 마리나 가져오라고?

힌드 : 네. 그런데 그 낙타.

압둘라 르만 : 그래서 다른 국가에. 그래서 뭐 그렇게 그 빨간 낙타 백 마리는 그 다른 국가에 계신 왕의 낙타니까 거기 가서 데려오

라고 했다. 너무 어렵게, 어렵게…….

조사자 1 : 거짓말이구나?

힌드 : 거짓말 아니에요.

조사자 1 : 있어? 진짜 빨간 낙타가?

힌드 : 아! 모르겠어요. (웃음)

조사자 2 : 너무 어려운 문제를 주었구나.

(샤하드와 힌드 제보자가 서로 대화를 한 뒤 샤하드 제보자가 이야기함.)

샤하드 : 아! 맞아요! 그런 낙타 있었어요.

조사자 1 : 이야기 속에 있겠지? 실제에는. 오케이 그래서?

압둘라 르만 : 그 낙타는 그 나라에만 있는.

조사자 2 : 이제 그걸 구하러 가나? 낙타를?

힌드 : 아뇨! 아뇨!

조사자 1 : 빨간 낙타를 구해와라! 라고 시켰어.

압둘라 르만 : 네. 이게 첫 번째, 첫째 조건이고요. 그래서 안타라는 그래 저도 어쩔 수 없이 뭐 그냥 찾으러 가야 되겠다. 도망갔다. 그래서 도망가서 여기저기 돌아다니고 진짜 멀리도 갔고 너무 너무 모르는 국가도 가가지고 모르는 사람들도 싸우게 됐고 몇 번이나, 몇 번이나 됐고. 그런데 한 세월이 한 세월이 지나가가지고 한 5년 뒤에 다시 돌아왔다. 빨간 낙타를 100마리를 데리고 왔다. 네.

조사자 1 : 진짜 데려왔어?

압둘라 르만 : 진짜 쉽게 그것들을 다 해왔다.

힌드 : 그리고 새! 예쁜 새.

압둘라 르만 : 아! 그리고 낙타뿐만 아니라.

조사자 2 : 두 번째 조건?

압둘라 르만 : 새도 천 마리 데려왔다.

조사자 2 : 어떤 새?

힌드 : 예쁜 새. 귀한 새.

압둘라 르만 : 그 다른 국가에만 있는 새.

조사자 2 : 아! 특별한?

압둘라 르만 : 네! 딸의 아빠는. "아이고. 안타라 잘 했네. 생각보다 잘했네. 이제는 어쩌지? 이제는 다른 걸로 해야, 할 수밖에 없네." 일단 절대로 안 하니까, 결혼할 수 없으니까 딸은 안타라 같은 너무 너무 세고 잘 싸우는 그런 젊은 애들한테는 가서. "우리 딸이랑 결혼하고 싶지?" "어! 예! 예! 예! 결혼해 주세요! 결혼해 주세요!" 그래서 그러니까. "결혼하고 싶은 사람은 안타라 목을 잡아 와라." 죽이고.

조사자 1 : 목을 쳐라.

조사자 2 : 목을 베서 가지고와.

압둘라 르만 : 그래요. 그렇게 시켰다. 그런 조건으로 할 수 있는 사람은 결혼해 줄 거라고 말했다. 네, 그래서 안타라 몰래 그렇게 말을 했다.

조사자 1 : 자 이야기하세요. '안타라의 목을 쳐라!' 하고 그러면 그 남자들이 갔겠지? 목을 치러.

압둘라 르만 : 네. 그래서 안타라가 다가가서 싸우게 되었다. 계속 뭐 거의 뭐 하루마다 아침 동안 계속 싸우게 되었는데 칼로. 그런데 계속 안타라만 이기고 있었다. 잘하니까 제일 잘 싸우는 사람이 안타라니까 계속 이기고 있었지만은 어느 날엔 너무 슬퍼서 못 이겼다. 그러니까 사람들이 너무 많잖아요? 그 한 명인데.

조사자 1 : 너무 힘들어서.

압둘라 르만 : 어떤 속담이 있는데 옛날 어떤 아랍 속담이 있는데 그 속담은 '많은 것은 센 것보다 낫다.'그건 이렇게 말하면 되나?

조사자 1 : 아주 잘 한 거야. 그러니까 많은 것은 센 것, '혼자 힘센 사람보다 많은 게 더 세다.'라는 거지?

압둘라 르만 : 네. 그래서 이렇게 이런 싸움이 된 다음에 이런 속담이 났다. 안타라는 혼자니까 질 수밖에 없는 상황이니까 나타난 속담이었다. 지금까지 진짜 잘 쓰는. 그래서 안타라는 져서 너무 슬픔에 빠졌다. 왜냐하면 이유는 3가지 있었다. 첫 번째는 아블라는 계속 좋아하지만 계속 사귀지 못한다, 사귀지 않는다. 두

번째는 그 나는 이제 나는 우리 집인데 왜 우리 집 사람들이랑 싸우는지 말도 안 되고 계속 싸우니까 너무 슬프다. 세 번째는 우리 아빠의 잘못이다. 아빠 때문에 잘 못산다. 아빠는 계속 그 피부 때문에 창피해하고 음 그리고 사람들도 그냥 뭐지? 무시하게 한 아빠라고 생각한다. 이런 이유들로 살았다. 그래서, 그래서 그 안타라를 죽일 수 있는 사람이 없었고, 안타라도 이길 수 없었고, 이길 수도 없었고. 어쩔 수 없이 결혼하지도 못하고 도망갈 수 없는 상황이니까 그냥 도망갔다. 아블라와 아빠와 그 집 다 두고 도망갔다.

조사자 1 : 아, 혼자?

압둘라 르만 : 네. 그래서 도망가가지고 한 시? 시하는 뭐라고 하지.

조사자 1 : 시인!

압둘라 르만 : 네! 시를 하는 사람이 되었다. 시인이 되었다. 진짜 유명하고 사람들이 그 뭐지? 쓰면 잘 들어보는 그런 시인이 되었다.

샤하드 : 지금까지. 대학교에서 공부해요!

조사자 1 : 아! 지금까지 그 시를?

압둘라 르만 : 네. 그 시를 이런 요즘 대학교에 가르치는 시다.

힌드 : 조금 어려워요.

압둘라 르만 : 어렵지만은 들으면 와, 사랑에 빠질 수밖에 없네.

조사자 1 : 미션! 그 시 좀 번역해 와. (웃음)

압둘라 르만 : 그 안타라는 그 시인이 되어가지고, 계속 그런 하는 시는 계속 아블라에 대한 그 부르는 시였다. 네. 너무 사랑이야기라고 하죠. 그런데 그 시간에 아블라도 다른 남자한테 시집갔다. 그런데 그 남자는 그렇게 잘생겼고 키도 크고 싸우기도 잘 싸워요. 이 남자도요. 그래서 뭐 그렇게 뭐 그런 아블라도 그렇게 되었고 안타라도 시인이 된 걸로 그런 이야기를 그쳤다. 너무 너무 슬프게 살았던 안타라도, 어쩔 수 없이 다른 남자한테 시집간 아블라의 그런 이야기다.

조사자 1 : 오케이. 끝?

압둘라 르만 : 그래서 사람들이 왜 계속 좋아하고 생각하냐하면 그

시 그 안타라는 진짜 오랫동안 너무너무 한 50대까지 계속 사랑에 빠지고 있었고, 너무 좋아하고 있었고 그런데 어쩔 수 없이 뭐 그냥 다른 걸로 보게 되었다. 그 시인이 된.

조사자 2 : 둘이 다시 만나요? 못 만나?

압둘라 르만 : 네. 다시 그냥.

힌드 : 죽었어요.

조사자 1 : 그래야 이게 아름답지.

압둘라 르만 : 슬픈 사랑이야기.

조사자 2 : 안타라는 끝까지 혼자 아블라만 생각하면서 살아가고 그 아블라를 위해서 시를 썼는데 그 아블라는 딴 남자한테 시집을 갔고 그래서 인제 비극적이라서 사람들이 더 아름답게 생각한다?

압둘라 르만 : 네.

조사자 1 : 그런데 아블라도 그럼 안타라를 사랑한 거예요?

압둘라 르만 : 엄청 많이 사랑했죠.

조사자 2 : 아! 둘 다?

조사자 1 : 아! 아블라도.

압둘라 르만 : 그래서 요즘은 어떤 속담이 있는데요. 사람들이, 예를 들면 어떤 남자가, 어떤 남자와 여자와 자기 뭐 좋아하는데 사람들이 볼 때는. "아이 얼마나 사랑해도 안타라 만큼은 못 사랑하잖아." 이런 속담이 있는데 '안타라 같이 못 사랑한다.'고. '안타라답게 사랑해봐.' 그런 농담도 많이 하고.

조사자 1 : (힌드 제보자에게) 안타라 같이 사랑할 수 있어? (웃음)

힌드 : 없을 것 같아요. (웃음)

조사자 2 : 이게 사우디아라비아에서 제일 사랑의 남자의 대명사가 되었구나.

여자 식인귀 셀리야

● **구연정보**

조사일시 : 2016. 10. 28(금) 오전

조사장소 : 서울시 성북구 정릉동 국민대학교

제 보 자 : 압둘라 르만 [사우디아라비아, 남, 1990년생, 유학 6년차]
샤하드 [사우디아라비아, 여, 1992년생, 유학 2년차]
힌드 [사우디아라비아, 여, 1989년생, 유학 2년차]
아델 [사우디아라비아, 남, 1990년생, 유학 3년차]

조 사 자 : 오정미, 이원영, 이승민

● **구연상황**

제보자들이 사우디의 귀신 이야기라며 구술을 시작했다. 힌드와 샤하드 제보자가 아는 이야기고 압둘라 르만 제보자는 모르는 이야기였지만, 힌드와 샤하드가 사우디 말로 이야기하는 것을 압둘라 르만 제보자가 해석하는 식으로 구연을 이어나갔다. 듣고 있던 아델 제보자도 구술에 참여했다.

● **줄거리**

한 왕이 부부 식인귀를 잡아서 죽이려 했으나 임신했다는 말에 여자 식인귀를 살려주었다. 그 여자 식인귀에게서 태어난 딸은 왕의 사촌을 잡아먹었고, 분노한 왕은 그 식인귀 딸을 죽여 버렸다. 그러자 식인귀 딸은 머리와 젖가슴이 긴 끔찍한 모습으로 변해서 사람들을 계속 잡아먹었었다. 그 식인귀의 이름이 셀리야다.

힌드 : 여행가는 길에 커플 있었어요. 그 커플 돈 없고 밥 없어요. 그래서 사람들이 여행가면 그 사람들한테 "배고파?" 아니면 "피곤해요?" 물어봐요. 그냥 도와주고 싶어서.

샤하드 : 모르는 사람 데리고 집에 가서 그 사람을 먹어요, 귀신들이.

압둘라 르만 : 사람을 먹는 커플이 모르는 사람한테 다가가 가지고 도와주는 척, "뭐 필요한 거 있어? 어떻게 도와드릴까?" 그러면 있을 거 아니죠. 그러면 그 필요한 것을 뭔지 말해줘서 데리고 집에 가가지고 죽여서 잡아먹는다고 해요.

힌드 : 그래서 이 이야기.

샤하드 : 그 나라 있는 왕 들었어요. 그 이야기 들어서. (사우디어로 대화를 나눈 후) 긴 칼 그 왕 준비하고 그 커플을 죽이고 싶어서 그 남자를 죽였어요. 그래서 그 왕 여자를 죽고 싶었는데, 그 여자 왕한테 나 지금 임신?

압둘라 르만 : "임신 중이니까 죽이지 마라. 저 뭐든 할 수 있으니까." 그러면 그 왕은 "죽이지 않겠다. 그런데 그렇게 하지 않을 테니까 너도 사람들 죽이지 마라 앞으로." 그런 약속으로 안 죽이고 그냥 넘겼습니다.

힌드 : 그다음에 그 왕 사촌 여행갈 때 그 여자 살리아.

압둘라 르만 : 그 왕의 남동생의 아들 먹었어요. 죽여서 먹었어요.

조사자 1 : 그 귀신이?

압둘라 르만 : 네. 그런데 왕이 없었거든요, 없고 그냥 행가는 중이니까.

조사자 1 : 약속을 깬 거네요? 그 귀신이.

압둘라 르만 : 그 왕이 가는 것 보고 진짜 잘 잘 갔다 확인 잘 하고. 집에 들어가 가지고 사촌.

조사자 1 : 왕의 사촌을 잡아먹었어요?

압둘라 르만 : 네. 임신 중이었잖아요? 그 한참 전에. 그런데 낳아놓은 그 아기 여자였거든요. 그 여자랑 같이 잡아서 먹었거든요. 그 왕의 사촌을.

조사자 1 : 아! 엄마 귀신, 아기 귀신이 같이 먹었어?

압둘라 르만 : 네. 같이 먹었어요.

힌드 : 그래서 그 왕 마음이 너무 아파서.

압둘라 르만 : 그 왕이 너무 마음이 아프고 화가 너무 나서가지고 집에 돌아와 가지고 그 귀신을 잡고 산 제일 높은 위치로 올라가서

불에다가 그녀 버렸어요.

조사자 1 : 불에다 태워 죽였어요?

압둘라 르만 : (사우디어로 대화 후) 네. 태워 죽였어요. 그런데 대신에 그 아기가 있잖아요? 그 여자아기. 여자아기가 또 왕을 봤거든요. "아! 내 엄마를 죽였네? 저도 진짜 어른 될 때 진짜 뭐뭐 하겠다."

조사자 1 : 복수? 네. 복수! 그래서.

(샤하드와 힌드가 사우디어로 이야기하면 압둘라 르만니 통역을 하는 형태로 구술이 진행됨.)

압둘라 르만 : (힌드가 사우디말로 하자, 힌드를 향해) 한국 말로.

(힌드가 사우디어로 말하고, 압둘라 르만이 통역을 함.)

압둘라 르만 : 나이가 먹으면서 그 머리도 너무 예쁘게. 너무 길어지고 무섭게. 손톱 너무 길어지고 너무 무섭게 생긴 여자가 되고. 아! 알았어. 그 여자 가슴이 너무, 보통 가슴이 아니고 너무 너무 너무 크게 생겼고, 너무 더럽게, 무섭게 그래 뭐 사람들이 볼 때는 이게 뭔지도 모를 정도로 생겼어요. 아! 거의 무릎까지 생긴 가슴이 되었습니다. 아니. 무서운 것보다는 정말. 그 여자는 나이가 먹어가면서 사람들을 먹잖아요. 먹을 때는 가슴을 뒤로. 어깨에다가 걸쳐놓고 사람들 네 먹는 그런 식으로. 이런 점이, 그런 일이 일어났어요. 자기 이모한테 샤하드가 물어봐가지고 이모는 이상하게 말을 하셨대요.

힌드 : 사우디가 너무 커요. 다 달라요.

조사자 1 : 당연히 달라. 힌드가 아는 걸로 먼저 이야기 해봐.

힌드 : 여기까지 끝났어요. 그래서 지금까지. 아이 잘못했어요, 아니면 그냥 너 잠 되어. 이 여자 너를 잡아먹을 거예요.

압둘라 르만 : 아! '너 계속 잘못한다면 그 여자 데리고 와가지고 너를 먹을 거야. 잘해라! 앞으로.' 그리고 아까 이모 말씀이 뭐냐면, 아까 이모한테 물어봤잖아요. 물어봐가지고 손이 당나귀 손같이 생겼대요. 너무 크게.

조사자 1 : 가슴은 아니고?

압둘라 르만 : 가슴은 물론이죠.
조사자 1 : 혹시 귀신이 사우디 발음으로 뭐예요?
압둘라 르만 : 샤바흐.
힌드 : 셀리야. 근데 이 사람 이름 셀리야.
조사자 1 : 어린 아이 이름이? 아니면 엄마가?
힌드 : 아니 이 귀신. 이 셀리야는 사실은 동물이거든요. 동물인데 사우디 사람들이 아닌 사람들이 잘 못 알아들어요. 무슨 뜻인지. 맞지? 사우디 사람들이 아닌 사람들이 무슨 뜻인지 몰라요. 그러니까 우리는 귀신으로 말하는 거예요.
조사자 2 : 그럼 원래 살리야라는 동물은 어떤 동물이에요?
힌드 : 그 바닥에다가 사람들 뭐 말리거나 너무 빠르게 움직이는 바다. 바다. 바다에서.
(조사자들이 갈피를 못 잡자 아델이 핸드폰으로 사진을 보여줌.)
아델 : 이거. 이거.
조사자 2 : 아! 도마뱀 같은 거?
압둘라 르만 : 그렇죠. 그러니까 사람들이 옆 나라라도 못 알아들으니까 우리는 귀신으로.
힌드 : 그때 아이들이 저녁에 잠을 안 자면 어머님 그런 이야기를 하는. 그리고 불 끄고 가요. 너무 무서웠어요. 어렸을 때 너무 무서웠어요.
조사자 2 : 여기 이 지역에 이 동물이 많아요?
압둘라 르만 : 예. 좀 많긴 하죠.
아델 : 사막. 사막.
조사자 2 : 우리나라에는 호랑이가 많아서, 호랑이가 잡아간다 이런 얘기 많이 했어요.
압둘라 르만 : 저도 그런 이야기 많이 들었어요.
조사자 1 : 근데, 가슴이 이렇게 길어지는 거는, 이 이야기 속, 이 귀신만 그런 거예요? 아니면?
힌드 : 이 귀신만.
조사자 1 : 아, 이 귀신만. 너무 재미있어.

조사자 2 : 잡아먹을 때는 넘겼다가 안 잡아먹으면 내려.

압둘라 르만 : 먹고 나서, 다시 내려. (웃음)

조사자 2 : 얼굴은 사람처럼 생겼어요? 동물처럼?

압둘라 르만 : 사람처럼 생겼는데, 너무 무섭게, 너무 드럽게 다시 안 봤으면 좋겠다 이런 느낌으로.

할머니와 악마의 대결

● 구연정보

조사일시 : 2016. 10. 28(금) 오전
조사장소 : 서울시 성북구 정릉동 국민대학교
제 보 자 : 압둘라 르만 [사우디아라비아, 남, 1990년생, 유학 6년차]
샤하드 [사우디아라비아, 여, 1992년생, 유학 2년차]
힌드 [사우디아라비아, 여, 1989년생, 유학 2년차]
조 사 자 : 오정미, 이원영, 이승민

● 구연상황

힌드 제보자가 구연을 진행하고 해석이 부자연스러운 부분은 압둘라 르만이 통역하며 도왔다. 통역 부분뿐만 아니라 구체적 줄거리도 서로가 상의하면서 계속 웃음이 끊이지 않는 구연 상황을 만들어 갔다.

● 줄거리

할머니와 악마가 누가 더 지혜로운지 내기를 했다. 할머니는 엄청난 일을 저지른 후 악마에게 이 일을 수습하라고 시켰고, 악마는 결국 실패했다. 반면에 할머니는 그 일을 지혜롭게 수습해서 악마를 이겼다.

압둘라 르만 : 한 이모랑, 아니, 아니, 그 할머니랑 (아랍어로 서로 이야기를 하다, 힌드가 먹고 있던 막대 과자를 머리 위에 대고 뿔을 만들어 보이며) 나쁜.

조사자 1 : 뿔? 도깨비?

압둘라 르만 : 아뇨!

조사자 2 : 토끼?

샤하드 : 엔젤 아니에요.

힌드 : 빨간색 요거. (오른손을 흔들며) 여기 포크.
조사자 2 : 아! 악마!
압둘라 르만 : 악마! 악마요!
조사자 1 : 데빌!
압둘라 르만 : 네, 데빌. 할머니와 악마.
(잠시 간식을 먹으며 구연이 잠시 중단됨.)
힌드 : 어느 날에 할머니 혼자 집에 있었어요.
압둘라 르만 : 할머니가 혼자였다.
힌드 : 갑자기 그 악마 나와서 그 할머니
(한국어가 생각이 안 나는지 아랍어로 이야기했고 압둘라 르만이 통역함.)
압둘라 르만 : 깜짝 놀라셔가지고, 놀라셔서.
힌드 : 그 악마 할머니한테. "할머니 너, 너"
압둘라 르만 : "똑똑하다고 생각하냐? 네 머리가 잘 되고 있다고 생각하냐?" 이렇게 물어봤다. 악마가 그 할머니한테.
힌드 : 그래서 그 할머니. "네. 나 똑똑해." 그리고 여자들이 다 (아랍어로 샤하드가 도움을 주며) 너무 너무 똑똑해.
샤하드 : 인어보다 똑똑하다고 생각했어요.
힌드 : 악마. 악마.
조사자 1 : 여자들이 악마보다 똑똑하다고 생각했어요.
힌드 : 네. 악마가 할머니한테.
압둘라 르만 : 그래서 악마는. "에? 말도 안 되네? 그러면 누가 제일 똑똑한지 게임 같은 걸로 경주? 아니, 경쟁?"
조사자 2 : 내기!
압둘라 르만 : 내기! 내기를 하자고 했다.
힌드 : 그 할머니 악마한테 "그럼 나는 문제."
조사자 1 : 퀴즈를 낸 거야? 문제를 냈어! 악마한테.
힌드 : 네.
압둘라 르만 : "그래! 알겠어. 그럼 시작하자." 할머니 말씀은 시작하자고. 그래서 저, 한 문제를 그냥 뭐 그냥 나타나게 하겠다. 한

문제. 퀴즈 말고 "진짜 문제 하겠다."고. 그래서 "너는 그냥 해결하러 가가지고, 해결하라고 보냈다. 그래서 해결할 수 있을지 없을지 보겠다." 말을 했다. 그래서 하지 못하면, "내가 너 대신에 할 거다."라고 말했다. 네! (조사팀에게 단어를 물어보며) 앞에 말씀해주셨던.

조사자 1 : 악마?

압둘라 르만 : 아니.

조사자 3 : 내기?

압둘라 르만 : 내기!

조사자 2 : 아! 시합한다고? 서로?

압둘라 르만 : 네! 네네! 그렇게 내기 시작했다.

조사자 2 : 누가 더 똑똑한지 내기해보자!

힌드 : 네! 네!

샤하드 : 그래서 그 할머니 음, 밖에 나가서 일 없는 사람한테, 찾았어요. "나하고 일하고 싶다."고 말했어요.

조사자 1 : 할머니가 밖에 나가서 어떤 사람한테?

힌드 : 네. 어떤 없는 사람.

샤하드 : 일 없는 사람.

조사자 1 : 일 없는 사람한테 위드 미! 나하고 함께 하자. 했던 거야?

힌드 : 네! 아니, 그런데.

샤하드 : 그 월급 받고 싶으면 내가 다 할 일이 생각하지 마. 그냥

압둘라 르만 : 그 사람들한테 뭐 같이 하자고. 하자고 하는데 한 조건이 있다. 그 조건이 뭐냐 하면. 뭐. "일을 할 때는 뭔가 궁금할 때나, 뭔가 내가 잘못한 게 있어도 나한테는 알려주지 말고 니 일만 보라."고 했다. "그 조건을 지켜야 같이 일 할 수 있다는 거다. 못 지키면 그냥 같이 못한다. 지금부터 이런 조건으로 시작하자."고 말했다.

힌드 : 그래서 그 할머니 이 남자랑 같이, 아니요 이런 거 아니에요. 그냥.

샤하드 : (자신의 옷을 만지며) 이런 거 만드는 가게.

조사자 1 : 어! 어! 옷가게!

힌드 : 옷 가게 아니에요,

샤하드 : 만들고 싶으면, 그.

조사자 2 : 천? 옷감?

힌드 : 네! 네네네!

조사자 1 : 옷감 가게.

힌드 : 네. 그 남자한테 문 옆에 기다리고, 기다려요. 그래서 그 할머니 진짜 비싼 거 선택하고, 조금 사고 싶은데 너무 비싸요. 그래서 그 아저씨한테 "깎아주세요." 그런데 그 아저씨 "싫어요." 그 아저씨 "싫어. 돈 없으면."

압둘라 르만 : 뭐 그 가게 들어가 가지고, 한 마음에 드는, 마음에 들고 사고 싶은 뭐 하나 가졌다. 뭐 골라가지고. 그리고 그 아저씨에게 다가가 가지고, 다가가서 뭐 너무 비싸가지고, 너무 비싸니까 할인해달라고 했다. "너무 비싸니까 조금 깎아주세요." 그 말을 했다. 아저씨 화를 내시면서. "야! 이 돈이 없는 할머니야 그냥 가! 돈이 없으면 왜 여기 와가지고 할인까지 해달라고 하냐? 그냥 가! 돈 찾아와라." 그렇게 사고 싶으면 돈을 주라고 말했다.

샤하드 : 그런데 그 아주머니 그거 꼭 사야 된다고 말했어요.

힌드 : "나 이 그 옷 사야 돼." 그 아줌마. "이거 꼭 사야 돼."

조사자 1 : 할머니가?

힌드 : 네. 그래서 그 아저씨 할머니한테. "왜? 왜? 꼭 사야 되냐?"고 물어보았어요. 그래서 그 할머니.

압둘라 르만 : 할머니가 이제 아저씨랑 잘 안 되고 있잖아요. 뭐 돈 때문에.

조사자 1 : 어, 흥정이 안 되고 있어.

압둘라 르만 : 못 사게 됐다.

조사자 1 : 어! 못 사게 되었어.

(이후의 내용은 압둘라 르만 제보자가 주도적으로 구연했으므로, 그를 구연자로 삼아서 정리함.)

압둘라 르만 :

그러니까 아저씨가 계속 가라고 하고 할머니는 '나는 사고 싶다.' 그런 말을 하고 있었다.

그러면서 할머니 진짜 가고 싶지 않은 모습으로 그 같이 일하는 사람 있잖아요. 이제. 그럼.

"어, 아저씨! 이 우리 아들인데 우리 아들이 좋아하는 한 여자 있다고. 그런데 그 여자는 결혼 한 여자라고 말했다. 그런데 그 여자는 곧 그 결혼한 남자와 헤어질 거니까. 헤어지고 우리 아들한테 그 뭐지? 시집온다."

고 말했다. 거짓말로.

그런 그 여자는 시집이 오게 되면 우리 아들이 나를 그 뭐지 나를 버릴 거라고 아저씨께 말했다. 너무 그냥 슬프게 하려고 아저씨에 대해 그 진짜 그렇게 너무 잘 되고 있다고 그런 말을 하고 있었다. 그래서 아저씨가.

"아! 일단 그래! 사고 싶은거나 그냥 갖고 가라고. 네, 너무 걱정 많이 하지 말고 그냥 갖고 가. 가라."

고 말했다. 그 이제는 뭐 자기 판매되었다.

이제 판매됐는데. 사고 싶은 물건을 갖고 나갔는데 우리 그 같이 일하는 사람들이 그냥 뭐 어디 보냈다. 어디 가서 뭐, 뭐, 거기 기다리라고 말했다. 그런데 할머니가 직접 그 옷가게. 가게 일하는 아저씨의 집으로 갔다. 그 물건을 들고 그 뭐지? [조사자 2: 옷감?] 옷감을 들고 그 아저씨 집에 가가지고 노크, 노크 했다. 문에 노크 노크 했다. 그러면 그 아저씨의 부인이.

"아! 누구냐?"

"아! 난 진짜 너무 가난하고. 진짜 너무 힘든 할머니니까 좀 쉬면 안 될까. 집에서."

"어! 괜찮다."

문을 열고 그 거실에서 그냥 물도 주면서 쉬게 해줬다. 네. 그래서 뭐 쉬다가 그 옷감을 일부러 두고.

"어, 나는 이제 괜찮다. 나는 이제 가면 된다."고

그런 말을 했다. 그런데 그 옷감을 두고, 일부러 두고.

"아! 너무 너무 고맙다."고.

"아이고 귀엽다. 너무 너무 어떻다. 고맙다."

고 말하고 나갔다. 그래서 나간 다음에 그 부인이.

'아이고 가난한 할머니네. 여기 옷감을 두고 가셨네. 아이고 다시 찾아오겠다. 그럼 일단 옷장에다가 그냥 넣으면 된다.'

고 생각했다. 그럼 이제는 그 낮에는 아저씨가 돌아 와가지고 그 집으로 돌아 와 가지고 밥도 먹고 그냥 뭐 잠깐 잤다가 일어나가지고 옷장을 열고.

"어?! 할머니 산 옷감이네? 어떻게 여까지 와 있을 수 있네."

그렇게 놀랐다. 그래서 아저씨가 난 생각은.

'아! 그 할머니 아들을 좋아하는 여자는 우리 부인이네. 우리 부인이구나. 아니면 어떻게 그렇게 옷감이 그렇게 여기까지 올 수 있는 것이 없잖아?'

그래서 부인을 그리고 때리고. 집 밖으로 버렸다. 그 이런 것들을 모두 보고 있는 그 할머니가 계속 보고 있었다. 그 도로 길거리 어디 공간에다가 서 가지고 보고 있었다. 그래서 이런 것을 보고 너무 슬픈 척하면서 다가왔다. 그 부인한테.

"아이고! 왜 그렇게 우냐? 괜찮나? 무슨 일이냐?"

"아니 난 그 우리 남편이 나를 뭐 갑자기 때려가지고."

[조사자 2: 쫓아냈다?]

"네. 그렇게 되었다."

"아이고 걱정하지 마. 내 집으로 그냥 같이 가자."

말을 했다. 그러면 그 부인을 데리고 집으로 갔다. 그 집으로 가가지고, 그 애라는 그 사람이랑 한 방에 가만히 있으라고 문을 잠갔다. 그래서 다른 방에도 그 부인은, 그 여자는 여기 있으라고 난 잠깐 갔다 온다고 그런 말을 하고 문을 잠갔다. 그래서 또 다시 그 아저씨 집으로 도망갔다. (힌드가 아랍어로 틀린 부분을 지적했고 압둘라르만이 정정을 하며) 아! 아저씨 집 말고요 경찰관.

[힌드: 가서. 경찰한테. "우리 집에서 모르는 여자, 남자 우리 집에서."]

그 경찰서 가 가지고.

“아이고! 진짜 우리 집에서 모르는 이상한 사람들 들어왔다.”고 그런 말을 했다.

“에?! 무슨 일이야? 할머니?”

“아니! 그냥 모르는 한 남자와 한 여자가 있어. 빨리 빨리 빨리 같이 가자. 도둑인지도 모르니까 빨리 가자.”

고 했다. 그 잡으러 간다. 그래서 집에 가 가지고 그냥 잡아서 감옥으로 보냈다. 그 여자랑 그 남자를. 그래서 다시 뭐 감옥으로 보낸 다음에 할머니가 집에 들어가 가지고 악마한테는.

“아 그러면 이제는 어떻게 생각하지? 날 똑똑하지 않다고 생각하나? 지금까지.”

(힌드가 아랍어도 틀린 부분을 이야기하고 압둘라 르만이 정정함)

“그럼 나는 그렇게 똑똑하지 않다고 생각하나? 그럼 문제 네가 해결하러 가. 해결해라.”

[조사자 1: 이 문제를 해결해봐라!]

“내가 만든 문제를 한번 해결해봐.”

그러면 악마는.

“아이고 진짜 큰일이네. 진짜 해결할 수 없는 문제 같네. 아! 나는 못 한다.”

말을 하니까 할머니가.

“아! 알았어. 나를 봐 난 너무 쉽게 할 테니까, 잘 봐봐.”

그런 말을 했다. 그래서 다시 감옥으로 그냥 보러 갔다. 그 여자를 보러 갔다. 아하. 이제는 보러 갔는데, 그 여자를 보러 갔는데 그 여자를 만나서.

“봐봐! 너는 나를 한번 도와줬잖아? 네 집으로 오게 했잖아. 나 물도 줬고 그러니까 나도 이제는 도와줄 거야. 그래서 나는 그 경찰한테는 돈을 줄 테니까, 너 이제 히잡 같은 숨길 수 있는 옷 입고 가고 나는 너 대신 여기 있을 거다.”

말해줬다. 네, 그렇게 되었다. 그렇게 뭐 걱정하지 말라고 그냥 갔다. 그 어느 날에 그 시골의 왕은 그냥.

"감옥에 있는 사람들을 다 데리고 와. 뭐 어떻게 할 건지 그냥 보자."

뭐 계속 있으면 계속 있을 필요 없으니까 그냥 누구누구 죽이고, 누구누구 다시……. [조사자 1: 풀어주고.] 네. 풀어주고 그렇게 말을 했다. 그래서 모두 다 모여서 뭐 각자한테는 물어보게 되었다. 그래서 할머니까지. 왕은 할머니에게.

"넌 무슨 일이야?"

그 할머니는 그냥.

"왕자님 우리는 그냥 집에 있었는데 갑자기 경찰이 들어 와가지고 우리 아들이랑 뭐 그냥 우리도 왠지 모르지만 바로 잡아갔다고 진짜 지금까지 무슨 뭐 했는지 진짜 무슨 뭐 모른다."

고 말했다. 그래서 왕자는 경찰한테 화를 내시면서.

"애들아! 무슨 그런 말도 안 되는 것이 왜 하냐!"

계속 화를 냈다. 그러면 왕은 풀어줬다. 이제는 할머니를 그래서 할머니는 다시 그 같이. [조사자 1: 악마한테 갔어?] 아뇨, 아뇨. 가기 전에 같이 돈 없는 그 같이 일하는 아들이라고 생각하는 그 남자는 이제는 잘되었으니까 가도 된다고 말을 했다. 그래서 보냈고 그다음에 그 옷감 아내는 집으로 가가지고, 가서 아저씨께, 해서 너무 슬픈 표정으로, 슬픈 표정을 보여주는 척하면서 들어 와가지고 아저씨에게.

"아! 아저씨 안녕? 나는 우리 아들이 좋아하는 그 여자랑 결혼하게 되었고, 나는 그날엔 옷감을 줬잖아."

옷감을 들고 거짓말로.

"네 부인이 날 너무 도와줬으니까, 너무 도와주었는데, 집에 나가기 전에 두고 갔다. 나도 몰랐다."

그래서 이제는 우리 아들도 그 같이 일했던 그 남자는 우리 아들도 거짓말로 좋아하는 그 여자를 같이 있으니까 나도 그 옷감 계속 있을 필요 없으니까 이제는 다시 받아도 된다고 말해줬다. 그래서 할머니는, 할머니는 이제, 이제는 다 되었고 옷감도 그냥 돌려주었고 아저씨에게, 아저씨는 자기 집으로 가가지고 부인한테 사과 달라고 계속 말하고 있었다. 그다음에 할머니는 집으로 돌아가 가지고 악마한테는.

"이제는, 여자들이 얼마나 똑똑한지 볼 수 있느냐?"

고 물어보았다.

"악마도 할 수 없는 것들도 우리 하는 거다."

[조사자 1: 인간이 이긴 거네. 악마를.] [힌드: 네.]

[조사자 1: 할머니 한 행동이 더 악마 같다. (웃음) 할머니 한 행동이 너무 나쁘네. 악마보다 더 악마 같네.] [힌드: 그래서 여자들이 화낼 때 악마보다 더 무서워.] (웃음) [조사자 1: 그러네. 그 할머니가 악마보다 더 무서워. 제목이 할머니와 악마인데 악마보다 더 무서운 악마는 할머니네.] (전원 웃음)

천일야화 이야기

● **구연정보**

조사일시 : 2016. 10. 28(금) 오전
조사장소 : 서울시 성북구 정릉동 국민대학교
제 보 자 : 압둘라 르만 [사우디아라비아, 남, 1990년생, 유학 6년차]
샤하드 [사우디아라비아, 여, 1992년생, 유학 2년차]
힌드 [사우디아라비아, 여, 1989년생, 유학 2년차]
조 사 자 : 오정미, 이원영, 이승민

● **구연상황**

제보자 세 사람이 서로 아랍어로 먼저 이야기를 나눈 뒤 구연을 시작했다. 한국에서도 유명할 거라고 언급한 뒤 〈천일야화〉에 대한 이야기를 들려주었다.

● **줄거리**

샤하라야 왕이 부정한 관계를 맺는 왕비를 보고 그녀를 죽였다. 그 후부터 왕은 여인들과 하룻밤을 동침한 뒤 그녀들을 죽이곤 했다. 이러한 상황을 알게 된 신하의 딸이 왕의 행동을 막고자 샤하라야 왕과 결혼했다. 신하의 딸은 첫날밤에 재미난 이야기를 시작하여 1,000일 동안 이야기를 계속했다. 결국 왕은 신하의 딸을 사랑하게 되었고 그녀를 살려주었다.

압둘라 르만 : 천박이고 일박 이일 있잖아요? 그런데 이건 천박과 한박이다.

조사자 1 : 천박과 천박 일일?

조사자 2 : 천일야화? 그 이야기인가.

조사자 1 : 1,000?

힌드 : 아뇨. 아뇨.

압둘라 르만 : 일박. 아니면.

조사자 1 : 원 나잇 투데이?

힌드 : 이거 이야기! 이거 책 이름 근데 이 책 안에 이야기 많아요.

조사자 1 : 천일야화네. 천일야화야.

조사자 2 : 그 왕이 부인 죽이려고 하니까 안 죽으려고 계속 밤마다 이야기 하나씩 하는 그 이야기 아냐?

전원 : 아니요, 아니요, 아뇨.

힌드 : 이거 책 이름 그런데 이 책 이야기 많아요. (아랍어로 이야기를 한 뒤 힌드가 다시 야기를 하며) 그래서 여기 안에 퍼스트 스토리!

조사자 2 : 아! 이야기가 많으니까.

힌드 : 네!

샤하드 : 샤하라야. 샤하라야 왕. 왕 이름.

힌드 : 그리고 샤하즈만.

조사자 1 : 왕 이름.

힌드 : 샤하라야.

조사자 1 : 제목이 샤하라야. 이건 왕 이름이고. 이건 뭐야? 누구 이름이야?

힌드 : 왕 이름. 왕! 왕!

조사자 1 : 얘도 왕이야?

힌드 : 네.

조사자 2 : 왕이 둘이야?

(조사자의 질문에 서로 아랍어로 이야기를 함.)

샤하드 : 왕 동생.

조사자 2 : 왕자?

샤하드 :아뇨! 아뇨!

조사자 2 : 왕이 두 명일 수가 있나?

(이야기가 정리되지 않는지 서로 이야기를 함.)

조사자 3 : 아! 이게 그거 아라비안나이트 시작 이야기 부분이에요.

샤하드 : 나라 두 개 있어요.

조사자 1 : 아! 오케이! 각자 형제가 나라 하나씩.

(다시 아랍어로 서로 이야기를 한 뒤 압둘라 르만이 이야기를 함.)

압둘라 르만 : 어, 시작 부분은 시작할 때는 샤하라야 왕은 자기 부인이 다른 남자 만나는 걸 알고 있었다. 그런 것을 알려준 사람은 자기 샤하즈만 자기 남동생이요. 네. 그렇게 시작.

조사자 1 : 그러니까 바람피우는 걸 말해준 사람이 샤하즈만인거지?

압둘라 르만 : 그렇습니다.

힌드 : 샤하라야 왕은 샤하즈만 보고 싶어서. 20년.

샤하드 : 20년 동안 못 만났어요.

조사자 1 : 20년 동안 못 만나서 샤하즈만이 보고 싶었어요?

샤하드 : 네.

압둘라 르만 : 그 왕 밑에 있는, 바로 밑에 있는.

조사자 1 : 신하?

압둘라 르만 : 일하는 사람 말고요. 그 위치가 진짜 높은.

조사자 2 : 총리?

압둘라 르만 : 네! 왕 바로 밑에 있는.

조사자 1 : 자 봐봐! 여기서부터 하면 돼 샤하라야 왕은 20년 동안 못 만난 샤하즈만이 보고 싶어서.

압둘라 르만 : 자기 신하를 그 동생 오라고 보냈습니다. 네. 데리고 오라고 보냈습니다. 그래서 샤하즈만 왕은. "아, 네. 괜찮다."고 자기 같이 있는 직원이랑. 직원과 그 요리사들도 데리고 여행 시작했습니다. 그 자기 형.

조사자 1 : 형을 만나기 위해서?

압둘라 르만 : 네. 형 보러.

(힌드가 아랍어로 이야기하면 압둘라 르만이 구연함.)

압둘라 르만 : 그래서 거 떠나기 전에 자기 신하. 그 자기 대신 해달라고 부탁했다.

조사자 2 : 나라를?

압둘라 르만 : 네. 나라를 잘 지키라고.

조사자 1 : 누구한테 부탁했어?

압둘라 르만 : 자기 신하한테.

조사자 2 : 정치하고 있으라고.

압둘라 르만 : 네. 그런데 가다가, 한 자정 때 자정이 되어가지고. 한, 두고 온 거 기억, 뭐 읽어버린, 뭐 안 가지고 온 한 물건이 있었다. 그 기억이 나가지고 다시, 다시 그냥 국가로 돌아갔다. (잠시 아랍어로 대화를 함.) 그때 같은 왕 집에 들어와 가지고, 그 방에서 자기 부인이랑 다른 사람이랑 뭐 뭐 그냥 바람피고 있었다.

힌드 : 다른 사람 아니에요. (자신의 피부를 가리키며) 검은색 사람.

조사자 2 : 흑인?

압둘라 르만 : 까맣게 생긴 사람. 한 옛날에 그 죄송한데, 아프리카 사람들이 다 까맣게 생겼잖아요. 그러니까 한 진짜 옛날 옛날에 너무 사람들이 그 사람들 데리고 자기 일하라고.

조사자 3 : 노예.

압둘라 르만 : 네! 부잣집들이 그 애들을 데리고 일을 하라고.

조사자 1 : 그런데 그 왕비가 그 흑인 노예와 바람을 피고 있었어?

압둘라 르만 : 네!

조사자 2 : 목격을 한 거야?

압둘라 르만 : 네.

힌드 : 그 왕. 나 아직 우리나라… (샤하드를 손끝으로 치며 도움을 요청.)

샤하드 : 아직 안 나갔는데.

압둘라 르만 : 그래서 그런 모습을 보고 머릿속에다가. '아! 더럽구나, 우리 아내는.' 자기가 진짜 잠깐이라도 도망갔는데, 그렇게 바람피우는데 자기가 오랫동안 없을 때는 어떡하겠지? 바람피울 수밖에 없겠지. 그런 생각으로 그냥 칼 맞고 바로 죽였다. (다시 서로 아랍어로 이야기하며.) 뭐 그럼 죽였고, 화를 다 풀고 계속 여행을 다시 여행 계속 했다. 그럼 그다음 날에 자기 형의 국가를 도착해서, 샤하라야 왕은 진짜 반갑게 하면서 노래도 크게 들리고 사람들도 데리고 그냥 소리치면서 노래도 다 같이 너무 너무 반가운 마음으로 불렀다. (잠시 침묵) 그래서 뭐 이게 다 그

냥 파티 같은 거다 하고 나서는 둘이 한 집으로 들어왔는데 그 형은 머무는 남동생을 보고. "얼굴이 왜 그러냐? 얼굴이 진짜 왜 힘들어 보이냐?" 뭐 그렇게 남동생을 보고 아마 국가에서, 뭐 자기 국가에서 여기까지 왔으니 너무 힘드니까 계속 물어보면 안 되겠다 생각했다. 그래서 그다음 날에.

(제보자들이 서로 아랍어로 이야기를 함. 이야기가 이해가 되지 않는다고 해서 조사가 중단될 뻔했는데 힌드가 이해하고 이야기를 어어나감.)

힌드 : 사하라야 이야기하고 싶지 않아요. 그래서 그 형한테 그냥 낚시?

샤하드 : 낚시? 노노노 헌팅!

조사자 2 : 사냥!

힌드 : 사냥.

조사자 1 : 나가요?

힌드 : 네!

압둘라 르만 : 형이랑 같이 가자고, 그런데 형이 아파서 가지고 못 간다고 했다.

(서로 아랍어로 이야기 하고 이야기 확인이 이루어졌다. 그리고 압둘라 르만이 계속해서 이야기를 이어나감.)

압둘라 르만 : 그 스트레스 풀려고 같이 가자고, 가고 싶었는데 같이 갔으면 좋겠다고 그냥 형이 몸이 아프다고 하니까 못 간다. 이제는 무슨 말이냐면 이런 이야기들이 너무 부끄럽게 하는 이야기라고.

조사자 1 : 뭐가 부끄러워?

압둘라 르만 : 그냥 뭐 여자랑 남자 아기 많이 낳는 스토리인데요. 그냥 뭐 바람! 바람!

조사자 1 : 어, 여자 남자가 인제 바람피우는 이야기라 부끄러워서 못한다고.

압둘라 르만 : 너무 많은 이야기라고요.

조사자 1 : 너무 길어?

(힌드와 샤하드가 민망함에 웃다가 힌드가 다시 구술을 시작함.)

힌드 : 너무, 너무해요.

압둘라 르만 : 아니 너무 긴 것보다는 너무 좀, 말을 하고 싶은데 너무 부끄러워, 창피한 뭐.

조사자 1 : 아니야. 창피하지 않아, 괜찮아. 그냥 스토리.

힌드 : 그 형, 그 왕 다른 여자 다시 (손을 대각선으로 그리며) 이렇게 했어요.

조사자 2 : 죽였어?

힌드 : 네.

조사자 1 : 형이?

힌드 : 네.

조사자 1 : 왜? 아까 죽인 건 동생이잖아? 형이 왜 갑자기 여자를 죽였어?

힌드 : 아냐! 이야기 못해요.

샤하드 : 왜냐하면 그 동생 원래 헌팅 가고 싶어서, 마음이 아파서 와이프 때문에, 죽였는데 아직 마음이 아픈데 형한테 말 안 해서. 그런데 같이 놀고 싶어서 왔는데 그 형 바빠서 못가요. 그래서, 그 동생, 그냥 혼자 도망갔다. 놀러갔다.

조사자 1 : 동생이 혼자 놀러갔어?

샤하드 : 네, 놀러가는 길인데 가는 길에 그 자기 형의 집은 너무 크니까, 위쪽에 있는 그 창문이 너무 많은 집인데요. 그래서 밑으로 걷다가 그 위를 보고 그 찬물에서 나오는 진짜 섹시하고 너무 야한 한 스무, 한 여자 스무 명이 있었다.

조사자 1 : 아, 스무 명의 여자가 있는 집으로 간 거야?

샤하드 : 네. 그때 한국에도 있었던 것 같은데.

조사자 1 : 이런 이야기가?

샤하드 : 아뇨. 아뇨. 이런 몸 파는.

조사자 1 : 음. 그렇지 한국에도 있지.

샤하드 : 그렇게 표현하면 돼요?

조사자 1 : 어 맞아. 몸 파는 여자라고. 그러니까 약간 직업적인 거

지?

샤하드 : 네. 그렇죠. 네. 그래서 저 물에서는 너무 소리치고, 너무 크게 웃고 또 한 뭐 아까 뭐라고 했죠? 그 까맣게 생긴.

조사자 2 : 흑인!

샤하드 : 네! 흑인 스무 명도 있었다. 같이. 여자 스무 명이랑 남자 스무 명 같이 있었다. 그 중간에 있었던 한 어 진짜 제일 잘 나가는.

조사자 2 : 예쁜?

샤하드 : 제일 예쁘고, 한 여자가 있었는데요. 그런데 그 여자는 형의 부인이었어요. 부인이었다. 아내였다. 형의 아내를 깨달았고 진짜 예쁜 걸 보고, (아랍어로 잠깐 이야기 나눈 후) 다 같이 뭐 그냥 소리치고, 뭐 어디, 뭐 그냥 한 진짜 잘 보이는 공간에 가서 다 같이 놀려고 옷을 벗겼다. 모두 다 같이. 그래서 그 형의 아내는 아 계속 까먹었네.

조사자 1 : 흑인!

샤하드 : 네, 한 흑인을 부르면서. "어이 이리와! 빨리 나를 이리 와서 뭐 뭐 해라 뭐 뭐 해라." 그래서 한 흑인이 와가지고 그렇게 했다. 그래서 뭐 남은 여자들과 남자들이 마찬가지로 한 명이랑 그 한 명이 뭐 뭐 그렇게 해버렸다. 그래서 남동생이 그것을 보고. '아. 제가 생긴 일이 진짜 이런 것을 진짜 내가 국가에서 생긴 일보다 더 심하구나. 제가 죽여서 다행인데 이제는 형의 아내 그렇게 보면 어떡하겠지?' 그래서 돌아가 가지고 자기 형한테 말했다. 그렇게 아내 뭐뭐 하고 있는지. 그래서 말을 하고 형은 그 아내를 그냥 죽이게 되었다. 네. 죽였다.

조사자 1 : 끝?

샤하드 : 아뇨. 아직이요.

조사자 1 : 아직 많이 남았어?

샤하드 : 아뇨. 얼마 안 남았어요. (잠시 침묵) 또 아내를 죽이고 자신 속에는 한 약속을 했다. '제가 하루마다, 아침마다. 한 여자를 결혼하고 그날 밤에 죽일 거다.'라는 약속을 해 놨다. 그러니까 자기 속의.

조사자 1 : 아 혼자 생각하고 결심했어? 혼자. 내가 오늘 여자랑 결혼해서 오늘 결혼한 날 밤에 죽이겠다.

샤하드 : 네.

조사자 2 : 여자랑 결혼한 첫날 밤 보내고 바로 죽이고.

샤하드 : 네. 그래서 그렇게 하게 되었다. 그런데 그것을 하다가 어느 날에 와가지고 결혼할 여자가 없었다.

조사자 1 : 음! 계속 결혼하고, 계속 죽이고 해서?

샤하드 : 네. 그래서 그날에 자기 신하의 딸, 자기 신하는 딸이 있는 걸 깨달아가지고 (잠깐 아랍어로 힌드와 대화를 한 후) 아니 그 이야기에 있는 이름들이 너무 어렵거든요. 진짜 어렵거든요. 샤하르자드, 샤하르게니아.

힌드 : 샤하라야드.

조사자 1 : 샤라야드?

힌드 : 아니요, 아니요. 샤하라야드.

조사자 1 : 샤하라야드?

힌드 : 네, 맞아요!

조사자 1 : 그 신하의 딸의 이름이 샤하라야드야?

힌드 : 네.

조사자 1 : 그래서? 샤하라야드인데?

힌드 : 아! 그래서 그 신하의 딸이랑 결혼을 하게 결혼했다. 그런데 그 결혼한 여자는 자기 여동생한데 "우리 오늘 죽이기 전에 우리 방에 와가지고 죽기 전에 한 스토리 말해달라고 했다."

조사자 1 : 누가 누구한테?

힌드 : 그 결혼한 신하의 딸, 그 결혼한 딸이 자기 여동생한테는. 오늘 뭐뭐 한 10시쯤에 와가지고 한 재미있는 스토리 죽기 전에 들을만한 스토리 들려 달라고 했다. (잠시 침묵) 아! 그래서 방에 와가지고. 그 10시에 그 여동생이 와가지고 자기 누나와 그 형한테, 아! (복잡하다는 표정을 지으며 조사팀에게) 미안해요 머리가 아파요.

조사자 1 : 아이고 어떡해? 미안.

압둘라 르만 : (아랍어로 힌드 제보자와 대화를 한 뒤) 그래서 한 둘을 하다가. “저 이제 잠이 온다, 졸리다.” 해서. “오늘 우리 안 죽이면 내일도 와가지고 계속 할 거다.”라고 했다. 그래서 왕은. “어! 괜찮다 내일 봐.” 그래서 그런 모습으로, 그런 식으로 계속 1000박 동안 그런 거짓말로 지어냈다. 그래서 그렇게 돼가지고 그 왕은 여자들 죽이는 것을 그냥 그만하고 그 결혼한 언니를 사랑에 빠졌다.

조사자 1 : 어! 결국. 안 죽였다. 그죠.

힌드 : 네.

어머니에게 받은 돈과 직접 번 돈

● 구연정보

조사일시 : 2016. 10. 28(금) 오전
조사장소 : 서울시 성북구 정릉동 국민대학교
제 보 자 : 압둘라 르만 [사우디아라비아, 남, 1990년생, 유학 6년차]
샤하드 [사우디아라비아, 여, 1992년생, 유학 2년차]
힌드 [사우디아라비아, 여, 1989년생, 유학 2년차]
조 사 자 : 오정미, 이원영, 이승민

● 구연상황

제보자들이 본격적인 구술 전에 사우디의 옛날 돈에 관한 이야기라 밝히며, 제보자들이 한국에서 옛날 돈을 무엇이라고 하는지 조사팀에게 물었다. 조사팀이 '엽전'이라고 알려주자, '엽전'에 관한 이야기라며 구술하기 시작했다. 전체 설화를 들어보니, 엽전보다 금화가 더 적절한 어휘라 판단되었지만, 구술 중간에 개입하지 않고자 그대로 진행했다. 주로 힌드가 구술했으나, 이야기가 막힐 때마다 샤하드와 압둘라 르만이 도움을 주면서 공동으로 구술을 이어나갔다.

● 줄거리

게으르고 무능한 아들이 있었다. 아버지는 아들에게 엽전(금화) 하나를 벌어오지 못하면 돌아오지 말라며 아들을 밖으로 보냈다. 어머니가 쫓겨나가는 아들에게 엽전을 몰래 줘서 아들을 다음날 돌아오게 했다. 그러나 아버지는 그 엽전이 아들이 벌어온 돈이 아니라며 불 속에 던져 버렸다. 그 이후에도 아들이 어머니에게 엽전을 받아 집으로 돌아왔고, 그때마다 아버지가 그것을 불 속에 던져 버렸다. 결국 아들은 어머니가 주는 돈을 거절하고 몇 년 동안 고생하여 돈을 직접 벌어왔다. 아버지가 다른 때처럼 불 속에 엽전을 던지려 하자, 아들은 자신이 직접 번 돈이니 버리지 말라며 아버지에게 빌었다. 그 말에 아버지는 아들을 인정했다.

힌드 : 한 아저씨와 한 아들 있었어요. 그 아들이 아무것도 잘못해요. 그냥 놀고, 먹고, 친구 만나고 이거만 잘해요. 그래서 아버지 화났어요. 그리고 그 아들한테 "너는 일해야 돼. 내일부터 다른 마을 가고 엽전(금화) 벌고 오라."고. 그런데 아침부터 그 아들 어머니 일어나서 그 아들 엽전(금화) 줬어요.

조사자 : 엄마가 아빠 몰래?

힌드 : 네!

압둘라 르만 : 가야 되는 날에, 아들 일어나가지고, 그냥 떠나가기 전에, 엄마가 아들을 잡고, "아들아, 이 엽전 그냥 가지고 가." 가라고 하셔가지고, 아버지 모르셔도 되고. 그냥 가라고. 내일 아침에 다시 오라고. 다시 오세요. "다시 와." 그런 소리를 하면서 보냈다. 보냈습니다. 아들을.

힌드 : 그다음에, 밤에 아들 다시 집에 들어갔어요. 아버지한테 "이거 엽전." 근데 아버지, 줬어요. 근데 그 아저씨.

압둘라 르만 : 아들이 마을에 갔다와가지고, "아버지 제가 벌어온 엽전입니다. 어떻습니까?" 아버지가 (엽전을) 가지고 불판 같은 거 있잖아요. 불판에다가 뿌렸습니다. "네가 벌어온 엽전이 아니다. 내가 알아. 다시 가서 벌어 와라!" 이런 말을 하셨습니다. 그다음 날 아침에도 보냈습니다.

힌드 : 그런데 그 어머니 다시 아들한테 엽전 줬어요. 그런데 그때 아들한테 3일 동안 마을에서 그냥 있고 집에 와서.

압둘라 르만 : "3일 있다가 오라."고. "바로 그다음 날 아침 오지 말라."고. "3일 있다가 오라." 하셨어요.

조사자 : 완전 범죄를 위해!

힌드 : 그래서 다시 아버지 집에 들어가고 3일 있다가 와서 아버지(에게) 엽전 줬고 아버지 다시.

압둘라 르만 : 마찬가지로 불판에다가 버렸습니다. 그래서 또 다음 날에 가라고 마찬가지로.

힌드 : 그런데 (아들이) 일찍 일어나서 마을 가고.

샤하드 : 엄마 일어나기 전에.

압둘라 르만 : 엄마 몰래 아들이 그냥 혼자서 떠났습니다.

조사자 : 아빠가 그렇게 시킨 거예요?

압둘라 르만 : 아빠 말을 진짜 지키고 싶어가지고, 그냥 엄마 몰래 갔습니다.

조사자 : 질문! 그건 아들이 스스로 그렇게 한 거예요?

제보자 일동 : 네! 네! 네!

힌드 : 그래서 이번에 마을에서 한 달 일하고 다시 집에 들어가요. "아버지, 아버지 이거 엽전." 줬어요. 그래서 이번에도 아버지 엽전 불 속으로 버릴 때 그런데 그 아들, "아버지 하지 마요! 이거 진짜 내 엽전."

샤하드 : 진짜 열심히 하고.

압둘라 르만 : 열심히 해서 벌어온 엽전이라고. 엄마가 주신 엽전이 아니라고.

조사자 : 아까운 거지.

압둘라 르만 : 엄마가 주신 엽전이 아니라고. 제가 진짜 열심히 해서 벌어온 엽전이라고.

샤하드 : 그래서 아빠 그때 알았어요. 진짜 일 했어요.

압둘라 르만 : 자식은 일을 시킬 수 있다. 그런 자신감을 가졌습니다.

욕심쟁이와 구두쇠

● **구연정보**

조사일시 : 2016. 10. 28(금) 오전
조사장소 : 서울시 성북구 정릉동 국민대학교
제 보 자 : 압둘라 르만 [사우디아라비아, 남, 1990년생, 유학 6년차]
아델 [사우디아라비아, 남, 1990년생, 유학 3년차]
조 사 자 : 오정미, 이원영, 이승민

● **구연상황**

아델 제보자가 이야기를 해보니 재미있었는지 하나를 더 시작했으나, 한국어 실력이 부족해서 어려움이 있었다. 압둘라 르만 제보자가 한국어로 해석해서 번역하는 방식으로 구술이 이루어졌다.

● **줄거리**

왕이 욕심쟁이와 구두쇠에게 희망을 이야기해보라고 했다. 욕심쟁이는 욕심쟁이여서 눈치를 보고 구두쇠는 구두쇠여서 눈치를 보다가 결국 두 사람 모두 희망을 말하지 못한다.

(아델 제보자가 압둘라 르만 제보자에게 사우디어로 이야기를 한 후 압둘라 르만이 한국어로 통역함.)

둘이 한 왕을 만나러 가서, 만나려고 가, 가지고. 앞에 서 있거든요. 앞에 서서, 앞에 서 있다가 그 왕이.

"너희들 그냥 희망이 뭔지, 뭐 필요한지 다 말해라, 말해주면 나 다 줄 거다."

이야기를 던졌습니다. 이야기를 해서

(다시 아델 제보자와 사우디어로 이야기한 뒤 압둘라 르만이 이

야기함.)

아, 이게 진짜 어렵네. 그러면.

"이쪽은 뭐 뭐 달라고 하면, 이쪽은 더 이상 줄 거다."

먼저. [조사자 1: 더 많이 주겠다.]

[아델: 왕 이야기 뭐 하고 싶어요. 그다음에 두 사람이 '너 먼저, 너 먼저, 너 먼저, 너 먼저, 너 먼저']

"너 먼저 이야기 해. 저 아직 생각하지 않아가지고, 너 먼저 이야기해."

둘이 뭔가 구두쇠잖아요? 구두쇠고 거기. 욕심쟁이니까 저쪽 먼저 이야기를 하면 그쪽도 더 이상 달라하겠다. 생각하니까.

"너 먼저 이야기해,"

"먼저 이야기해. 저 괜찮다."

"저 이야기 안 할래요. 너 있다 이야기를."

그런 얘길 하다가 왕이 봐봐 그쪽 한 사람이 뭐를 달라고 해도 그런 것을. 뭐, 예를 들면 구두쇠는, 뭐. 금바 세 개를 달라고 했습니다. 그러면 저는 여섯 개로 욕심쟁이한테 주겠다. 그런 생각으로, 그런 말로 이야기를 했습니다. [조사자 2: 구두쇠가 세 개 달라고 하면 욕심쟁이는 난 여섯 개 달라고 해야지 이런 거야?] 아니 왕이, 왕이 얘기 한 거예요. [조사자 1: 왕은 더 많이 주려고?] 네. 둘이 이야기를 안 하니까 교수님이 뭐든 달라고 해도 이쪽은 더 많이 주겠다. 왕의 이야기예요.

(침묵하며 잠시 생각한 후) 그러면 계속 이야기를 하고, 계속 너 먼저 이야기를 하고, 저 괜찮다고 안 한다고 싸움이 일어나가지고 왕이 또 이야기를 합니다.

"너희들이 그렇게 달라고 하지 않으면 네 머리 그냥 자른다. 네 머리를 자른다."

그러니까 욕심쟁이.

"어 그럼 왕님 그럼 저희 그냥 눈 뽑아라."

고 했었습니다. [조사자 1: 눈을?]

욕심쟁이니까. 진짜 네 머릴 자른다. 이야기를 하니까 욕심쟁이는. 그러면 원님 저의 눈 하나만 그냥 뽑으라고. 뭐 괜찮다. 달라고 하지 않겠다. 그런 이야기로 이런 스토리 끝났습니다.

[조사자 1: 그런데 왜 금은보화를 달라고 하지 돈을 달라고.] 그런데 구두쇠는 (한동안 침묵을 하다가 예를 들며 설명하며) 예를 들면 구두쇠는 예를 들면 100만 원 달라고 했습니다. 그런데 욕심쟁이는 '아 이런 돈이 많구나. 저는 200만 원 달라고 해야 되겠다.' 그런 생각을 하니까 둘이 아무 이야기도 안 하고 가만히 있고. 그런데 마침내 왕이

"너희 둘이 말을 하지 않으면 너희 머리는 진짜 자른다. 자를 거야."

그런 말을 하니까. 해서. 그 욕심쟁이는 그러면 저 아무것도 달라고 하지 않고, 그 대신 제 눈을 하나만 뽑으라고. 네.

[조사자 1: 아, 무슨 말인지 알겠다. 살려 달라고. 죽이지 말고. 대신 눈 하나만 가져가라고.] 욕심이 많으니까.

[조사자 2: 그럼 구두쇠는? 구두쇠는 아무 말 안 했어요?] 구두쇠도, 구두쇠도 백만 원도 아니고 억도 아니고, 일억도 아니고, 진짜 생각보다 많이 달라 해도, 그 욕심쟁이는 더 많이 달라 하겠다, 그런 생각이 있잖아요. 그러니까 계속 말 안 하고. [조사자 1: 서로 눈치만 본 거지.]

아빠를 닮은 구두쇠 아들

● 구연정보

조사일시 : 2016. 10. 28(금) 오전
조사장소 : 서울시 성북구 정릉동 국민대학교
제 보 자 : 압둘라 르만 [사우디아라비아, 남, 1990년생, 유학 6년차]
샤하드 [사우디아라비아, 여, 1992년생, 유학 2년차]
힌드 [사우디아라비아, 여, 1989년생, 유학 2년차]
조 사 자 : 오정미, 이원영, 이승민

● 구연상황

3명의 제보자들이 서로 아랍어로 먼저 이야기를 나눈 뒤 이야기 구연을 시작했다. 이 이야기는 샤하드와 힌드가 아랍어로 이야기하면 압둘라 르만이 한글로 통역해주는 식으로 구술이 진행되었다.

● 줄거리

구두쇠 아버지와 아들이 사는 집에 손님이 오자 아버지가 아들에게 고기를 사오라고 시켰다. 집을 나선 아들은 핑곗거리를 찾아서 고기를 사오지 않았다. 아버지는 그런 아들에게 잘했다고 칭찬하면서 다만 신발이 아깝게 많이 닳았다고 핀잔을 주었다. 그러자 아들은 신고 간 것이 손님의 신발이니 괜찮다고 했다.

아빠를 닮은 아기, 아니면 아들. 아들로 합시다.

(샤하드와 힌드가 아랍어로 이야기를 하고 그 이야기를 압둘라 르만이 통역을 해주기로 함.) 저한테는 아랍어로 해주고요. 그러면 제가 한국어로 이야기 해줄게요. [조사자 1: 오케이. 그렇게 해주세요.]

(샤하드가 단어 하나하나를 아랍어로 이야기를 하면 압둘라 르만이 통역함.)

한 깍쟁이 있는데요. 에, 깍쟁이 한 명이 있습니다. 그럼 이 깍쟁이 집으로 오는 한 손님이 왔습니다. 그래서 한 손님이 그냥 반갑게 하려고 자기 아들을 보냈습니다. 한 고기 사라고 보냈습니다. 한 고기 그 뭐지? 키로그램㎏, 반 키로그램 사라고, 고기, 뭐 소고기나 양고기 반 키로그램을 사라고 보냈습니다. 네. 마트로.

아들은 뭐 다녀왔는데 일단은 뭐 그냥 고기 안 사고 다녀왔습니다. [조사자 1: 고기를 안 사고 다녀온 건가요?] 네! 안 사고 다시 돌아와서 아빠는.

“고기 왜 안 사왔냐?”

물어봤고. 그러면요. 아빠는 (웃음) 물어봤잖아요. 물어봤는데 아들은.

“제가 마트로 갔는데 그 고깃집에서 고깃집 아저씨가 ‘제가 여기 고기가 없긴 하지만 고기 같은 버터를 한 개 주겠다.’ 말씀을 해줬습니다.”

라고 아빠한테 말을 했습니다.

그래서 고기 안 샀고, 그 대신. 아! 이제는 아들이랑 아빠 대화하고 있는데요. 그 대화하고 이제는 아들은 아빠에게 어떻게 되었는지 이야기를 하고 있습니다. 네, 이야기하는 내용인데요.

“제가 마트 갔을 때 그 아저씨가 고기가 없긴 하지만 그 대신 고기 같은, 고기 같이 생긴, 맛도 똑같고 똑같이 구운 버터를 한 개 주겠다고 말씀을 하셨습니다. 그래서 제가 생각해보니까, ‘제가 그러면 직접 다른 마트에 가서. 버터 파는데. 그 대신에 버터를 한 개 사겠다. 사면되겠다.’ 생각했다.”

고 말을 드렸습니다. 아버지께.

네, 그러면 그 꿀 있잖아요. 네, 그러면 두 번째 다른 마트에 가가지고 거기 직원한테 저 버터 한 개 달라고 해가지고. 그 직원은.

“우리는 버터 같은 진짜 달콤한 꿀 한 개 주겠다.”

고 말을 했는데요. 그러면 아들도 그 직원 말을 들어 봐가지고. 들어서.

‘그러면 제가 여기 살게 없고 다른데. 뭐 세 번째 마트 가서 그

꿀, 꿀 한 개로 사면 되겠다.'

그런 생각으로 세 번째 마트로 가게 되었습니다. 그러면 이제는 세 번. (웃음) 너무 헷갈리죠? [조사자 1: 아니 전혀 안 헷갈려.] 그럼 그 아들은 세 번째 그 세 번째 마트로 가가지고.

"여기요! 여기 한 꿀, 꿀 하나 달라."

고 했거든요. 달라고 해가지고 그 직원은.

"우리는 따로 꿀이 없고, 그 대신에 진짜 꿀 같은 진짜 부드럽고, 혀 안이 너무 잘 맞는 물 하나 주겠다."

고 해놨어요. 그러면 그 아들은 어 그러면.

"뭐 꿀 같은 물이라면 저거 왜 사냐? 살 필요 없고 그냥 집에 들어 가가지고 우리 집에 물도 있으니까 집에 들어가서 그 집에 있는 물로 손님한테 드리면 되겠다."

고 그런 말을 아버지한테 드렸고요. 드렸는데요. 그런 말을 뭐 그는, 이제는 아빠는,

"어! 우리 아들 똑똑하네. 와 잘 되었네. 그런데 잘못 한 게 하나 있는데!"

아들이

"뭐냐?"

물어봤고. 아빠는,

"네 신발은 진짜 많이 썼잖아? 여기저기, 여기저기 돌아다니고 신발을 많이 썼잖아? 그렇게 신발을 많이 쓰면 안 되잖아?"

라고 하는데 아들은.

"아냐. 아빠 우리 신발이 아니었거든. 우리 온 손님의 신발인데."

[조사자 1: 그래서 깍쟁이라고 했구나!]

네! 이런 스토리의 의미는 다 깍쟁이의 모습이라는 뜻이에요. [조사자 2: 아빠보다 아들이 더하네.] 네. 그러니까 제목이 아랍어 잘 모르시지만. [조사자 1: 아빠를 닮은 깍쟁이 아들 해야지 될 것 같아. 제목이.]

아랍어로 된 제목은 그냥 '아빠를 닮은.' [조사자 1: 그런데 얘들이 이게 내가 선생님이다 보니 이걸 이야기해야 되겠어. 깍쟁이보다 구두쇠가 더 이 이야기는 맞는 것 같아. 그러니까 막 깍쟁이도 되는데 약간 뉘앙스가

다른데 그치? 구두쇠라고 막 자기 물건 되게 아끼고 안 주고 안 쓰려고 하고 그걸 구두쇠라고 해.]

금을 주고서 새의 말을 얻은 사람

● 구연정보

조사일시 : 2016. 10. 28(금) 오전
조사장소 : 서울시 성북구 정릉동 국민대학교
제 보 자 : 압둘라 르만 [사우디아라비아, 남, 1990년생, 유학 6년차]
샤하드 [사우디아라비아, 여, 1992년생, 유학 2년차]
조 사 자 : 오정미, 이원영, 이승민

● 구연상황

제보자들이 〈어머니에게 받은 돈과 직접 번 돈〉을 이야기한 후에 샤하드가 중심이 되어 이야기를 구술했다. 샤하드가 '금바(금화)'라는 말을 조사자들이 이해하지 못할까 봐 주저하기도 했으나, 조사자들이 이해한 기색을 보이자 이야기를 이어 나갔다. 이야기 구술에 문제가 생길 때마다 압둘라 르만이 도와서 공동으로 구술을 이어나갔다. 시작은 샤하드 제보자가 했으나 전체적인 진행은 압둘라 르만 제보자가 주도했다.

● 줄거리

옛날에 한 달 된 아들을 둔 가난한 부부가 있었다. 부부는 서로 20년 동안 돈을 번 뒤 다시 만나기로 했다. 남편은 아내에게 20년 뒤에 자신이 돌아오지 못하면 재혼해도 좋다고 했다. 남편은 20년간 밀농사를 한 대가로 금바(금덩이) 세 개를 받았다. 집에 돌아가던 남편은 새의 말을 알아듣는다는 남자를 만났는데, 그는 새가 아주 중요한 말만 한다고 했다. 궁금해진 남자가 금바 세 개를 주고 새가 전하는 말을 전해 들었다. 첫 번째 말은 강으로 들어가지 말라는 것이었고, 두 번째 말은 가는 길에 독수리가 많은 곳이 있을 텐데 이유를 직접 확인하라는 것이었다. 마지막 금바를 주고 들은 새의 말은 무슨 일을 하기 전에 머릿속에서 25번 고민을 하라는 것이었다. 남편은 그 말대로 한 덕분에 위기를 모면하고서 많은 재물을 가진 상태로 아내와 아들을 만나 행복하게 살 수 있었다.

샤하드 : 마을에서 가난한 가족 살고 있었어요. 그 가족들이 아들 한 명만 있었어요. 그런데 그 아들 아마 1개월, 한 달.

압둘라 르만 : 나이는 한 달밖에 안 됐어요. 아직 애기요.

샤하드 : 그래서 그 아빠가 일하러 돈 모이고 다른 마을에 갔어요. 그리고 부인이랑 약속했어요. "우리는 20년 후에 다시 만날 거예요." 그동안 돈 모이고, 갔어요.

압둘라 르만 : 돈 모이려고 다른 마을로 갔습니다. 그 마을에 20년 동안 그냥 가족을 안 보고 계속 거기 20년 있다가 다시 돌아온다. 그런 약속을 했습니다.

샤하드 : "그리고 우리는 20년 후에 못 만나면 그럼 너는 다른 사람들도 만날 수 있어 다른 남자."

조사자 : (웃으며) 좋네.

압둘라 르만 : (웃으며) 좋네. 그래서 그 아저씨 다른 마을에 가서 말? 말? (잠시 친구들에게 말을 물어보느라 구연이 중단됨.) 밀, 밀 장에서 일하고 있었어요.

조사자 : 밀 농사를 지었어요. 오케이.

압둘라 르만 : 그래서 20년 동안 열심히 일하고 있어서 밀농사의 대표님 같은 거 친하게 됐어요. 그런데 20년 후에 다시 그 아저씨 여자(?), 아내 그리고 아들 보고 싶어서 대표님한테, "나 이제 집에 가야 돼서 잘 지내고." 그런 말 하고 있었어요. 그런데 그 대표님 아저씨한테 "나랑 1년만 더 일하고 싶어요. 어떻게 생각해요, 같이?" 그런데 그 남자 "못한다."라고 했어요. "아내랑 약속했다고 해서 지금 가야 돼." "지금 가야 되는 시간이라 못한다."고 이야기 했습니다.

샤하드 : 그래서 그 대표님 그 남자한테 금바 3개 줬어요. (잠시 생각하다 뭔가 떠오른 듯) 아! 맞다. 그전에 그전에, "왜 지금 가야 돼요?" "지금 안 가면 와이프 다른 남자 만날 거예요. 그래서 지금 가야 돼요."

압둘라 르만 : "왜 딱 이제는 가야 되냐?"고 물어봐가지고 아저씨가. "지금 이런 시간에 안 가면 저의 아내는 다른 시집을 갈 수 있

다."고 하니까, "꼭 가야 돼요. 집으로."

샤하드 : 그리고 집에 가는 길 세 명 남자들 만났어요. 두 명 아들, 한 명 아버님이었어요.

조사자 : 세 명의 남자를 만났어요? 근데 두 명은 뭐라고요?

샤하드 : 아들. 한 명 아빠.

압둘라 르만 : 그 만나는 사람들이 아저씨 한 명이랑 아들 한 명이요. 아들의 아버지.

조사자 : 아. 아. 어린 남자 아이와 그 아이의 아버지. 그런데 어린 아이들은 둘이에요?

압둘라 르만 : 네.네

샤하드 : 그래서 길 가다가 만나고, 이야기하고 있었어요. 그런데 그 아저씨 주문하고 있고, 참새 보고 웃고 있었어요. 새. 새. 새 맞아요. 선생님. 그 사람을 만나서 얘기하게 되었습니다. 얘기를 하다가.

(샤하드가 압둘라 르만에게 아랍어로 뒷부분 이야기를 하면서 한국어로 이야기해주기를 요청함. 이후 내용은 압둘라 르만이 구연한 형태로 정리함.)

압둘라 르만 :

아저씨가 집에 가는 길에 그 세 명을 만났습니다. 그 세 명은 어린 아들 두 명이랑 그 애의 아버지였고요. 근데 이야기를 하고 싶었지만, 아버지는 아무 이야기를 안 하고 계속 하늘을 바라보고 있는 거예요. 바라보는 이유가 뭔지 궁금해졌어요. 그 아저씨가. 그러니까 아저씨는 어린 아들한테 물어봤거든요

"네 아버님 괜찮냐? 네 아버님 왜 아무 말 없이 하늘만 바라보고 있냐?"

물어봤더니 그 어린 아들이

"우리 아빠는 새의 말 알아들을 수 있다고 하니까 이야기를 잘 하지 않고 계속, 항상 돌아다 닐 때마다 계속 하늘만 바라보고 있다."고.

그런 이야기를 해줬습니다.

그리고 그 아빠의 얘기는 진짜, 뭐라고 하지. 그런 이야기하지 않고, (조사팀을 향해) 뭐라고 하지? [조사자: 비밀스러운 이야기?] 아니요. 아니요. 너무 중요한 이야기, 얘기를 할 때 진짜 중요한 이야기.

그런 이야기는 하지 않고, 진짜 중요한 이야기만 한다고. 그런 것을 한국말로 뭐라고 하지. [조사자: 맞아요. 그렇게 이야기하면 돼요. 아빠는 진짜 결정적이고 중요한 이야기만 한다고. 미래를 예언하는. 예언?] 아니요. 아니요.

[샤하드: 그래서 그 아저씨 물어봤어요. "그런 말 듣고 싶으면서 얼마나 줘요?"]

"네 아빠 말씀을 들으려면 어떻게 되는지, 얼마 줘야지 말을 들을 수 있냐?"

물어봤어요. 그래서 금바 한 개를 주면 말해준다고 이야기했습니다.

[샤하드: 그래서 일 금바 줬어요. 그래서 그 아저씨가, 할아버지(두 아이의 아버지)가 아저씨한테, "지금 집에 가면 집에 가는 길에, 강이 있어요. 거기서 강에 들어가지 마세요." 말씀했어요.]

"우리를 떠나가고 계속 가는 길에 한 강이 있다고, 그런 강 속으로 들어가지 말라."

고 이야기해 줬어요. [조사자: 아. 강 속으로 들어가지 마라.]

"그 강을 보고 바로 떠나가라."

고 얘기해줬어요.

그 아저씨는 아빠 이야기가 좀 이상한가봐.

'왜 그런 소리를 하는지, 뭐 말도 안 되는 소리네, 저도 이런 길을 갔다 왔다 많이 했다.'고.

그런 생각을 하니까,

'그 아빠는 진짜 뭐 머리가 잘못 되었나봐.'

다시 금바 한 개 더 주면 무슨 말을 할지 궁금해가지고 금바 한 개 더 줬어요. [조사자: 또 줬어요?] 네. 네.

(잠시 사우디어로 대화를 나눈 후) 금바를 한 개 더 주면서 이야

기 해달라고 해가지고 그 아빠는 집에 돌아올 때는 독수리들 많이 있을 거라고, 그 독수리 있는 이유는 뭔지 직접 가서 보라고, 왜 그렇게 많은지 가서 보라고 하셨거든요. 하셔가지고 아저씨가 진짜 이번에 화날 만큼,

"이게 무슨 소리 하지? 너무 이상하게 이야기하네."

이상하게 이야기를 하니까, 금바 한 개 더 준다는 마음도 생겼습니다. [조사자: 마지막 한 개까지.] 진짜 그런 말도 안 되는 소리하고, 이상하게 하는 소리, 계속하면 난 그냥 떠나간다. 그런 느낌으로 마지막 금바를 줘서 그 아빠는 아저씨한테 이야기하는 말이 뭐냐면

"너는 무슨 일을 하기 전에 너 머릿속에 25번이나 생각과 고민하라. 생각 깊게 하라. 결정 하기 전에, 무슨 일을 하기 전에 25번이나 고민하라."

고 하셨습니다. 그 세 명이.

그런 말을 던지고 그냥 아버지,

"알았어. 알았어. 됐어. 됐어 가, 가. 반갑다. 나 간다."

그런 말을 하시고 떠났습니다. 그 세 명은.

[샤하드: 집에 가다가 한 강이 보였습니다.] [조사자: 강이 보였어?]

바람이 너무 세게 불어오고 비도 엄청 많이 오고 위험하니까,

[샤하드: 그래서 그 남자 그냥 그렇게 와서 앉고 없어질 때까지 밥을 먹으면서 기다렸어요. 그 (아이들) 부모님 이야기를 들어서 있었어요.]

강 속으로 들어갈 수 없으니까 계속 기다리면서 밥을 먹고 있다가 어떨 말을 타는 진짜 잘생긴 남자가 다가오는 걸 봤습니다. 잘 모르는 사람이 가깝게 다가오는지 궁금했어요. 그래서 너무 가깝게 와가지고, 그 남자는,

"강 속으로 왜 들어가지 않습니까?"

물어 봐가지고 아저씨는

"저 너무 무섭게 생긴 강 속으로 왜 들어가냐? 들어갈 수 없다."

고 이야기를 했고요. 근데 말을 타는 그 잘생긴 남자는,

"그럼 나를 봐봐 나는 진짜 쉽게 갔다 왔다 할 수 있다."

고 말을 했고, 말을 하자마자 강 속으로 들어갔는데, 들어가는

대로 바로 넘어졌습니다. 그래서 강 속으로 죽었단 말이에요.

그런데 그 남자만 죽었고 말은 수영해서 들어가는 위치로 다시 나왔어요. 그 가난한 말을 아저씨는 타고 다른 가는 길을 찾게 되었습니다. 강 속으로 들어갈 수 없으니까. [조사자: 강으로 안 들어가고.]

[샤하드: 집으로 가다가 독수리, 독수리를 보았어요.]

마을에 거의 도착했을 때는 진짜 많은 독수리를 봤는데요.

'그럼 한번 직접 가서 보자.'

그 생각을 했고 생각을 하셔서 직접 가서, 죽은 사람이 세 명 있었습니다. 그런데 그 세 명 바로 옆에 있는 (자신의 가죽가방을 가리키며) 이런 가방 있었고요.

[샤하드: 그리고 금바. 그 가방 안에 금바 많았어요.] [조사자: 그 안에 금바가 많이 있었어요.]

(사우디 말로 서로 이야기하다 압둘라 르만이 이야기를 전부 정리하여 다시 이야기함.)

그 독수리를 보고 무슨 일인지 직접 가서 보자고 이야기를 들었는데요. 가다가 어떤 죽은 세 명을 봤거든요. 봐서 그 세 명 바로 옆에 (자신의 가죽가방을 가리키며) 이런 가방 한 개 있었고요. 그런데 가방을 열고 어떻게 금바 세 개 있었거든요.

있었는데요, 금바는 왠지 알게 되었습니다. 아저씨가. 뭐냐 하면 그 죽은 사람들이 도둑 사람들이었어요. 도둑. 그는 서로 다른 사람들 다 가지고 훔치거나, 죽이거나 금바를 갖게 되었거든요. 갖게 되어서 여기 와가지고 이런 공간에 와가지고 서로 싸움이 되었어요. 싸움이 일어나가지고 서로 죽였거든요. 죽여가지고 이런 가방 그냥 아무 주인 없이 남겼습니다. 그리고 그날 저녁에 아저씨 집에 들어왔습니다.

[샤하드: 들어왔어? 아니 아직! (사우디어로 잠시 대화하고) 밖에 있는 문 열고 뒷문에서 아내와 남자를 봤어요.] [조사자: 밖에 창문으로 이렇게 본 거예요?] [샤하드: 아니. 그 집 이렇게요 밖에 있는 문 열고, 그리고 집 안을 봤어요.]

그런데 이제는 그날 저녁에 집에 다 도착했습니다. 도착하기 전에 너무 궁금하잖아요? 우리 가족이 어떻게 사는지, 우리 아들이 어떻게 아저씨가 된 건지, 진짜 한 남자가 됐는지 궁금해가지고, 뒷문으로 돌아가서 창문으로 계속 바라보고 있었습니다. 그런데 거기 집 안에 무슨 한 진짜 금 테이블 있고 거기 자기 아내와 한 모르는 남자랑 같이 앉아 있었습니다. 그런데

'에? 그 남자는 왜 여기 있냐?'

그 남자를 모르고 왜 내 집으로 들어와 너무 편하게 앉아 있는지 너무 궁금해서 자기 총을 바로 쏘려고. 그런데 쏘기 전에 그 할아버지의 말이 기억하면서 들어와가지고. 기억하면서,

'아! 맞네! 이제는 25번이나 고민을 해야 되겠네. 생각을 해봐야 되겠다. 누군지. 아마 아는 사람일 수도 있다.'

그런 생각을 하게 되었습니다. 생각을 하다가 그 아내와 모르는 남자가 이야기를 하는 것을 그냥 계속 듣게 되었습니다. 무슨 이야기인지. 그런데 아내는 뭐라고 하고 있느냐면 그 모르는 사람한테 이야기를 하고 있습니다.

(샤하드가 사우디 말로 뭐라고 말을 하자 압둘라 르만이 이야기를 약간 수정하며) 그 모르는 남자는 그 아내한테 이야기를 하고 있습니다. 얘기를 시작했습니다.

"엄마 나는 내일 아침 너무 일찍 일어나서 내 아빠를 찾으러 가겠습니다."

찾으러 가겠다고 이야기를 하고 이야기를 하면서,

"내가 진짜 더 이상 기다릴 수 없다"고.

"진짜 그냥 숲속으로 들어가도 상관없이 아빠를 찾을 때까지 돌아오지 않겠다."

그런 이야기를 했습니다. 그래서 그 이야기가 끝나기 전에,

"엄마, 이센 아빠 떠난 지 얼마나 됐냐?"

질문 했습니다. 근데 엄마는 [샤하드: 20년.] 엄마는 네 아빠는 네가 한 달 되지 않고 그때는 아빠 떠나갔다고. 이야기를 하자마자 그 아저씨가 계속 창문 속으로 들어와가지고, 너무 예쁘게, 너무 예쁘게

"네가 찾는 사람이 딱 왔다, 빨리 환영하라."

고 그런 말을 했습니다. 그런 말을 했고 들어왔습니다. 그래서 다시 만나게 되었습니다.

[샤하드: 행복하게 살았습니다.]

바보 주하와 당나귀 [1]

● 구연정보

조사일시 : 2016. 10. 28(금) 오전
조사장소 : 서울시 성북구 정릉동 국민대학교
제 보 자 : 압둘라 르만 [사우디아라비아, 남, 1990년생, 유학 6년차]
조 사 자 : 오정미, 이원영, 이승민

● 구연상황

여러 제보자가 함께 이야기를 이어가던 중 압둘라 르만 제보자가 중심이 되어 새 이야기 구연을 시작했다. 앞에서 두 친구의 이야기를 도와줄 정도의 한국어 실력을 갖추었던 제보자는 스스로의 힘으로 구연을 이어나갔다. 사우디아라비아에는 바보 주하 시리즈가 유명하다며, 짧지만 웃긴 이야기인데 구술해도 되는지 확인한 뒤 구연을 시작했다.

● 줄거리

주하와 아들이 당나귀 한 마리와 함께 여행을 가던 중 사람들의 여러 잔소리를 듣게 되었다. 주하는 사람들의 잔소리 때문에 자기가 당나귀를 탔다가 아들을 당나귀에 태우다가 하기를 반복했다. 결국 화가 난 주하는 당나귀를 팔아버렸다.

어느 날에 여행을 가려고 짐 다 담고 주하와 아들은 당나귀를 탔습니다. 둘이 같이 탔고요. 같이 타가지고 여행을 시작했습니다. 가는 길에 한 마을을 지나갔고요. 그 마을 사람들이 계속 쳐다보고 있습니다. 그 사람들이

"진짜 왜 이렇게 같이 앉아 있고, 당나귀를 너무 힘들게 하는 사람이네. 왜 같이 앉느냐?"

너무너무 세게 쳐다보고 있으니까 주하는 너무 불편해졌습니다. 너무 불편해져가지고 이제 제가 내리고 우리 아들만 혼자 타면 되겠다. 다른 사람도 그렇게 안 보기 위해서 저 그냥 걷고 우리 아들이 계속 타고 있는 걸로 여행 계속 하겠습니다. 그런 생각을 하고 두 번째 마을 지나갔습니다. 지나가다가 그 마을 사람들이 똑같은 이야기로 봐.

"이 아들아 봐봐. 자기 아빠는 너무 아저씨인데, 너무 나이가 많이 먹었는데 왜 그렇게 걷게 하고 자기 그냥 너무 편하게 앉아 있는지!"

너무 큰 소리로 말을 던지거나, 그 주하한테. 그래서 마을을 지났고요. 마을을 지나가자마자 주하는 자기 아들한테는

"너 그냥 내리고 나 이제 탄다. 너 그냥 걸어가고 나 이제 탄다."

말을 했고요. 그래도 그렇게 지나가다가 세 번째 마을 지났습니다. 세 번째 마을을 지나가서 사람들이 마찬가지로 말을 던지면서

"봐봐! 이 아저씨 봐봐! 자기 아들은 진짜 얼마도 안 되었고, 나이는 아직 어린데 어떻게 걸어갈 수 있느냐! 아저씨 그렇게 하지 마라!"

그런 소리 던지니까 마을을 지나가자마자 너무 화 나가지고 간단하게 당나귀 팔았습니다. (웃음) 바로 팔았대요.

바보 주하와 당나귀 [2]

● **구연정보**

조사일시 : 2016. 10. 28(금) 오전
조사장소 : 서울시 성북구 정릉동 국민대학교
제 보 자 : 압둘라 르만 [사우디아라비아, 남, 1990년생, 유학 6년차]
조 사 자 : 오정미, 이원영, 이승민

● **구연상황**

제보자들은 사우디아라비아에 주하와 관련된 이야기가 많다며, 또 다른 이야기를 시작했다. 이야기 시작은 힌드 제보자가 했는데 압둘라 르만 제보자가 구연을 도와주려다가 결국 자신이 전부 구연하게 되었다.

● **줄거리**

주하가 당나귀 열 마리를 사서 가는 중에 당나귀 숫자를 세어보았다. 그는 자기가 탄 당나귀를 빼고서 헤아렸고, 당나귀는 계속 아홉 마리뿐이었다. 당나귀에서 내려 열 마리인 것을 확인한 주하는 결국 집까지 걸어서 갔다.

[청자(힌드): 주하 아저씨가 당나귀 열 마리 사는데 한 마리에 탔어요. 그래서 아홉 마리 앞에.]

한 번에 열 마리 샀습니다. 그래 집에 가야 되죠. 이제 그 열 마리랑. 그런데 걸어가는 것 보다는 한 마리를 타고 가야 된다. 그래가지고 한 마리를 탔습니다. 그런데 타고 뭔가 이상하네요.

"저 열 마리 샀는데 왜 한 마리 되지?"

그래서 내리고 다른 말을 탔습니다. 타가지고 또 한 마리네요.

'또 세어야 된다.'

생각해서 또 내리고 세니까

"어! 열 마리네. 그러면 되네."

생각을 하고 또 탔습니다. 다른 말을.

그런데, 그러면 진짜 한 다섯 번까지 계속 그렇게 내렸다 탔다 하니까 너무 화 나가지고 마지막으로는 집에 그냥 걸어가겠다. 열 마리를 데리고 걸어가겠다. 그런 생각으로 집에 갔습니다. 아무, 아무 한 마리도 안 타고.

판사의 뺨을 때린 주하

● **구연정보**

조사일시 : 2016. 10. 28(금) 오전
조사장소 : 서울시 성북구 정릉동 국민대학교
제 보 자 : 압둘라 르만 [사우디아라비아, 남, 1990년생, 유학 6년차]
샤하드 [사우디아라비아, 여, 1992년생, 유학 2년차]
조 사 자 : 오정미, 이원영, 이승민

● **구연상황**

제보자들이 판사라는 단어를 언급하면서 구연을 시작했다. 사우디아라비아에 유명한 주하에 대한 이야기였다. 샤하드 제보자가 최대한 구연을 해보려 했으나 압둘라 르만 제보자의 도움을 많이 받았다.

● **줄거리**

주하가 한 남자에게 뺨을 억울하게 맞아서 재판을 받게 되었다. 그러자 판사가 전부터 친분이 있었던 가해자의 편을 들어주며 보상금을 가져오라는 명목으로 그를 슬쩍 내보내 주었다. 남자가 돌아오지 않자 상황을 눈치챈 주하는 판사의 뺨을 때린 뒤 그 값으로 자신이 받을 보상금을 대신 받으라고 했다.

압둘라 르만 : 주하 있잖아요? 지난주에 말씀드렸잖아요. 바보인 주하와 판사.

샤하드 : 어느 날에 주하가 어디에 갔는데 갑자기 주하가 뒤에 어떤 남자들한테 얼굴을 맞았어요. 그래서… (압둘라 르만에게) 도와주세요.

압둘라 르만 : 그럼 맞았다. 주하는 돌려가지고, 돌려서 싸우려고 돌렸다. 누군지도 궁금하고. 그런데 바로 그 뒤에 있는 남자분.

"어! 죄송합니다. 저 아는 사람인 줄. 죄송합니다." 그런데 주하는 그런 사과를 안 되는 말이라고. 말이 안 된다고 생각하니까. 옛날에는 잘못했으니까 벌금 같은 거 내야 되잖아요? 이제. 그러니까 같이 (한국어로) 그거 뭐지? 판사 하는 판사장? 법정? 법정에 가자고, 가게 되었습니다.

조사자 1 : 법정에 판사를 만나러 갔어.

샤하드 : 그래서 거기에 가서, 아! 아직 안 갔어요! 그래서 거기서 싸우고. 말로. 말로 싸우고, 그다음에 사람 옆에, 옆에 있는 사람 주하한테 "그럼 판사한테 가야 돼!"

압둘라 르만 : 법정으로 가야 된다고 말을 했다. 그런데 그 판사, 그 법정에 가 가지고 거기 계신 판사는 그 남자분을 잘 아는 사이인 아는 사이였고.

조사자 1 : 아! 그 때린 남자가?

압둘라 르만 : 네! 때린 남자는 아는 사이였다.

샤하드 : 그래서 그 판사 그 남자한테 윙크했어요. '내가 도와줄게.'

압둘라 르만 : '뭐 걱정하지 말라.'고 윙크했어요. 그리고 그 판사는 벌금으로 한 2만 원 정도 내라고 그 (책상을 주먹으로 두드리며 판결을 표현하고) 네 했다. 그런데 그 때린 남자는. "제가 이제 돈이 없다고 잠깐 갔다 와도 되겠습니까?" 물어보고 된다고 했습니다. 판사가.

샤하드 : 서로 윙크. 그래서 다시 그 판사 윙크했어요. 갔다 오라고 했는데.

압둘라 르만 : 그 갔다 오라고 하면서 윙크를 했다. 그냥 걱정하지 말라고.

샤하드 : 그래서 주하 계속 거기서 기다리고 있는데 그 남자 아직.

압둘라 르만 : 그 갔다 오는 동안에 주하는 기다리고 있을 테니까 빨리 갔다 오라고 하셨다.

샤하드 : 그런데 안 왔어요. 그 남자.

압둘라 르만 : 그러니까 갔는데 너무 오래 너무 시간이 많이 걸렸고 시간도 많이 지났는데 주하는 어떻게, 뭐 무슨 일이고 무슨 사이

인지 어쩐지 그냥 알게 되었어. 알게 되었다. 그 판사랑 그 때린 남자와 윙크한 것이고, 그 판사는 그냥 뭐 보내는 것을 알게 되었어요. 이제.

샤하드 : 그래서 주하 그 판사한테도 (때리는 시늉을 하며) 얼굴 이렇게 했어요. 다시.

압둘라 르만 : 그래서 주하는 판사 쪽으로 다가가서 얼굴을 맞았다.

조사자 1 : 뺨을 때렸다?

압둘라 르만 : 네.

샤하드 : 복수? 번수? 복수?

조사자 1 : 복수.

샤하드 : 복수! 복수! 복수했어요.

압둘라 르만 : 그런 뭐, 뺨을 때렸다?

조사자 1 : 뺨을 때렸다. 뺨!

압둘라 르만 : 네! 네! 때리면서 그 남자는 올 때 "2만 원 받으라"고. "나 대신 받으라."고 말했다.

조사자 1 : 아! 주하가?

압둘라 르만 : 네.

조사자 1 : (웃음) 바보가 아니네.

샤하드 : 여기만 바보 아니었어요.

주하가 거지를 상대하는 법

● **구연정보**

조사일시 : 2016. 10. 28(금) 오전
조사장소 : 서울시 성북구 정릉동 국민대학교
제 보 자 : 압둘라 르만 [사우디아라비아, 남, 1990년생, 유학 6년차]
조 사 자 : 오정미, 이원영, 이승민

● **구연상황**

다른 제보자들의 구술을 통역하는 역할을 하던 압둘라 르만 제보자가 직접 나서서 이야기를 구연했다. 웃음을 지으면서 바보 주하 시리즈 중 하나를 들려주겠다며 구연을 시작했다.

● **줄거리**

2층에 있던 주하가 동냥 온 거지가 할 말이 있다며 부르는 바람에 1층으로 내려오게 됐다. 거지를 발견한 주하는 화가 났지만 거지한테 웃으면서 2층으로 따라오라고 했다. 거지가 2층으로 올라오자 주하는 돈이 없다며 돌아가라고 했다.

'주하와 거지' 그걸로 합시다.

주하는 집 위층에 있었다. 위층에 있었고 근데 갑자기 문이 '녹녹녹' 하는 소리 났다. 노크하는 한 남자가 있었다. 그래서 창문으로 머리 그냥 눌리고 보면서 누구냐고 물어봤다. 어떻게 왔다, 어떻게 왔는지 물어봤다. 그러면 그 거지는,

"한번 좀 내려올래요? 좀 할 말이 있으니까 좀 내려올래요."

말했다. 주하는 뭐 그냥 내려왔는데요, 내려왔다, 내려갔다. 내려갔는데 그 거지는,

“제가 너무 가난한 사람이라고, 제가 진짜 한 그 백 원이라도 그냥 줘봐.”

라고 했다. 달라고 했다.

그런데 주하는 그런 말 듣고 너무 많이 화가 나고 진짜 그냥 표정이 완전 달라져가지고.

“그래? 일단 같이 올라가자. 위층으로 올라가자.”

하고 말했다. 그래서 그런데 그 그런 싫은 표정을 안 보여주고 그냥 너무 밝은 표정으로.

“네. 그래 올라가서 얘기하자.”

고 말했다.

그래가지고 주하는 올라가가지고, 저 그냥 올라가가지고 그냥 위층 올라와서 두려 워서 그 거지한테는, 거지한테,

“나는 돈이 없다. 나는 돈 못 준다.”

그래서 그 거지가 깜짝 놀랐다.

“그럼 아까 같이 있었는데, 그 밑에 있었는데 왜 그렇게 올라와가지고 그런 말을 하냐?”

물어봤다. 주하는,

“그러니까 정문에서 물어봤잖아. 정문에서도 그렇게 처음 말했어야 나는 밑으로 그냥 왜 내려가게 하는지 그러니까 지금 돈이 없다.”

[조사자 1: 아! 네가 나를 내려오게 했잖아?] 네! 그래서 올라오게 했잖아. 그래서 나는 돈이 없다. 그걸로 그쳤다.

[조사자 2: 주하 마음에 든다. 똑똑하네.] [조사자 1: 주하가 매력적인데?] [조사자 2: 자기 나름의 방식이 있네.] [조사자 1: 바보가 아닌데 주하가?] 네. (웃음)

도미니카공화국

도미니카 이름의 유래

● **구연정보**

조사일시 : 2018. 12. 4(화) 오후
조사장소 : 서울시 광진구 행당동
제 보 자 : 멜리사 [도미니카공화국, 여, 1999년, 유학 2년차]
조 사 자 : 김정은, 박현숙, 한상효

● **구연상황**

칠레의 브루노 제보자가 여성을 잡아가는 나무유령 엘타라우코에 대해 이야기한 뒤, 도미니카공화국 이름의 유래를 찾고 있던 멜리사가 이야기를 하겠다면서 구술을 시작했다. 브루노 제보자가 청자로 참여했다.

● **줄거리**

도미니카공화국의 이름의 유래는 아메리카를 발견한 크리스토퍼 콜론(콜럼버스)의 아버지의 이름이 크리스토퍼 도밍고인 것과 관련이 있다. 도밍고는 도미니카라고 쓸 수도 있다. 도미니카 공화국의 수도 산토도밍고도 그 사람의 이름을 딴 것이라고 한다.

그 우리나라 이름, 스페인어로 리퍼블리카 도미니카나Republica Dominicana인데, 그 도미니카나 그, 이름이 10월, 1492, [조사자 2: 1492년 12월 10일?] 맞아요. [조사자 2: 10월 12일 아니에요? 12월 10일? 12월 10일?] [조사자 1: (연도를) 거꾸로 한다. 10월 12일.] [청자: 남미에서 보통 날부터 하거든요.]

그 아메리카 발견됐습니다. 아메리카 발견 제일 조용한 사람이 크리스토퍼 [청자: 콜론] 콜론입니다. 그 사람이 아버지, 이름이 아 뭐지? 기억 안나. 도밍고. 도밍고 콜론. 근데 도밍고 콜론 있는데, 도밍고는 도미니코도 쓸 수 있습니다. 도미니코 콜론. 이거 똑같아요. 그리고 도미니코 때문에 지금 리퍼블리카 도미니코 도미니카나입니다. 그 도미니카 콜론. 크리스토퍼 콜론 아버지입니다. 그거 때문에.

그 뭐지. 또한 우리나라 수도는 산토도밍고입니다. 산토도밍고입니다. 그 사람 때문에 산토도밍고도. [조사자 1: 생긴 거예요?] 네 맞아요. 네 이렇게. [조사자 1: 발견한 사람의 거를 땄네요.] 네 이렇게. 네 맞아요. 끝.

남자를 홀리는 시구아파

● 구연정보

조사일시 : 2018. 12. 4(화) 오후
조사장소 : 서울시 성동구 행당동
제 보 자 : 멜리사 [도미니카공화국, 여, 1999년, 유학 2년차]
조 사 자 : 김정은, 박현숙, 한상효

● 구연상황

칠레의 브루노 제보자가 〈피를 좋아하는 괴물 꼴러꼴러〉 이야기를 마친 뒤 멜리사 제보자가 바로 이 이야기를 시작했다. 제보자는 자신이 준비해온 메모를 보면서 이야기를 했다. 브루노 제보자가 함께 이야기를 들었다.

● 줄거리

산속에서 살면서 남자들에게 못된 짓을 하던 원주민 여자 시구아파가 있었다. 그녀는 검은 눈동자를 가지고 있었고 피부가 어두웠다. 또한 머리카락이 옷을 입은 것처럼 보이고 발은 뒤로 꺾여 있어 등을 앞으로 하고 걸어간다. 늦은 밤길에 남자들이 시구아파에게 홀려서 끌려다니곤 한다.

제 첫 번째 이야기는 라 시구아파입니다. [조사자 1: 잠깐만요.] [조사자 2: 라?] 라 시구아파. [조사자 2: 무슨 뜻일까요?] 라 시구아파는 특별한 여자입니다. [조사자 1: 특별한 여자요?] 산속에 살면서 남자들을 못된 짓을 하던 원주민 여자가 있었습니다. 시구아파라고 불렸는데 눈매가 가늘고, 검은 눈동자를 지녔으며, 피부가 어두워, [조사자 1: 피부는 어두웠고.] 저처럼. [조사자 1: 아유 뭘.] 머리카락 역시 가늘었고. 그 너무 길어서 옷을 입은 처럼, 입은 거처럼 보일 정도였습니다.

원래 사람들은 발을 (똑바로) 이렇게 하지만 시구아파는 발이 (발이 몸의 반대로 돌아간 모양) 이렇게 뒤로 겨, 꺾여 있어, [조사자 1: 꺾여.] [조사자 2: 꺾였어?] 네 사진 이렇게. [조사자 2: 아 반대로 되어 있네.] 그래서 걸을 때면 동쪽으로 걷는 것처럼 보였다고 합니다. 또한 시구아파는 어두운 곳을 좋아한다고 아 과일란, 과일이랑 물고기를 자주 먹습니다. 또한 늦은 밤 길, 남자들은 시구아파를 보면 그들을 시구아파에게 홀리게 됩니다. [조사자 1: 홀리는구나.] 끝.

[조사자 1: 그것도 재밌어요. 홀려가지고 어떻게 된다는 얘기는 없어요?] 없어요. [조사자 1: 분명히 홀려가지고 어디 돌아다닌 거 아닐까?] 네? [조사자 1: 이 여자가 홀리면 어떤 역할을 할까? 데리고 다녀요? 아니면은] 네 데려, [조사자 1: 그렇죠. 데리고 다니는 거예요? 죽었단 얘기는 없고?] 음, 아니에요. 특별한, [조사자 1: 그런 식은 아니구나.]

[조사자 2: 발이 한 짝, 한 쪽만 그렇게 거꾸로 되어 있어요?] 네. [조사자 3: 한 쪽만?] [조사자 2: 한 쪽만 오른발이든 왼발이든요. 아니면 상관없어요? 오른발 왼발?] 상관없어요. [조사자 2: 어느 쪽이든 한 쪽만. 반대로?] 네. [조사자 1: 아주 신기한데요.]

질투로 눈이 나빠지는 흑마법 말데오호

● **구연정보**

조사일시 : 2018. 12. 4(화) 오후
조사장소 : 서울시 성동구 행당동
제 보 자 : 멜리사 [도미니카공화국, 여, 1999년, 유학 2년차]
조 사 자 : 김정은, 박현숙, 한상효

● **구연상황**

제보자가 〈남자를 홀리는 시구아파〉에 이어서 구연을 계속했다. 도중에 청자인 칠레의 브루노 제보자에게 도움을 요청하자 브루노 제보자가 이야기 구연을 돕기도 했다.

● **줄거리**

다른 사람을 질투하면 눈병이 생기는 흑마법이 있는데, 이를 말데오호(Mal de Ojo)라고 한다. 말데오호가 걸리면 주술사를 찾아가 특별한 팔찌를 차고 3주 동안 화요일에 치료를 해야 한다. 칠레에도 말데오호가 있어서 다른 사람들에게 예쁘게 보이면 조심해야 한다는 말들을 한다. 왜냐하면 부러룸이 말데오호를 불러오기 때문이다.

다른 이야기는 스페인어로 말데오호Mal de Ojo●.

(함께 왔던 브루노 제보자가 웃음을 터뜨리자 브루노를 보며) 칠레에서도 있어요? [청자(브루노): 똑같아요. 남미에도 다 있어요.] [조사자 1: 지난번에 이어서 또 있구나.]

● 스페인어로 '눈병'이라는 의미를 지님. 세계 여러나라의 민속에 등장하는 '악마의 눈(evil eye)'과 연관되어 있는 표현.

한국어로 아마 눈에 나쁜, 눈에 나쁜. [조사자 3: 눈에 나쁘다.] 눈에 나쁜 [청자: 눈 문제. 말데오호.] [조사자 1: 눈 문제?] [청자: 아마 눈 나쁠 때 문제가 생겨요.] [조사자 2: 눈에 문제가 생기는구나.]

그 아름다운 소년이 있으면, 다른 사람 질투 느끼면, 깨어나는 흑마법입니다. [조사자 1: 흑마법?] 흑마법. [조사자 1: 이게 흑마법이구나.] 근데 그 죽음에 이르게 하거나 건강에 영향을 미치는 마법입니다. 왜냐하면 이 상황에서 아름다운 소녀 볼 때,

"가장 아름다운 소녀요."

라고 말할 때, 다른 사람들은

"하느님, 이를 기억하시기를."

이라고. 말해야 합니다. 소녀에게 특별한 팔찌를 차야 합니다. 그리고 말데오호 걸렸을 때, 주술사를 찾아야 합니다. 그 주술사를 3주 화요일마다 치료하게끔 해야 합니다. [조사자 1: 주술사가.]

[조사자 1: 그러면 질투하거나 할 때 생기는 그런 거예요? 시샘부리거나?] 네. [조사자 2: 그럼 눈이 어떻게 되는 거예요?] 그 눈이 문제 아닌데 [조사자 2: 눈에 뭐가 나요?] 아닌데, 그 (청자를 보며) 도와줘.

(브루노와 스페인어로 대화를 함.)

[청자: 그 뭐냐하면 보통 남미 사람들은 다른 사람들 생각에 대한 많이 생각해요. 아 아마 그 사람들은 나쁘게 생각할 수 있어요. 그래서 사람들은 다른 사람한테 너무 예쁘게 보이면 "너 조심해라." 왜냐하면 다른 사람들은] [조사자 1: 너를.] [청자: 네, 그 너를] [조사자 1: 샘낸다고.] [청자: 네 샘낸다고 말했어요.] [조사자 1: 그럴 때 이런 말을 쓰는구나.] [청자: 네 왜냐하면 이거 그 부러운 느낌이 나올 수 있어요.] [조사자 1: 부러울 때.] [청자: 네 부러울 때 다른 사람한테 나쁜 효과를 끼칠 수 있어요. 그래서 "아 조심해라." 말데오호 올 수 있어요. 왜냐하면 거의 모든 사람들은 그 이상하게 볼 수 있고, 나쁘게 "그 사람 왜 이렇게 예뻐요. 안돼요."]

[조사자 1: 오히려 너무 재밌는데요. 이거는.] [청자: 그런 거예요.] 말데오호. [청자: 말데오호] [조사자 1: 칠레에도 있고, 웬만하면 다 있을 거 같아요. 그죠.] 남미. [조사자 1: 남미에는?] 네.

(잠시 이야기와 상관없는 대화가 오감.)

[조사자 2: 근데 그 사람한테 말데오호가 왔는지는 어떻게 알아요? 흑마법을 하려면 무슨 증세가 있을 거 아니에요?] 왜냐하면 말데오호 걸렸을 때 나쁜 그 매일매일 나쁜 상황이 있습니다. [조사자 2: 아! 나쁜 일 계속] [청자: 나쁜 일 생길 수 있고, 나쁜 효과를 미칠 수 있어요. 다른 사람한테] [조사자 1: 다른 사람들한테. 그때 '말데오호 왔구나' 그렇게 얘기하는구나.] [청자: 네.] [조사자 2: 주술사가 와서] 네네.

[조사자 1: 말데오호 왔다 그래요? 아니면 말데오호, 뭐라 그럴까?] (또박또박) 말 데 오 호.

칠레

모아이가 있는 부활절 섬

● 구연정보

조사일시 : 2018. 12. 4(화) 오후
조사장소 : 서울시 성동구 행당동
제 보 자 : 브루노 [칠레, 남, 1998년생, 유학 2년차]
조 사 자 : 김정은, 박현숙, 한상효

● 구연상황

제보자가 칠레의 괴물들에 대해 이야기하면서 한국 사람들은 이상한 것을 좋아하는 것 같다고 조사자들과 농담을 했다. 이어서 제보자가 모아이의 그림을 그려 보여준 뒤 이야기 구연을 했다. 제보자의 친구인 도미니카공화국의 멜리사 제보자가 청자로 참여했다.

● 줄거리

옛날에 다른 세계인 히바에서 살고 있는 사람들이 부활절(이스터) 섬으로 왔다. 히바에서 온 일곱 명은 왕은 바다에서 살면서 야매라는 특별한 음식을 먹었다. 이들은 두 개의 다이아몬드 고리를 가져왔는데, 이 고리를 통해 세상을 볼 수 있었다. 이들은 물이 점점 올라와서 섬이 가라앉아 가는 것을 보고 힘을 합쳐서 섬을 올렸다. 그래서 이스터 섬을 세계의 배꼽이라고 생각하게 되었다. 이들은 도덕적 가치가 높은 사람들이라는 뜻으로 모아이라고 불리게 됐다. 이스터 섬 사람들은 히바에서 온 특별한 사람들이 자신들을 지켜줄 거라고 믿는다.

아 부활절 섬? [조사자 1: 다시.] [조사자 2: 부활절?] 부활절. 부활절. [조사자 1: 부활절.] [조사자 2: 부활절 섬이 있구나.] 이거 칠레에 있는데.

(제보자가 조사자들에게 이스터 섬 석상 사진을 보여줌.)

[조사자 1: 이게 섬이구나. 그림 있는 게요.] 이거 칠레예요. 그래서 옛날에 아마 한국 사람들도 그거 관심을 많이 가지고 있어요. 여기에서는 그런 거 볼 수 있어요. 이거 모아이, 모아이. [조사자 1: 모아이 보는 데.] 세계에서 그래서 그 칠레 사람들.

(그림을 그려서 보여줌.)

[조사자 1: 너무 잘 그렸다. 뭔지 알 거 같아. 딱 뭔지 알게 이렇게 그렸어.] 아 그래서 칠레 사람들이 옛날에 너무 궁금해서 어떻게 부활섬 생겼는지 몰랐어요. 그래서 전설이 있어요.

여기에서는 옛날에 한, 특별한 왕 있었는데 옛날에 다른 세계에서 살고 있었어요. 그 사람. 다른 세계에서 히바, 히바라고 해요. 그 세계. 그리고 그 세계에서 우리 세계같이 없고, 여기 이스터 아일랜드 왔어요. 여기서 살기 시작했어요. [조사자 3: 처음으로 왔어요.] 네, 처음으로 왔어요.

여기에서는 그 사람들은 계속 잠을 자고 있었는데 갑자기 다른 문제 생겼기 때문에 그 사람들은,

"아마, 아마 다른 나라들은 다른 나라 사람들은 없고, 우리 세계는 없게 될 거예요. 그래서 우리는 모험 필요해요."

[조사자 1: 모험?] 네 그래서 그 사람들은 그 왕은 일곱 명은, 도와주라고(도와달라고) 했어요. 도와주냐고(도와주려고) 했어요. 그 사람들은 우리, 아, 바다에서 살고 있었어요. 계속 살고 있었어요. 왜냐하면 아 이스터 아일랜드 (그림을 그리며) 이렇게, 이렇게 볼 수 있어요. 이렇게 하고 요즘도, 요즘도 이렇게 볼 수 있어요. [조사자 2: 섬이 보여요?] 이렇게 볼 수 있어요. 페루 가면 이렇게 볼 수 있어요. [조사자 1: 섬이 그렇게 보여요?]

네 그래서 그 일곱 명 여기에서 살고 있었어요. 바다에서, 바다에서 살고 있었는데 그 그 왕, 사실 우리는 다른 사람들은 그 여기에서는 우리, 우리 섬, 얻게 되면 음식 필요해요. 그래서 그 사람들은 여기에서 바다에서 살면서 음식을 찾아야 했어요. 그 특별한 음식 이름 야매라고 해요. [조사자 3: 야매?] 이렇게, 이렇게 쓰는 거예요. [조사자 1: 야매.] 야매라고 해요.

그래서 그 사람들은 모아이, 두 개 가지고 고리, 가져왔어요. [조사자 2: 고리.] 다이아몬드 고리, 왜냐하면 다이아몬드 고리 있으면 다른 사람들은,

"아 너네 여기 있어요."

볼 수 있어요. 알아 볼 수 있었어요,

아 그래서 그 사람들은 사실 그 문제가 생겼어요. 이거 없게, 없게 되고 있었어요. 물 이렇게 올라가고 있었어요. 없게 되고 있었어요. 그래서 [조사자 1: 섬이 점점 없어지고 있었구나. 말하는 것처럼 그렇군요.] 네 그래서 그 왕 사실 알았어요. 그 문제 생기는 거. 그래서,

"아 어떻게 할 거예요? 우리 일곱 명 있는데 일곱 명 있더라도 우리 우리 없게 될 거예요. 어떻게 할 거예요?"

그래서 칠레 사람들은 옛날에 있는 사람들은 여기에서 도와주고 이렇게 올라갔어요. [조사자 1: 섬이.] 다 같이 힘이로(힘으로) 이렇게 올라갔어요. [조사자 1: 밑에서 올렸군요.] 이렇게 올라가고.

그다음에 이스터 아일랜드 사람들은 여기에서는 우리 세계 배라고 해요. 아 이거 [조사자 1: 이거 배꼽이라고 하는 거 배 뭐 이렇게 우리는 양구가 배꼽인데,] 아 배꼽. 우리 세계 배꼽이에요. [조사자 1: 세계 배꼽. 아 좋아요.] 네 그런 전설이 있었어요.

[조사자 1: 네 다들 올렸군요, 섬을 올렸네요. 이 일곱 명의 정체는 뭐라 그래야 돼요?] 아 이거 잊어버렸어요. 아 지금 기억났어요. 그 칠레 사람들은 이 옛날에 그 특별한 사람이 있으면 어 정말 좋은 것이었어요. 그래서 그 일곱 명들은 사실 아 우리 세계에서 좋은 것이에요. 예를 들면 이거 친절한 사람이에요. 이거 그 어떻게라고 해요. 한국어로? 네 잠시만요.

(잠시 스마트폰으로 찾아보고) 아 도덕적 가치. 도덕적 가치가. [조사자 1: 도덕적 가치가 높은 사람들 도덕적으로.] 네 표현했어요. 네 이렇게 표현하고 있었어요. 네 그 사람들이 정말 특별한 사람이었어요. 옛날에.

[조사자 1: 신은 아니고요?] 아니에요. 정말 사람들이에요. [조사자 1: 사람이 이렇게 올린 거.] 네 사람이었어요. 네. [조사자 2: 그 엄청 큰

거인이에요?] 그 제일 왕 믿는 사람이었어요. [조사자 2: 왕을 믿는 사람들.] 왕을 믿는 사람들이었어요. [조사자 1: 여기 히바라는 곳에 있었던.] 네 히바에서 있었어요. 그 사람들 거기에서 살고 있었는데 그 왕.

"너는 정말 특별한 사람이기 때문에 나한테 도와줄 거예요. 계속 우리 그 바로 옆에 있을 거예요. 항상."

이렇게 했어요. 네.

[조사자 1: 이거는 정말 저기 종교 생기기 전, 천주교 이렇게 생기기 전에 있었던 종교 같은 얘기인가 봐요. 히매(히바)라는 게 그런 세계를 믿고 막 그랬었나보다 하늘에 있다고 생각해요?] 네. [조사자 1: 하늘에 있는 세계구나.]

칠리고추 모양의 칠레와 칠레새

● 구연정보

조사일시 : 2018. 12. 4(화) 오후
조사장소 : 서울시 성동구 행당동
제 보 자 : 브루노 [칠레, 남, 1998년생, 유학 2년차]
조 사 자 : 김정은, 박현숙, 한상효

● 구연상황

도미니카공화국의 멜리사 제보자가 〈잠 안 자는 아이를 찾아오는 에르고구〉 구연을 마친 뒤 화제가 나라 이름으로 넘어갔다. 브루노 제보자가 칠레 이름의 유래에 대해 안다면서 구연을 시작했다. 멜리사 제보자가 청자로 참여했다.

● 줄거리

인도에 가려다가 칠레 땅을 발견한 스페인 사람들은 나라가 길어서 칠리고추처럼 생겼다고 생각했다. 그들은 칠레 남쪽에서 칠리고추를 많이 발견했고, 이곳을 칠레라고 부르기 시작했다. 또 다른 이야기는 칠레라는 나라명이 새에게서 왔다는 것이다. 칠레의 아라우까니아 나무에 빨간 깃털을 가진 특별한 새가 살았다. 원주민들은 마뿌둥구라는 언어를 쓰고 있었는데, 그들이 부르는 새의 이름이 '칠레'였다.

칠리고추 모양의 칠레

사실 전설 두 개 있어요. 칠레 이름. [조사자 1: 칠레 이름에는 두 개 있고.] 옛날에 스페인 사람들은 사실 스페인 사람들은 인도에 가고 싶었어요. 옛날에 그래서 스페인,

(종이에 지도를 그림.)

스페인 여기 있어요. 남미 여기. 인도 여기 있었어요. 그래서 스페인 사람들은 사실 세계 이렇게만 이어, 이었다고 생각했어요. 그래서 이 스페인 사람들은

"이쪽으로 가면 아 아마 인도 찾을 수 있을 거 같아요."

하지만 스페인 사람들은 이쪽으로 갈 때 남미가, 생겼어요. 그래서 여기 있었을 때 그 스페인 사람들은 여기에서는 나라가 너무 길어서 그래서 칠리처럼라고(칠리고추처럼 생겼다고) 생각했어요. 그래서 그날부터 칠레라고 했어요. 그래서, 그리고 여기 칠레 남쪽에서, 왜냐하면 스페인 사람들은 먼저 칠레 남쪽에 갔거든요. 그래서 여기에서는 칠레 남쪽에서 이런 거 찾을 수 있어요. (고추 그림을 그림.)

[조사자 3: 아 고추 같은 거.] 이런 거. [조사자 1: 네 뭔지 알 거 같아요.] 네 그래서 [조사자 1: 칠리소스 할 때 칠리.] 네 칠리 있었어요. 네 그래서 스페인 사람들은 이거 많이 찾기 때문에 이렇게 칠레 불렀어요.

아라우까니아 나무에 사는 칠레새

다른 의미도 있어요. 우리 칠레에서 특별한 해(새), 있었어요.

(칠레 모양의 새 그림을 그림.)

[조사자 1: 새?] 새, 새, 특별한, 특별한 새 있는데 그 새는 빨간색, 색깔은 이렇게 하고 이렇게였어요. 그 새, 우리 칠레에서만 있는 나무에서 살았어요. [조사자 2: 어떤 나무인데?] 아라우까리아

(종이에다가 나무 이름을 씀.)

[조사자 1: 아라우까리아] 아라우까리아. 여기에서는 그 칠레에서 옛날에 있었던 사람들은 여기에서 살았어요. 아 그 장소 아라우까니아라고 해요. 그 도시 이름. 아라우까니아•라고 했어요. 왜냐하면 아라우까니아에서 아라우까리아 있었어요. 아라우까리아 있으니까 그

• 아라우카니아 주(IX Región de La Araucanía)는 칠레 중부에 위치한 주로 주도는 테무코이며 2개 현(카우틴 현, 마예코 현)을 관할한다.

도시 이름 이렇게였어요.

그래서 그 도시 칠레 있었던 사람들은 여기에서 살았는데 그 사람들은 특별한 언어 썼어요. 지난번에 말했어요. 마뿌둥구●, 마뿌둥구 썼어요. 그래서 그 사람들 언어로 칠레라고 하면 사실 이 해(새) 이름이었어요. [조사자들: 새?] [조사자 1: 새 이름이었구나.] 새 이름이었어요. 그래서 그 사람들 생각은 칠레가 새처럼 이었어요. 그래서 칠레라고 했어요. [조사자 1: 지금도 있는 거구요.]

[조사자 2: 이 새가 어떻게 특별해요?] 아 그 왜냐하면 여기에서는 빨간색, 색깔이 있고 여기, [조사자 2: 날개가, 날개에 빨간색이 있어요?] 네, 빨간색이에요. [조사자 2: 깃털이?] 네. [조사자 2: 그리고 머리에는?] 머리도 여기 빨간색 볼 수 있어요. [조사자 2: 닭 벼슬처럼?] 네. [조사자 1: 크기는 큰 새예요?] 아니에요. 작아요. 하지만 많이 있어요.

[조사자 1: 칠레에서만 볼 수 있는 새라서 사람들이 그 새를 이름으로 딱 지어줬나 보다. "저 새 이름 뭐냐" 하니까 칠레라고 하니까 "칠레, 칠레." 이렇게 부르게 된 거예요?] 네 그렇게예요.

● 원주민 마뿌체인이 사용하는 언어를 말한다.

나무가 된 원주민 여성의 사랑

● **구연정보**

조사일시 : 2018. 11. 29(화) 오후
조사장소 : 서울시 동대문구 회기동
제 보 자 : 브루노 [칠레, 남, 1998년생, 유학 2년차]
조 사 자 : 김정은, 박현숙, 한상효

● **구연상황**

제보자가 〈쥐가 없앤 고양이의 눈〉 이야기를 마친 뒤 조사자가 이런저런 이야기를 탐문하다가 남녀의 사랑에 관한 이야기를 들려 달라고 하자 이야기가 많이 있다고 하면서 구연을 시작했다. 도미니카공화국의 멜리사 제보자가 청자로 참여했다.

● **줄거리**

스페인 사람들이 칠레에서 나갈 무렵의 이야기이다. 칠레 원주민 여성과 스페인 남자가 서로 사랑하게 됐는데, 스페인 사람은 원주민과 결혼할 수 없다고 부모와 주변 사람들이 반대했다. 그러자 남자는 스페인을 버리고, 원주민 여자와 산으로 올라가서 살았다. 스페인 사람들이 나가자 사람들은 그 남자를 죽였다. 그 여자는 슬피 울다가 나무로 변했다. 사람들은 나무를 보며 자기하고 다른 사람과 사랑할 수 있다고 생각한다.

사실 옛날에 남미에서 스페인 사람들이 많이 있었거든요. 그래서 우리나라가 칠레 되기 전에 스페인이었어요. 그래서 그 칠레에서 네이티브 사람들은 있어서, 그다음에 스페인 사람들은 같이 문제들이 생긴 후에 우리는 백 년, 백 년 후에 스페인 사람들은 나갔어요. 칠레에서. 하지만 그 우리는 스페인어 쓰기 시작했어요. 우리, 우리는 그 스페인 사람들은 나갈 때 다양한 얘기들 있습니다.

하나는 그 칠레 네이티브 여자가 있고, 스페인 사람 남자 있었거든요. 네 칠레 여자, 스페인 남자. 그래서 그 사람들은 칠레에서 만났어요. 처음에는 그 사람들은 볼 때,

"아 그 사람, 내 첫사랑이에요. 첫사랑이에요."

그거 한 후에 그 사람들은 그 칠레에서 문제들이 너무 많이 있었어요. 그래서 보통 스페인 사람들하고 칠레 사람들은 옛날에 이야기할 수 없었어요. 그냥 문제, 문제에 대해 이야기할 수 있었어요. 하지만 그 사람들은, 몰래? 비밀로? 그 사람들 만나고 사랑에 대한 이야기 시작했어요. 그 사람들은 사랑에 사랑해져서, 그다음에 결혼하고 싶었는데 부모님 반대로였어요(반대했어요). 그 부모님 말고, 나라, 반대로였어요(반대했어요). 왜냐하면 칠레 사람하고 스페인 사람들은 만날 수 없었어요.

하지만 그 사람들은 같이 산에서 살기 시작했어요. 그 스페인 남자는,

"아, 나 스페인 포기할 거예요. 나 계속 스페인에서 일하고, 아쉽지 않고,"

그다음에 그 여자 같이 산에서 살기 시작했어요. 거기에서 그 사람들은 오랫동안 살았지만, 스페인 사람들은 나간 후에 스페인 사람들은 그 스페인 남자 그 스페인 사람 때문에 그 스페인 남자 죽었어요.

"너는 왜 칠레 여자랑 결혼했어요! 너는 스페인 사람이에요. 그런 거 안 돼요."

그리고 죽었어요. 그래서 그 여자, 그 여자는 그 활동을 본 후에 너무 정말, 그 슬프고, 너무 울었어요.

그 산에서 계속 살고 있었는데 이렇게 있었어요. 혼자. 그래서 저녁에 이렇게 하고 죽은 후에 그 여자 나무에서(나무로) 바꿨어요(변했어요). 모양 그래서 그 산에서 계속 그 나무 있었는데 보통 옛날에. 지금 아마 지금은 안 해요. 하지만 옛날에 칠레 사람들은 그 나무 볼 때,

"아 아마 그 여자랑 그 스페인 사람들은 같이 있었어요."

그런 사랑 얘기 있었어요.

[조사자 1: 그 나무 이름은 뭘까요?] 아 이름 사실 몰라요. 왜냐하면 [조사자 1: 기울어져 있나?] 왜냐하면 칠레, 칠레어 이름 있는데 저는 칠레어 몰라요. 사실 칠레어 말고 마뿌둥구이라고 해요. 그 언어. 그 칠레에서 있었던 언어라 마뿌둥구이라고 해요. 마뿌둥구. 하지만 스페인 사람들은 나간 후에 우리는 스페인어 쓰기 시작했어요. 그래서.

[조사자 1: 이 이야기 제목을 뭐라고 할까요?] 제목? [조사자 1: 제목] 제목 이야기? [조사자 1: 이 이야기 제목을 뭐라 할까요?] 그 왜냐하면 그 마뿌둥구●, 그 마뿌둥구인데 저는 그 단어 몰라요. [조사자 1: 아 이게 마뿌둥구.] 이게 마뿌둥구이라서 마뿌둥구 사랑. (웃음)

[조사자 2: 사람들이 자기 사랑을 이루고 싶어서 그 나무에 가서 뭐 하거나 이런 풍습은 없어요?] 그 보통 칠레 사람들은 그 나무, 나무를 보면,

"아, 여기에서 그 여자 스페인, 스페인 남자랑 살았구나. 그러면 나도 다른 사람, 다른 외국 사람이랑 사랑할 수 있구나."

그런 생각을, 생각이 나왔어요.

● 원주민 마뿌체인이 사용하는 언어를 말한다.

돈이 묻혀 있는 선인장 꽃 로스빌로스

● 구연정보

조사일시 : 2018. 12. 4(화) 오후
조사장소 : 서울시 성동구 행당동
제 보 자 : 브루노 [칠레, 남, 1998년생, 유학 2년차]
조 사 자 : 김정은, 박현숙, 한상효

● 구연상황

조사팀은 브루노 제보자가 재학중인 한양대 근처의 스터디룸에서 두 번째로 브루노 제보자를 만났다. 함께 만나기로 한 도미니카공화국의 멜리사 제보자가 조금 늦는다고 연락이 와서, 먼저 브루노 제보자의 이야기를 들었다. 제보자는 A4 용지에 남아메리카 대륙과 칠레 지도를 그려가며 이야기를 시작했다. 멜리사 제보자가 구연이 끝날 때쯤 청자로 합류했다.

● 줄거리

칠레 북쪽에서 영국의 해적인 롤 빌로우가 모은 돈을 사막의 선인장 아래에 묻어 두었다가 찾지 못하고 도망갔다. 봄마다 선인장 꽃이 크게 피면 사람들은 그곳에 해적의 돈이 있을 수 있다고 생각한다. 그래서 그 마을 이름은 롤빌로우의 스페인어 발음인 롤스빌로스가 되었다.

그 우리는 (남아메리카 그림을 그리며) 이거 남미예요. 여기에서 보시면 이거 있고 이거하고 이거 칠리예요. 정말 길어요. 그 여기에서는 옛날에 거의 모든 사람들은, 거의 모든 사람들은 유럽에서 이렇게 가고 있고 여기에서 여기까지 갔어요. 올라가고 있었어요. 그래서 여기서는 그 우리 남쪽에서 거의 모든 사람들은 믹스 되었어요.

그래서 여기에서는 그 옛날에 한 영국 사람들은 파이롯, 파이롯

pirate 알아요? [조사자 3: 해적] 해적, 네. 한 영국인에 대한 책 있었거든요. 그 사람들은 여기 칠레 북쪽까지 갔는데, 올라갔어요. 그래서 여기에서는 그 이름 롤 빌로우이었어요.

그래서 정말로 옛날에 그 사람들이 칠레 북쪽에서 돈이 많이 있었는데 그 사람들은 사실, 다른 나라 돈이었어요. 영국 사람들은 보통 그렇게 해요. 그래서 여기 칠레 북쪽에서 갔는데 여기에서는 한 특별한 도시에서 그 돈 비밀로 저장했어요. 바닥 안에, 바닥 안에서 여기에서 칠레 북쪽에서 디젤 많이 있어요. [조사자 3: 기름?] 아니에요. [조사자 1: 금?] 아니에요. 아 기억 안 나요. 잠시만요. 확인할게요. [조사자 1: 스페인어로 디젤인가보다.] 아 사막. 여기 칠레 북쪽은 사막들이 많이 있어요.

네 그래서 그 사람들은 여기 간 후에 모든 돈 여기에서 바닥 안에서 저장했거든요. 그래서 여기에서는, 여기 보시면 사막에서 이런, (그림을 보여주며) [조사자 1 :선인장.] 네 선인장 있어요. [조사자 1: 정말 그림 잘 그려.] 선인장 있어요. 그리고 우리, 우리나라에서 그 사막 제일 긴 사막이에요. 세계에서 정말 더워요.

(잠시 구연을 멈춤.)

[조사자 1: 선인장.] 네 우리 칠레 사막에서 보통 봄일 때, 꽃 생겨요. 꽃 생겨요. 그래서 옛날에 거의 모든 칠레사람들은 봄 되면 여기에서는,

'큰 꽃 생기면 아마 여기에서는 모든 영국 사람들 돈 있을 것 같아요.'

여기에서는 그런 생각 나왔어요. 그래서 그 도시 사실 이름이 없었어요. 하지만 그 사람 온 후에 그 도시 이름, '로스빌로스'[•]라고 했어요. 사실 칠레 사람들은 영어 못했어요. 영어 못했으니까 그래서 롤 빌로우, 스페인으로 바꿔서 로스빌로스라고 했어요.

하지만 사실 이거, 이것 없어, 뜻이 없어요. 그냥 칠레 사람들 이

• 로스빌로스(Los Vilos)는 칠레 코킴보 주 초아파 현의 코무나이다. 면적은 1,861km^2이다.

렇게 불렀어요. 그래서 그날부터 거의 모든 사람들은 로스빌로스 갈 때, 밤에 봄 되면 그 꽃 볼 수 있으면,

"아, 아마 여기 롤 빌로우 돈 있을 것 같다."

그런 생각이 있었어요.

피를 좋아하는 괴물 꼴러꼴러

● 구연정보

조사일시 : 2018. 12. 4(화) 오후
조사장소 : 서울시 성동구 행당동
제 보 자 : 브루노 [칠레, 남, 1998년생, 유학 2년차]
조 사 자 : 김정은, 박현숙, 한상효

● 구연상황

브루노 제보자의 〈돈이 묻혀 있는 선인장 꽃 로스빌로스〉 구연이 끝날 때쯤 도미니카공화국의 멜리사 제보자가 도착했다. 브루노 제보자가 다음 이야기를 멜리사 제보자에게 넘기려 했지만, 조사자가 잠시 시간을 준 뒤, 브루노 제보자에게 다음 이야기를 청했고, 제보자가 이 이야기를 구연했다. 멜리사 제보자가 청자로 참여했다.

● 줄거리

테무코라는 남쪽 도시의 8월 밤에 사람들이 많이 죽고 있었다. 사람들은 살인자가 있다고 생각했으나, 개와 비슷하게 생긴 피를 좋아하는 괴물 꼴러꼴러가 사람들을 죽인 것이었다. 지금도 테무코에서는 늦게 다닐 때는 꼴러꼴러라가 나올 수 있으니 조심하라는 말을 한다.

그거 남쪽 도시인데 여기에서는 특별한 전설이 있어요. 여기에서는 이상한 동물 있었어요. 꼴러꼴러라고 해요. [조사자들: 꼴러껄러.] 꼴러꼴러라고 해요. [조사자 1: 네 좋아요.] 꼴러꼴러라고 해요.

옛날에 그 동물 너무 이상했는데, 거의 모든 사람 테무코●에서

● 테무코(Temuco) : 칠레 남부 아라우카니아 주와 카우틴 군의 수도이다.

죽었어요. [조사자 1: 데테무코에서 죽어요?] 사실 나이 차이 없었어요. 그냥 사람들은 죽고 있었어요. 밤에 보통 8월, 8월에 사람들은 죽고 있었어요. 이상하게 죽고 있었거든요.

그래서 사람들은 사실, 왜 죽고 있었는지 잘 몰랐어요. 그래서 사람들은 밤에서 또 열심히 보고 있었어요. 모든 사람들. 아 아마, 참 나쁜 사람 있는지 없는지 잘 모르겠는데 아마 그 사람들은 다른 사람한테 나쁜 기억만 가지고 있어요. 그래, 하지만, 사람들 아니었어요. [조사자 1: 사람이 아니었어요?] 사람이 아니었어요. 괴물이었어요. 그 괴물, 개처럼이었어요. [조사자 1: 괴물?] [조사자들: 개처럼.] 개처럼이었어요. [조사자 1: 개처럼 생긴.] 네.

요런 거처럼. [조사자 1: 어 무서운데요.] 좀 무서워요. 이거 사실 멕시코에서 비슷한 거 비슷한 전설 있는데, 멕시코에서 '추바카부라스'라고 해요. 이렇게. (종이에 이름을 씀.) [조사자 1: 같은 거군요.] 같은 거였어요.

하지만 꼴러꼴러는 여기 테무코 여기 칠레 한쪽에 있었어요. 그래서 사실 그 괴물은 피 좋아했어요. 사람들 피 좋아했어요. 그래서 보통 아이들은 먼저 죽었어요. 테무코 도시에서 그래서 보통 꼴러꼴러 8월일 때 아이들은 또 가까웁게 가고 그다음에 그 아이들은 죽었어요. 피 때문에 피 부족해서 그래서 죽었어요. 그래서 칠레 사람들은,

"옛날에 너무 늦게 테무코에서 가면 또 조심해라."

라고 했어요. 왜냐하면 꼴러꼴러 나타날 수 있으니까. 네 그런 전설이 있었어요.

[조사자 1: 지금은요?] 아 지금 아니에요. [조사자 1: 지금 없어요?] 옛날만. 옛날에만 [조사자 1: 얘는 죽이고 피 좋아하고 그런 거 말고 변신하는 능력은 없어요?] 아니요. 그냥 피. [조사자 1: 그냥 피, 무서운.] 그냥 피 좋아하고.

[조사자 1: 동물 같은 게 진짜로 있었나 봐요. 실제로.] 네. [조사자 1: 지금 아까 보여준 사진이 만든 사진이에요? 아니면 실제로 있었던 사진이에요?] 아니에요. 그냥 그림. 사람들 생각. [조사자 1: 생각한 거죠?] 생

각하고 그냥 그림 그렸어요.

하지만 사실 테무코 사람들은 무서운 개 본 후에 아마 이거 만들었어요. 보통 칠레 사람들은 그 생각 나올 때 그런 거 만들어요.

남성을 홀려서 돈을 뺏는 라킨트랄라

● **구연정보**

조사일시 : 2018. 11. 29(화) 오후
조사장소 : 서울시 동대문구 회기동
제 보 자 : 브루노 [칠레, 남, 1998년생, 유학 2년차]
조 사 자 : 김정은, 박현숙, 한상효

● **구연상황**

도미니카공화국의 멜리사 제보자가 도미니카 축제에 대한 이야기를 마친 뒤 조사자들이 전설을 탐문했다. 브루노 제보자가 잠시 검색을 하더니 좋은 전설을 찾았다고 하며 구연을 시작했다. 멜리사 제보자가 청자로 참여했다.

● **줄거리**

칠로에에 라킨트랄라라는 푸른 눈을 가진 예쁜 여성이 살았다. 모든 남성들이 그녀에게 관심을 나타내며 결혼하고 싶어 했다. 그런데 라킨트랄라는 돈에만 관심이 있어서 남자들에게 예쁜 모습을 보여준 뒤 돈만 가지고 갔다. 남자가 돈을 줄 수 없으면 라킨트랄라가 때렸는데, 그러면 바로 죽었다. 칠로에에서는 남자가 다른 여자에게 관심을 가지면 라킨트랄라가 생길 거라고 말한다.

'라킨트랄라'라고 해요. (조사자가 발음을 다시 한번 확인함.) [조사자 2: 이것도 사람 이름이에요?] 네 여자, 여자 이름이에요. 옛날 여자 이름이에요. 칠로에 사람인데. 그 여자는 정말 나쁜 사람이었어요.

그 여자는 정말 모양이 예쁜 여자였는데 눈 진짜 커요. 진짜 예쁘고, 눈 파란색 색깔이었어요. 아 그 여자는 보통 거의 모든 남자들은 그 여자들을 찾고 있었어요. 관심을 많이 가지고 있었어요. 네 그 여자는 저녁에 모든 남자들은 보고,

“아 그 여자 왔어요. 라킨트랄라 왔어요. 아 그 여자랑 결혼하고 싶어요.”

그래서 남자들은 그 여자 가고 재미있는 이야기 하고, 같이 다른 장소에 가고 라킨트랄라 그 남자는 돈 받고, 그다음에 그 여자 나가요.

그래서 보통 그 라킨트랄라는 그냥 남자 돈에 대한 관심이 있지만 사실 그 남자들은 관심이 없어요. 돈에 대한만(대해서만) 관심이 있어요. 네 그래서 보통 라킨트랄라는 그 한 돈 많이 있는 사람 보면 그 남자에 가고, 재밌는 이야기 하고 예쁜, 예쁘게 보여주고 하지만 저녁에 그 돈 가지고 가요. 네 그런 얘기 있어요.

[조사자 1: 얘는 그러면 귀신은 아니잖아요. 사람이잖아요?] 사람이었어, 네. 사람인 거 같아요. 네.

그리고 라킨트랄라 보통 그 남자는 보통 그 라킨트랄라한테 돈을 줄 수 없으면, 라틴트랄라 그 사람한테 때리고 그 남자를 갑자기 바로 죽어요. 네. 그래서 보통 칠로에서 남자들은 다른 여자랑 만나면 그 남자 결혼했거든요. 하지만 그 여자랑 있어요. 다른 여자 만났어요. 그래서 그 여자는,

“아 너는 왜 다른 여자랑 만나고 있어요? 나중에 라킨트랄라 생길 거예요. 너는 죽을 거예요. 계속 이렇게 가면.”

[조사자 1: 저주를 하는군요.] 네 그런 거. [조사자 1: 바람 못 피겠네요. 라킨트랄라 무서워서.] 라킨트랄라 정말 무서워요.

그리고 칠로에 사람들은 다른 것도 믿었어요. 라킨트랄라하고 다른 그 귀신이랑 혜택을 받았어요. 매직, 매직처럼 그래서 라킨트랄라 그 매직 받았기 때문에 모든 남자들은 그 만날 때 그 남자들은 빨리하고 갑자기 죽을 수 있었어요. 네 [조사자 1: 매직이 있으니까?] 네 매직 있으니까. 그거 ‘라킨트랄라예요’라고 해요.

브라질

브라질의 요정과 괴물 이야기

● 구연정보

조사일시 : 2018. 12. 26(수) 오후
조사장소 : 서울시 광진구 화양동 건국대학교
제 보 자 : 레오나르도 [브라질, 남, 1990년생, 유학 6년차]
조 사 자 : 신동흔, 황혜진, 김정은, 김민수

● 구연상황

레오나르도 제보자는 인도의 파드마 제보자와 함께 건국대 연구실로 찾아와 이야기 구연에 참여했다. 먼저 파드마 제보자가 〈돈의 여신 락시미〉 구연을 마친 뒤 레오나르도 제보자가 브라질의 여러 요정과 괴물에 대한 이야기를 들려주었다. 휴대폰으로 하나씩 사진을 보여주며 구연을 이어갔다. 사이사이 조사자와 대화하는 방식으로 구술이 진행되었으며, 파드마 제보자가 질문을 하며 구연을 돕기도 했다.

● 줄거리

브라질에는 여러 요정과 괴물들이 있다. 사시빼레레는 사람들을 잘 속이고 괴롭히는데, 어른들은 아이가 말을 듣지 않으면 사시빼레레가 와서 잡아간다며 겁을 준다. 사시빼레레는 빨간색 모자를 쓰고 파이프 담배를 입에 물고 있으며, 다리가 하나 있는 흑인이다. 담배 연기를 뿜어서 사라지거나 다시 나타나기도 하고, 덫을 놓아서 사람들을 잡기도 한다. 또, 물에 사는 돌고래 보투가 있는데, 보투는 아름다운 남자로 변해서 여자를 유혹하여 임신시킨다. 이 때문에 〈아름다운 것이 다는 아니다〉라는 속담이 있다. 반대로 노래로 남자를 유혹해서 물 밑으로 데려가 죽이는 인어 이아라도 있다. 또, 자연을 지키는 그루피라, 신부와 연애한 데 따른 벌로 머리가 불타는 노새가 되어버린 여인 몰라센카베사, 늑대에게 물려서 늑대인간이 된 로버즘엥도 있다.

네, 일단 제가 소개해주고 싶은 것은 원래 포크로어Folklore이라고 하죠, 포크로어. 어떻게 어떤 레전드legend에 대해 생각하면 그 무조건 브라질 포크로어 생각하거든요? 제가 그 학교 다녔을 때 이런 생각도 하고. 음, 그리고 학교 졸업하고 나서도 브라질 고등학생 때여도 만화, TV에 만화도 있었어요, (핸드폰을 보여주며) 이렇게.

그 애니메이션 같은 걸로, 그걸로도 브라질이랑 포크로어에 대해 좀 더 볼 수 있었거든요. 그런데 좀 아쉬운 것은 지금 좀 그런 포크로어은 죽어가고 있는 느낌이거든요? 사람들이 그거에 대해 덜 이야기하고, 그거 재밌는 게 뭐냐면 그 할로윈 있잖아요? 할로윈 그 중에 브라질에 인기 많아지고 있는데, 근데 어떤 이건 약간 제가 몇 살이었는지 기억 안 나는데 몇 년 됐는데 어떤 정치인들까지 이런 법까지 만들고 싶었어요.

"그 할로윈 날에 8월 30일 이 날 그 할로윈 뿐 아니라 사시빼레레 날 하자."

사시빼레레 뭐냐면 더 포크로어 대표하는 브라질 인물? 이라고 하죠. 인물이거든요.

(휴대폰을 검색해서 사진을 보여주며) 여기 사진 약간 여기 나오거든요. 이렇게 생겼어요. 이렇게 사시빼레레 라고 어떤 모자 이런 빨간색 모자 있고 이런 뭐라고 하죠? 담배 같은 거? [조사자 2: 파이프 담배?] 파이프 담배 맞아 맞아. [조사자 3: 담배 피우는 군요. 네.] 네, 그래서 약간 나쁜 사람이거든요? 나쁜 사람, 나쁜 사람. 그 장난치고 장난 잘 치고 잘 괴롭히고 사람들을 속이는 [조사자 3: 정말 트릭스터네요.] 맞아 맞아. 그런 사람이에요. 원래 흑인이고 그 다리 하나밖에 없어요. 이런 이야기거든요. [조사자 3: 다리 하나.] [조사자 2: 딸?] 다리, 다리. 다리 하나밖에 없고 그래서 장난치고 이런 사람이에요. 원래 지금 그리고 여기 모자는 좀 냄새가 안 좋아요. 그런 이야기도 있어요. 냄새 안 좋고.

그래서 진짜 브라질 포크로어을 대표하는 인물인 것 같아요. 인물 많은데 다른 인물에 대해도 이야기해 드릴 텐데 근데 사시빼레레는 대표하거든요. 저도 엄마랑 얘기했을 때, 여기 올 거라고 말했는

데 그,

"무슨 이야기 할까?"

엄마도 그렇게 말했어요.

"무조건 사시빼레레에 대해 말해야겠다."

엄마도 그렇게 말했어요.

그 네, 사시빼레레 있고. 그래서 사시빼레레는 여러 브라질 애니메이션에 볼 수도 있었고 몬 테이루 로 바투●. 브라질의 뭐라고 하지 라이터Writer? 작가? 작가 있는데 그 몬 테이루 로 바투라는 작가가 정말 브라질 이런 브라질 포크로어에 대해 여러 애니메이션 그리고 책 많이 쓴 사람이거든요. 그래서 그런 브라질 레전드에 대해 연구하면 몬 테이루 로 바투도 연구하는 게 좋을 것 같고요.

네, 그리고 이건 좀 아, 그래서 제가 그래서 그 국회의원들은 몇 명인지 모르겠는데 옛날에 몇 년 전에 그런 이야기 했었었어요. 그 할로윈 계속 인기 유행되고 있는데 안 되잖아요. 브라질 포크로어 죽어가니까. 그래서 그 할로윈 날에 똑같은 날에 사시빼레레 날 만듭시다. 그래서 지금 그런 날이거든요.

그런데 실제로 보니까 사시빼레레 행사하는 사람 한 명도 본 적 없어요. 한 명도 본 적 없고. 그리고 제가 개인적인 생각인데 그 할로윈이랑 싸우는 것보다는 그냥 [조사자 2: 다른 날을?] 네, 그냥 다른 날이든 아니면 그냥 우리 전통 브라질 포크로어을 어떻게 더 발전이나 어떻게 인기 많게 할 수 있는지 고민하게 되면 되는데 싸울 필요 없죠. 그냥 사람들이 재밌으면 되는데 근데 뭔가 사람들이 이렇게 뭔가 그냥 법만 만들고 싶어서 그런지 뭔가 투표권 투표 받고 싶어서 그런지 그래서 이건 좀 법 싸움도 돼서 그니까 재밌거든요.

왜냐면 전통이랑 이렇게 정치까지 연결되어서 근데 이거 유일한 케이스인데 그래서 사시빼레레. 아, 그리고 브라질 그런 포크로어에 대해 생각하면 어디서 왔냐면 브라질이 다민족 나라잖아요. 그 예를

● 몬 테이루 로 바투(José Bento Renato Monteiro Lobato, 1882.4.18.-1948.7.4.)는 브라질의 저명한 작가이자 비평가로 브라질 최초의 출판사를 설립한 인물이다.

들어서 피부가 약간 이렇게 좀 하얀 피부 색깔인데 근데 브라질 다 그렇지 않아요. 브라질에는 흑인도 많고 백인도 많고 혼혈 대부분이고 제가 혼혈이에요. [조사자 2: 혼혈이에요?] 네, 제가 혼혈이고 그리고 아프리카 영향 많은 나라구요. 아프리카, 아시아 사람도 많고, 이렇게 남미 사람도 많고 이렇게 다민족 나라예요. 다민족 나라여도 우리는 유일한 포르투칼어 쓰는 나라이구요.

근데 브라질 역사에 아마 가장 영향 미친 브라질 문화에 가장 영향 미친 민족들은 제 생각에 그 아프리카랑, 아프리카 문화, 그리고 포르투갈 문화 그래서 두 개 영향 많이 받았는데 근데 포크로어에는 아프리카 영향 더 많아요. 브라질에는 아프리카 영향 더 많고 그래서 저는 포크로어들은 다 어디서 나왔는지 그런 이야기들은 대부분 아프리카 또는 브라질 원주민들 대부분 그런 거구요.

그래서 좀 더 다른 사시빼레레 말고 또 다른 [조사자 3: 잠깐만 사시빼레레 얘기에서 얽힌 이야기가 저희는 궁금해가지고, 아까 락시미처럼 그런 이야기가 있나 해가지고. 하나씩 하나씩 이야기해 주면 더 좋을 것 같아서 얘는 왜 다리는 하나가 됐고 모자는 왜 그런지 그런 이야기가 있는지.] 네, 이거 솔직히 말해서 저도 모르거든요. 그냥 우리는 그런 거만 들어요. 아, 사시빼레레 이런 거구나.

근데 제 생각에는 이렇게 다른 인물들 마찬가지 사시빼레레뿐 아니라 왠지 모르겠지만 대부분 인물들은 뭔가 어떤 어린이들에게 말하는 거잖아요. 그래서 '어린이가 어떤 잘못 하면 그 인물이 올 거다.' 그래서 그렇게 '나쁜 행위 하지 마라.' 이렇게 어린이들을 좀 위협하기 위해 만든 인물들인 거 같아요. 그런 느낌이에요.

그래서 마찬가지로 사시빼레레 나쁜… [청자(파드마): 어떤 식으로 겁을 줘요 엄마가?] 그냥 그 어린이가 엄마가 시키는 대로 하지 않으면 [청자: 그럼 사시빼레레가 와서 뭐 해요?] 아, 그냥,

"장난칠 거다."

그냥,

"조심해. 너를 속일 거다."

약간 이렇게 뭔가 어떤 짓 할지 너무 자세히 말하지 않는데 아기

무섭게 하는 거 이렇게 너를 잡을 거다 약간 이렇게, 이런 식으로.

[청자: 아, 우리 엄마 확실히 얘기해요. "이거 안 하면 밥을 못 먹는다.", "이걸 안 하면 코가 없어진다." 이런] (웃음) 아, 그렇지, 그렇지. 근데 브라질은 그렇게 많이 말해요.

"그 괴물이 너를 잡을 거다."

이렇게 말하거든요. [조사자 3: 네가 사시빼레레가 너를 잡을 거다.] 네, 맞아요. 또는 사시빼레레 뿐만 아니라 모든 인물들 모든 괴물들? 이렇게 약간 조금 이따가 설명해 드릴게요. 또 다른 것도 마찬가지.

그리고 그런 이야기도 있어요. 잘못하면 어린아이가 잘못하면,

"너 자는 동안 침대 밑에 있을 거다."

"침대 밑에 있고 너 자는 동안 너를 잡을 거다. 너를 깨워서 잡아서 나갈 거다."

[청자: 어, 우린 납치당하는데] (웃으며) 맞아 맞아. 그래서 다 비슷하긴 하고.

[조사자 3: 그러면 이 사람에게 잡혀갔다는 사람의 이야기는 있어요?] 네네, 그 원래 부모님. 부모님이 어린이들에게 그런 이야기 하죠. [조사자 3: 그래도 얘한테 잡혀가봤다는 이야기 하는 사람은 없어요?] 아. [조사자 3: 사시빼레레한테 내가 잡혀갔었는데…] 아 그런 거 그거는 부모님의 창의력 써서 말하는 거죠. (웃음) 그냥 사시빼레레 써서 마음대로 말할 수 있는 거예요, 아니 진짜로. 어느 나쁜 말이든,

"사시빼레레 할 거다. 뭣이든."

[조사자 2: 근데 다리가 하나잖아요. 어떻게 와요?] 뛰어서. [조사자 2: 이렇게 '쿵쿵쿵쿵?'] 맞아 맞아. 그래서 학교에도 그 어린이들은 이렇게 모자 만들고 사시빼레레로도 [청자: 할로윈 때요?] 네네. [조사자 2: 그러면 걔네들은 '콩콩콩' 뛰겠네?] 맞아 맞아. 그 숲에 숨어있고 원래 그런 거예요.

[조사자 1: 사시빼레레가 사람을 속인 이야기 누구를 속이거나 골탕 먹인 구체적인 이야기를 스토리 들을 만한 게 있으면 하나 해 주면 좋을 것 같은데] 아, 네. [청자: 영화나 애니메이션 나온다고 했잖아요. 그중에 한 이야기가 있을 거 아니에요.] 네네네, 아, 제가 좀 미안한데 지금 좀 잘 모

르겠어요. 찾아봐야 될 것 같은데.

[조사자 3: 그럼 파드마가 얘기할 동안 열심히 찾아봐요. 우리는 도깨비가 뭘 훔쳐가지고 그것 때문에 벌어지는 일들 있잖아요. 도깨비방망이를 잃어버려가지고 벌어지는 일들 있고, 근데 칠레에도 이렇게 다리 하나 있는 귀신 있고.] 아, 그래요? [조사자 3: 여기 전반적으로 도미니카에도 다리 하나 있는 귀신이 있다고 하더라구요.] [조사자 1: 우리나라 도깨비도 예전에는 독각귀라고 해서 다리 하나인 경우도 있었어요.] [조사자 3: 되게 신기해서.] 네네, 그렇죠. 그렇죠. 아마 같은 영향일 수 있네요. 같은 원인, 같은 소스.

[조사자 3: 한번 생각해봐요, 애니메이션.] 네네, 스토리 좀 찾아볼게요. [조사자 2: 모자는 왜 쓰는지.] 아아, 네네. [조사자 3: 우리 요구하는 게 많죠? 우리가 스토리를 좋아해요. 네, 그래가지고.] 아아, 괜찮아요. 네네. [조사자 3: 그런데 그게 좀 많이 어렵더라. 그 칠레 친구도 그렇고 도미니카 친구도 그렇고 그렇게 신은 다 아는데 그 신에 대해서 그 스토리로는.] [청자: 아까 얘기한 듯이 없어지는 거잖아요, 구비문화가. 그래서 저는 잘 들어요. 아직까지 엄마가 예전 구비문화에 대해서 얘기해줘요. 그래서 우리는 자주 들으니까 잘 알 수밖에 없어요.]

여기는 이렇게 지금 보니까 지금 제가 지금부터 말할 얘기는 제가 머릿속에서 온 거 아니고 제가 읽어서 말하는 거거든요. 말하고 싶어서 이거는 좀 슬픈 거니까 이거는 좀 기록했으면 좋겠거든요. 아, 브라질 사람까지 이런 걸 잊어버리고 있는 거구나. 이건 좀 연구해 있어야 될 내용인 것 같아서.

이렇게 그런 담배 파이프라고 하셨죠? 그 담배 파이프는 그 사시빼레레를 숨겼다가 나오다가 그렇게 할 수 있는 기능이 있어요. 그 파이프 때문에, 그 파이프는 그런 힘이 있어요. 내가 사라지고 싶으면 그 파이프는 나를 사라지게 할 수 있다. [조사자 3: 아아.] 메이크 미 디스어페어, 앤드 어페어Make me disappear, and appear(나를 사라졌다 나타나게 하다) [조사자 2: 이게 연기가 피어오르니까.] 어디서든.

그래서 너무 위험한 인물이고 진짜 위험한 인물이고 아 그리고 트랩Trap 많이 하는 사람이에요. 트랩. 그 위험한 사람들이 캡쳐Capture

될 수 있게. [조사자 2: 덫을 만드는 거지? 트랩을 만든다는 거죠? 모자는 혹시?] 모자는 냄새가 안 좋다고 하는데 왜 그런지 딱히 말이 안 나와서 [조사자 2: 생각이 냄새가 나서 그런가? 나쁜 생각.] 아아, 제 생각에는 그냥 왜냐면 냄새가 좋으면 이상하잖아요. 왜냐하면 나쁜 인물이니까. 그래서 그냥 약간 이런 이미지 만들기 위해? 위험하고, 냄새 안 좋고 사람들이 멀리 떨어져 있고 싶은 그런 인물 좀 꾸미기 위해서 그렇게 꾸민 것 같고요.

[조사자 2: 피부색은요?] 흑인이거든요? [조사자 2: 아아, 흑인이라고 했죠.]

[조사자 1: 그 밑에 보니까 물 같은 게 있던데 뭐 물속에 산다거나 그런 이야기가 있어요?] 네? [조사자 3: 그림에] 아! 물속에 있는데 사시빼레레 말고 다른 인물이거든요. [청자: 아까 그 사진에 물이 있어서.]

아, 그 사시빼레레 말고, 그 물 관련된 이야기 누구였냐면 보투Boto 있거든요? 보투. 그냥 약간 돌핀Dolphin이고 [청자: 돌고래.] 이 보투라고 해요. 그 이야기 좀 여기 써 있는 것처럼, 여기 써 있는 내용이 제가 기억나는 내용이랑 일치하거든요. 이거 이상도 아는 게 없어요. 이 보투는 [조사자 3: 아니 아니, 아까 슬픈 이야기.] 네? [조사자 1: 아니.] [조사자 3: 아, 보투 그냥 들을까요?] 아, 네. 이렇게 호수에서 나오는 돌핀인데 근데 정말 아름다운 어, 뭐라고 하지? 젊은이 너무 아름다운 남자? 이렇게 그래서 그 목표는 유혹하는 거예요.

[조사자 3: 남자가 유혹하네요?] 아름다운 남자인데 유혹하기 위한 인물이거든요? [조사자 2: 여자를?] 네, 여자를 유혹해서 그리고 임신시켜요, 임신시켜요. 그래서 아마 왜? 아마 그렇게 아름다운 건 다 아니다. 그런 속담일까? 그런 생각이 이렇게 좀 들어요. 그런 레슨lesson 가지기 위해서 그런 보투도 있는데 그런 물 관련된 거예요.

[조사자 2: 그러면 돌고래가 젊은 미남으로 변해요?] 네네, 맞아요. 미남으로 변해요. [조사자 2: 변신해서? 유혹해서? 임신시킨다?] 변신해서, 맞아요. 네. [청자: 아, 그래서 브라질 엄마들이 잘생기면 따라가면 안 된다고 얘길 해줘요?] 네, 맞아요. 맞아요. 그런 것 같은데 [청자: 그럴 것 같았어.] 아! 그리고 그 보투는 여자를 유혹하는 거잖아요?

근데 반대 있어요. 이아라. 이아라는 진짜는 머메이드Mermaid예요. 그냥 아름다운 여자인데 근데 물론 여기 밑에는 물고기처럼 생겼고 근데 반대는 그냥 남자를 유혹하려고요. 아, 아! 그리고 그 노래도 하고 그 노래로 유혹하는 거고 그리고 그 물속에 흘러가서 물 밑에 죽여요. 남자를. [조사자 3: 물 밑으로 데려가서 죽여요? 물 밑에서 죽여요?]

그래서 이아라도 마찬가지죠. 정말 많은 만화도 많았고 그런 많이 정말 익스프로어Explore 많이 됐던 인물이거든요? 이거는 물 관련된 보투랑 이아라. [청자: 이런 이야기 로마 쪽에도 있어요.] [조사자 3:그렇죠? 사이렌? 스타벅스 그림에 있는?] [청자: 네네네.] 아, 맞아 맞아. (웃음)

[조사자 2: 그런데 물 밑으로 데려가서 죽이는 건 너무 끔찍한 것 같아. 마녀처럼 그러는 건가? 마녀같이?] 마녀 아니죠. 왜냐면 마녀는 좀 못생겼는데 근데 이아라는 잘생겼기 때문에 약간 느낌이 다르죠. 왜냐면 마녀는 처음부터 무서운데 근데 이아라는,

'와 너무 예쁘다 가고 싶다.'

이런 거잖아요.

[조사자 3: 노래도 잘하고?] 노래도 잘 하고. 그래서 그 노래도 들으면 약간 그 뭐라고 하나 최면? 최면당해요. [조사자 1: 최면.] 최면당하는 그런 거 거든요. 만화도 봤을 때 그랬어요.

[조사자 2: 그래서 배 타고 가는 사람들이 그 노래 듣다가 바위에 부딪히고 그런가요?] 맞아요. 어디서든 맞아요. 배에서 또는 이런 거예요. 여기 바닥인데 땅이고, 이아라는 물속에 있고 땅에 있는 사람은 물로 가고 싶은 이거 위험한 거잖아요. 그래서 이 사람이 노래에 유혹당해서 물로 가는 그런 거 진짜 최면 당해서 저기로 걸어가는 거는.

그래서 그 사람들이 그 만화 애니메이션 볼 때,

"가지 마, 가지 마, 가지 마!"

그런 거잖아요. 그런 거예요.

[조사자 3: 그 사람한테 꾀임을 안 당한 그런 사람 이야기는 없어요?] 안 당한 사람? [조사자 3: 그리스 신화에서는 여기 막 촛농도 넣기도 하

고, 뭐 이러면서 그런 이야기는 혹시 있는지 본 거 있는지] 그렇죠. 왜냐면 실패할 수도 있고 성공할 수도 있으니까. [조사자 3: 어 성공한 사람 이야기 있어요?] 아, 근데 그거는 이렇게 너무 자세히 가는 이야기 아니거든요. 너무 자세히 어떤 인물이 최면 당했는지? 그런 인물이 있다. 이런 사람이 안 당했다 그런 거 구별하지 않고 그냥 마찬가지,

'아, 그 이아라가 있다.'

이게 핵심이거든요. 누가 당했는지 그런 건 핵심이 아니고. 아, 이아라가 있다 조심해야 한다. 이런 게 핵심인 것 같아서.

[조사자 2: 브라질은 그 물이 위험해요? 아니면 물가에서 사랑을 많이 나눠요?] 아니 사실은 그렇게 위험한 편은 아니거든요? 샤크Shark 도 없고 호주처럼 사실 그렇게 위험하진 않아요. [조사자 1: 자연은 물 자체가 위험하긴 하죠.]

근데 그 한번은 제가 뭐라고 하지? 아 이거 단어 모르겠는데 한 번 바다 들어가서 공격당했거든요. [조사자 2: 샤크한테? 이아라?] 아니요. 샤크 아니고 그 뭐라고 하지? [조사자 3: 해파리?] 해파리 맞아요, 해파리. [조사자 3: 젤리피쉬Jellyfish] 젤리피쉬. [조사자 4: 저도 당했어요.]

그래서 그 브라질은 항상 지금 보는데 그루피라고 있거든요. 왜 방금 그루피라고 얘기했냐 하시면 왜냐면 지금 보니까 그루피라는 역할은 동물이랑 생물 포나 앤 플로라Fauna and Flora 이거 영어단어 한국어 모르겠는데 [청자: 땅이랑 물속에 사는 생물?] 지키는 사람이에요. 동물이랑 식물. 이렇게 둘다 합쳐서 포나 앤 플로라라고 하는데 둘 다 지켜주는 사람, 그루피라 해요.

그래서 이 그루피라는 좋은 사람이거든요? 저도 기억하는데 그루피라. 그리고 그 숲 뭐라고 하지? 디스트로이Destroy 파괴하고 싶은 사람은 그루피라를 죽여요. 파괴하고 싶은 사람들 그루피라를 죽여요. [청자: 그루피라 신 아니에요?] 신 아니에요. 그냥 보호하는 뭐 그런 사람. 그리고 그 머리는 빨간 머리고 그리고 이렇게 덮고, [조사자 2: 피부색은?] 피부색은 좀 혼혈? 약간 흑인도 아니고 혼혈 정도? 그래서 지키는 사람이고 그루피라 마찬가지 그런 모테를로바투도 있었고.

아, 그리고 몰라센카베사도 엄마가 같은 말 했어요. 무조건 몰라센카베사도 존재만 기억했었는데 어떤 이야기였는지 기억이 안 나서 지금 읽고 있는 거거든요? 근데 몰라센카베사 말만 하면 제가 기억했었어요. 아, 몰라센카베사 있구나. 그게 무슨 뜻이냐면 '몰라'는 지금 여기 사전 찾아봤는데 노새? [조사자 3: 아, 노새.] 머리가 없는 노새. 그래서 머리 대신에 불이 있어요. 이거 진짜 이런 이렇게 악마 비주얼이기 때문에 투명하게 기억나거든요.

몰라센카베사 존재하는 거? 왜냐면 몰라센카베사 역할이 뭐냐면 어떤 여자가 신부? 프리스트Priest는 신부 맞죠? 신부랑 어떤 연애했는데 안 되잖아요, 신부니까? 그래서 그 여자가 벌 받아서, 벌은 아아, 네, 그런 거네요. 아, 여자가 연애하면 안 됐는데 그 신부랑 그래서 그 여자가 나중에 몰라센카베사 돼버렸어요. [조사자 3: 아, 얘가 됐구나] 네, 여자가 됐어요. 죄로. 벌로. 그런 이야기 있어요.

[조사자 1: 벌로 됐는데 머리는 왜 불이 됐을까, 얼굴이?] 아, 왜냐면 얼굴이 잘린 것처럼 벌처럼 그래서 원래 사람인데 노새도 됐고 머리 없는 노새 됐다. 그냥 너무 잔인한 벌이다. 그런 뜻이에요. [조사자 1: 이게 하나의 열정이나 분노의 상징일지도 몰라.] 그렇죠 그렇죠. 다 상징하죠.

[조사자 2: 신부는 어떻게 됐어요? 연애하던 신부] 아, 신부는 그 벌 안 받았어요. 이야기 없어요. 여기 핵심은 여자예요. 여자만 벌 받은 거예요. (웃음) [조사자 1: 한국의 지귀설화랑 비슷하네.]

그리고 워울프Werewolf 이거는 다른 나라도 마찬가지로 똑같은 이야기 있을 것 같은데? 알죠? 늑대인간. 한국에도 그런 거 있나요? 이거는 브라질 이야기만 아닌 것 같은데? [조사자 2: 네, 영화도 있었으니까.] 그냥 말 드릴까요? 왜냐면 저도 어릴 때 말 들었으니까. [조사자 3: 자세히 얘기해줘요. 브라질 얘기 알고 싶어.]

아, 네! 이거 이름은 이렇게 말해요. 로버즘이라고 하거든요? [조사자 2: 로버즘?] 로버즘엥. 즘엥은 남자예요, 남자 사람 인간. 그리고 로비는 울프Wolf에 남자였는데 그 울프한테 물리다? 물려서 그래서 노새 인간으로 변했어요. 그 풀문full moon 할 때마다 그렇게 돼 버리는 사람. [조사자 2: 보름달.] 그런 이야기 있어요. 이거는 진짜로 제가 지금까지 말한 생각으로는 가장 핵심적인 브라질 포크로어 인물들인 거 같아요. 지금 말했던.

잃어버린 말을 찾은 어린 노예

● **구연정보**

조사일시 : 2018. 12. 26(수) 오후
조사장소 : 서울시 광진구 화양동 건국대학교
제 보 자 : 레오나르도 [브라질, 남, 1990년생, 유학 6년차]
조 사 자 : 신동흔, 황혜진, 김정은, 김민수

● **구연상황**

제보자는 〈새해에 파도를 일곱 번 뛰면 행운이 온다〉는 속신을 구연한 뒤, 브라질 속신이 들어간 영상을 보여주었다. 이후 조사자의 요청에 의해 새 이야기를 시작했다. 인도의 파드마 제보자가 함께 이야기를 들었다.

● **줄거리**

옛날에 네그리노 파스티오라는 어린 흑인 노예가 있었다. 네그리노는 열심히 일하는 성실한 노예였는데, 수확을 하러 갔다가 말 한 마리를 잃어버렸다. 주인은 네그리노를 혼내려고 옷을 벗겨서 개미집에 던졌다. 개미들이 네그리노를 물게 해서 아프게 할 작정이었다. 그러나 다음날 네그리노는 아무 상처 없이 잃어버린 말을 찾아서 타고 돌아왔다.

[조사자 3: 아까 농장의 흑인 이야기는 안 해줬는데.] 아, 그죠. 비슷해요. 그거 성 론지노랑 똑같아요. 성 론지노랑 똑같아요. [조사자 3: 아, 똑같아요? 잃어버린.] 잃어버린 물건 찾게 도와주는 그런 사람? 근데 이거는 좀 더 여기 이렇게 써 있는데 좀 더 캐톨릭 거래요. 캐톨릭 습관? 캐톨릭 믿음? 그런 거 있어요.

아, 아! 그리고 그 네그리노 파스티오는 이렇게 말해요. 이거는 합성이에요. 아프리카 문화 그리고 크리스천 문화 두 그 원One 이렇게 소스Source 이쪽에서 나온 거래요. [조사자 3: 얘도 두 번 뛰는 거야? 찾아 주면 뭐 해요?] 두 번, 네. 두 번 뛰고 근데 그 성 론지노 두 번 뛰어야 하고 그리고 이렇게 말하고 있어요.

파스티오의 흑인은 네그리노 파스티오는 그 열심히 하는 노예였어요. 근데 저기 수확하러 갔는데 말 한 마리 잃어버렸어요. [조사자 1: 아, 이 사람이?] 네. 그래서 그 주인이 너무 나쁜 사람이어서 그래서 네그리노를 보복하려고 했었거든요? 네, 그런 이야기예요.

[조사자 1: 그래도 보복하는 내용이 그다음에] 아, [조사자 3: 주인이 혼낼려고 하니까?] 네, 그래서 그 보복하려고 했는데 보복이 뭐냐면 어린이를 때렸고 그리고 옷 없이 어떤 그 개미집에 버렸어요. 던졌어요. [조사자 3: 어린 애를 때리고 벗겨서 개미집에] 개미집에 던졌고 아프니까 왜냐하면 개미 올 거니까.

음, 그리고 다음 날에 그 아마 주인인가? 어린이가 아직 살고 있었는데 아무 아픔이 없이. 어, 근데 이거 제가 몰랐던 얘기예요. [조사자 1: 아무 상처도 없이?] 상처 없이 찾아왔고, 그리고 말 위에 있었어요. 그래서 아마 극복했다는 말인 거 같아요. [조사자 1: 네. 그 얘기 재밌어요.]

노사세뇨라 옆에 이거는 좀 더 종교적인 이야기인 것 같아요. [조사자 1: 그거는 제목이 뭐라고?] 네그리노 도 파스티오 레이. 그 농장의 흑인 농장의 흑인.

[조사자 3: 그러면 이 어린애는 농장의 흑인의 아들이에요? 자식이에요 아니면?] 네, 맞아요 주인의 자식 맞아요. [조사자 3: 주인의 자식이에요?] 네네네네. [조사자 1: 흑인의 자식] [조사자 3: 흑인의 자식이에요 주인의 자식이에요?] 주인의 자식. [조사자 3: 그러면 이 네그리노 파스티오가 주인의 자식을 납치해서 유기했네? 그런데 주인의 자식이 잘 돌아왔네, 그런 건가?]

그러니까 에 열심히 한 노예였어요. 노예. 그래서 노예였죠. 그래서 강제적으로 노동한 사람이죠, 노예니까. 그래서 그 노예가 자기 말 잃어버렸어요, 수확하러 갈 때. 근데 주인이 물론 노예니까 주인이 나쁜 사람이겠죠? 그래서 보복하려고 하는 거예요. 그래서 보복하려고 했는데 그 누드nude하고 옷 없이 저기 개미집 위에 던졌는데. 다음 날에 그 어린이가 원래 아파야 하는데 아프지 않았고, 그냥 아무 상처 없이 어떻게 찾아왔냐면 말 위에. 그래서 뭔가 상황 극복했다. 그래서 이 사진이 있는 거예요.

[조사자 3: 마을 위에가 아니라 말 위에?] 말 위에. 말 위에. 여기 사진처럼 [조사자 3: 근데 여기 아이가 흑인이잖아요?] 흑인, 흑인 맞아요. [조사자 3: 그럼 주인도 흑인이에요?] 그런 말 없어요. 아닐 수도 있어요.

파라과이

돗바 신을 화나게 한 따우와 게라나의 괴물 자녀들

● **구연정보**

조사일시 : 2017. 02. 03(금) 오후
조사장소 : 서울시 광진구 화양동 건국대학교
제 보 자 : 패트리시아 [파라과이, 여, 1996년생, 유학생 2년차]
조 사 자 : 오정미, 이원영, 이승민

● **구연상황**

제보자가 〈전통 마떼차 유래〉에 대해 이야기한 후 조사자가 파라과이의 신이나 괴물 혹은 귀신에 대한 이야기를 물었다. 제보자는 파라과이에는 신과 괴물에 대한 이야기가 매우 많다며 구연을 시작했다. 중간 중간에 핸드폰으로 괴물의 그림이나 조각상을 보여주며 적극적으로 파라과이의 다양한 신들을 소개했다. 제보자의 쌍둥이 자매인 파쓰 씨가 청자로 참여했다.

● **줄거리**

돗바는 파라과이의 제우스와 같은 신의 이름이다. 돗바가 자신의 딸인 게라나가 따우와 결혼하는 것에 화가 났다. 결국, 돗바는 게라나가 낳은 7명의 아이들을 괴물로 만들었고, 그 괴물들은 묘지나, 옥수수 밭, 정글 등에서 살게 되었다. 그 괴물들의 이름은 대주자와, 보이뚜이, 몬냐이, 자스자데레, 고루삐, 아오아오, 루이썬이다.

[조사자 3: 파라과이의 괴물이야기나 귀신 이야기도 좋아요.] 많아요. 있어요, 되게 많아요. [조사자 3: 많아요? 그런 걸 좋아해요 제가.] 무서운 이야기.

그냥 무서운 이야기 중에서 따우와 게라나. 따우는 남자 이름이고, 잠깐만요? 따우? 남자야? 여자야? [조사자 1: 헷갈려?] 헷갈려요.

찾아봐. [조사자 3: 게라나가 여자인 것 같은데.] 게라나 여자예요.

(제보자가 동생과 모국어로 대화를 나눔.)

아무튼 나도 잘 모르겠는데 정확한 스토리, 이야기. 그냥 그 어떤 이유로 돗바는 그 두 사람한테 화를 냈어요. 그래서 폭발했어요. 그래서 그 여자가 아이를 낳았을 때 일곱? 아이. 일곱 명 낳았어요. 그런데 그 일곱 아이는 다 괴물, 괴물이었어요. 그래서 각 괴물은 자기 이야기도 있어요. 어떤 괴물은 밤에 사람들을 찾아다녀요. 밤에 어떤 아이가 그 개처럼, 큰 개처럼 생겨요. 그리고 머리도 없고. 그 개는.

[조사자 3: 그러니까 개인데 머리가 없다는] 머리가 없어요. 그 개. [조사자 1: 그 여자가 낳은 일곱 명의 아이 모두가 개.] 모두, 모두 다. [조사자 3: 모두가 개라는 거예요?] 아니요. 개 아니고 모두 괴물. [조사자 1: 개 같은 모습의 괴물 됐다는 거죠.] 한, 한. [조사자 3: 아, 각자 다 다른.] 각자 다 다른 거예요.

묘지. 묘지! 그 개는 묘지에서 살아요. 그 보원? 아마 보원? 그 묘? 보원으로 있는 것 같아요. 그다음에는 이렇게 제가 저만 알면 모르겠는데 그냥 대표적인 유명한 괴물은 그거예요. 그리고 각 아이, 각 괴물은 이름 있어요.

그러면 폼베르. 폼베르는 그 밤에. 밤에 아마 새벽? 새벽에 나와요. 아마 그 이러게 하면(휘파람을 불며) 밤에. [조사자 1: 휘파람.] 어 휘파람 부르면 와요. 만약에 폼베르 오면 이렇게 해야 돼요. 그 문은 앞에, 먼저 다 문도 닫혀야 하고, 창문도 닫혀야 되고 그런데. 아, 밖에서 그 담배? 담배와 술을 놔두고. 그것들을 놓으면 폼베르 이거 가져가고 아무것도 안 해요. [조사자 1: 문 밖에 놔두면 폼베르가 와서] 만약에 없으면 계속 찾아와요. [청자(파쓰): 파라과이 대개 시골에서.] 시골에서 되게 이런 이야기 진짜, 진짜로 겪어보는 사람이 있어요. 우리 할머니 할아버지 시골에서 살았었어요. 그래서 이런 이야기 되게 많이 들었었어요.

[조사자 1: 한국도 그래. 한국도.] 세계적으로 똑같아요. 폼베르 대표적인 이야기예요. 되게 유명해요 파라과이에서.

[조사자 3: 폼베르는 어떻게 생겼죠?] [조사자 1: 개처럼 생겼다고 했잖아?] 아니에요. 개처럼 아니에요. 그 다른 괴물이에요. [조사자 1: 다른 괴물이야? 일곱 아들 중 하나긴 하지?] 어, 어 폼베르는 어떻게 생겼냐면 아저씨인데 모자도 쓰고 그 파라과이 전통 모자.

(청자 파쓰 씨가 핸드폰으로 폼베르의 사진을 찾아줌.) 아 아저씨 아니고 여기 이 괴물처럼 생겼어요. 이렇게. (핸드폰에 그림을 띄운 뒤 조사자들에게 보여주며) 되게 음흉해요, 폼베르.

[청자(파쓰): 이런 거(괴물) 파라과이에서 박물관도 있어요.] 박물관에 가면 그런 거 볼 수 있어요. 그 개는 루이썬Luisón. 루이썬이라고 불러요. [조사자 1: 개 모양이라고 했지? 얘는. 루이썬은 언제 나타나?] 밤에도.

그런데 어떤 경우든 '자쓰자데레' 그거 제일 무서워요 아이한테. 자, 쓰, 자, 레, 데. [조사자 1: 그 아들 중에 하나?] 네. 하나. 하나요.

그는 음 14? 12시 이후? 아마 1시? 2시? 그쯤에서 와요. 왜냐하면 그 시간에는 보통 우리 아마 한국에서도 마찬가지일 거예요. 왜냐하면 우리나라에서 아이는 그 시간에 그 자는 시간이라서. 자기 싫어요. 자야 되는데, 자기 싫어요. 그래서 자쓰자데레 데려와요. 만약에 그 아이는 안 자면 데려가요. [조사자 1: 망태할아버지네.] 어, 어. 마찬가지예요.

그다음에 자쓰자데레 사는 곳이 그 옥수수 밭, 거기에서 살아요. 이거 자쓰자데레는. (핸드폰으로 검색을 하면서) 잠시만요. [조사자 1: 자쓰자데레는 그러면 한국 같은 경우는 왜 안 자는 애 있으면 '너 망태할아버지가 데려간다. 얼른 자.' 이러거든. 그런데 파라과이에서도 혹시 안자는 애가 있으면 부모님들이 '얼른 자 안자면 자쓰자데레가 데려간다.' 이러니?] 네. 네 되게 무서워요. [조사자 1: 아. 똑같구나.]

(핸드폰에 자쓰자데레의 그림을 띄운 뒤) 이렇게 생겨요.

[조사자 1: 그런데 아까 루이썬은 얘는 특별하게 특징이 없어? 그냥 개의 모습으로 밤에만 나타나?] 음. [조사자 1: 뭐 사람들이 뭐를 준다거나?] 아 그런, 잠시만요. 아, 그냥 묘지에서 살아요. 특별, 특별. [조사자 1: 특별한 거 없고.] 아마 저이. 아, 밤에 돌아다니고 아마 그 죽음을 찾아다녀요. [조사자 1: 죽음?] 죽음 네. [조사자 1: 아 저승사자 같은 거네.]

아 저승사자. [조사자 1: 폼베르, 루이썬, 자쓰자데레 이렇게. 4명이 남았어. (웃음)]

그다음에 고르삐. 그는 여자들을 찾아와요. 여자 찾아와요. (웃음) [조사자 1: 응. 찾아와서 뭐해?] 음. 영어로 해야 하나? 한국말로 그. [조사자 1: 성폭행? 성적으로?] 아 네네네 맞아요. 아 성적으로. [조사자 1: 성적으로 섹슈얼하게 막 성폭행.] 네, 네 맞아요. 맞아요. 맞아요. 같은 거예요. [조사자 1: 제일 나쁜 놈일세.] 네. 제일 나쁜 놈이에요. 고루삐.

[조사자 3: 어떻게 생겼죠? 이 애는?] 고루삐. (청자가 핸드폰으로 고루삐의 모습을 검색하고 패트리시아가 계속해서 구연하며) 이름 고루삐인데…

몬냔, 몬냐이. [조사자 1: 어 그게 뭐야?] 어, 다른 괴물. 몬냐이 이름이에요. [조사자 1: 아! 고루삐 말고 다른 괴물? 몬냐이.] 몬냐이 이거네. (청자를 바라보며) 동물처럼 생겨요? 어떻게 생겨요? 몬냐이 어! 동물, 동물. 개 아니고 그냥 동물처럼 생겨요. 이거 그, 그 시골에서 만약에 그 과일이나 야채들을 심어 있는 곳에 가서 다 먹어버려요. [조사자 1: 아 시골의 야채 농작물을 다.] 네! 농작물을 다 가져가 버려요. [조사자 3: 다 먹는다고요?] 네. 다 먹는다고요.

(옆에서 핸드폰으로 그림을 찾던 청자 파쓰 씨가 제보자에게 핸드폰을 건네줌.)

고루삐 (조사자들에게 핸드폰에 있는 그림을 보여줌.) [조사자 3: 이런 애가 여자를 그렇게 하는군요.] [조사자 1: 그래서 그냥 얘는 아랫도리가 그대로 있네. 노출되게 표현을 했네.] 네. 딱 박물관에. [조사자 3: 폼베르도 노출되어 있긴 한데.] 네! 네. 대부분 다 발가벗고. [조사자 1: 그럼 사람들이 고루삐를 피해가려고, 아니면 벌주기 위해서, 피해를 안 입기 위해서 뭐 하는 방법이 없어? 우리 딸을 지키기 위해서 부모들이.] 아! 있을까요? 아마 그냥 밤에 안 나가면, 조심해야 돼요. 특히 시골에서. (웃음) 시골이 되게 무서워요.

[조사자 1: 폼베르, 루이썬, 자쓰자데레, 고루삐, 몬냐이] 아! 몬냐이 (청자의 핸드폰을 조사자들에게 건네면서) 이렇게 생겨요 몬냐이. [조사자 3: 아 다 생김새가 있구나.] [조사자 1: 그러네. 동물처럼 생겼다.

원숭이 같기도 하고.] 어! 원숭이랑 믹스라고.

다음에 아오아오. 그 아오아오는 몬냐이처럼 소나 돼지? 잡아먹는 거예요. 시골에서. [조사자 3: 얘도 짐승 모습이겠다.] 동물 모습. [조사자 3: 그러니까 몬냐이는 채식이고 아오아오는 육식이고?] 네. 네. 네. 그런 역할을 하고 있어요.

(청자가 제보자에게 모국어로 뭔가 이야기하자) 아! 헷갈렸어요! 잠시만요. 그 아까 보여주었던 사진은 아오아오. 몬냐이 이렇게 생겨요. (핸드폰을 조사자들에게 보여주며) [조사자 3: 왜 얘가 진짜 고기를 먹을 것 같은데?] [조사자 1: 아 뱀처럼 생겼네.] [조사자 3: 바뀐 것 같은데?] [조사자 1: 뱀하고 막 용. 막 이런 거처럼 생겼네. 몬냐이라고 써 있네.] [조사자 3: 그런데 얘가 더 정말 육식같이 생겼는데요? 이빨도 뾰족뾰족하고.]

그다음에 보이뚜이. 얘는 그냥 특별한 게 없어요. 그냥 정글에서 다니고 있어요. [조사자 1: 아 정글에서 살아?] 살아요. 보이뚜이와 대주자와. [조사자 1: 대주? 그게 무슨 말이야?] 대주는 잠시만요. 와라니어 한국말로 통역하면 어 '개', 대주. [청자: 도마뱀. 도마뱀.] 아! 도마뱀. [조사자 1: 뭐가?] 대주, 대주 섞어서. [조사자 3: 그러니까 도마뱀이랑 개의 모습이 섞인 모습?] 네, 섞인 모습이에요. (청자에게 보이뚜이의 사진을 찾아달라고 함.)

[조사자 1:얘가 특별하게 나쁜 짓을 하는 특징은, 스토리는 없고?] 있을 수도 있는데 여기 안 나와요. [조사자 1: 아는 만큼만 이야기하면 돼. 괜찮아. 그럼 이 일곱 괴물은 파라과이 사람들이 다?] 다 아는 이야기예요. 아마 얀도띠보다 이거 더 알아요.

[조사자 3: 이야기 시작할 때 따우와 게라나는 뭐죠?] 따우 게라나 그 괴물의 부모님이에요. [조사자 1:여기서 궁금한 건 신이 왜 따우와 게라나의 사랑을 싫어했어?] [조사자 3: 저도 그게 궁금했어요.] 음.

(대주자와의 사진을 보여주며) 그 대주자와 일곱 머리 가지고 있어요. [조사자 3: 대주자와예요, 이름이? 보이뚜이가 아니라?] 보이뚜이 아니에요. [조사자 1: 아 보이뚜이 이름 아니야? 대주자와가 이름인 거야?] 네. 이거 이 사진에서.

[조사자 3: 아 그러니까 보이뚜이가 데리고 다니는 게 얘라고요?] [조사자 1: 아니야 보이뚜이가 틀린 거지? 대주자가 맞는 거고? 자 봐봐 일곱 신(괴물)의 이름이 폼베르, 루이썬, 자쓰자데레, 고루삐, 몬냐이, 아오아오 그다음 뭐야?]

(청자가 모국어로 패트리시아에게 뭔가 이야기하자) 아 제가 헷갈렸어요. 대주자와랑 보이뚜이 거기까지 일곱인데, 폼베르는 따로예요. [조사자 3: 그러니까 보이뚜이는 정글에 살고 대주자가 도마뱀이랑 결합한 거다?] 네.

[조사자 1: 그러면 폼베르는 따오와 게라나랑은 상관없는 이름이고?] 네. [조사자 1: 그래. 왠지 폼베르는 좀 성격이 다른 것 같긴 해. 얘는 조금 성격이 다른 것 같아. 다른 애들은 조금 어, 성격이 비슷한데, 아 예는 다른 괴물.]

따우는 나쁜, 게라나는 돗바 아이, 딸이었어요. [조사자 1: 아 신의 딸?] 네 그 신의 딸. 그런데 따우는 나쁜 정신? 정신 아닐까요? [조사자 1: 이제 알 것 같아. 아빠가 딸이 내가 원하지 않는 남자랑 사랑을 하는 거네.] 네, 네 나쁜 놈이에요 따우. [조사자 3: 괴물 같은 거예요?] 스피릿? [조사자 3: 정령?] 정령.

그래서 따우 다 함께 사랑에 빠졌으니까 둘 다 도망갔어요. 그래서 신의 신은 화를 내서 그 일곱 아니, 일곱 낳을 동안 그 따우와 신은 싸웠어요. 그들 결국에는 따우 이겼어요. 그래서 그 신의 그. [조사자 1: 무서운 외할아버지네. 어떻게 보면.] [조사자 3: 아니 그러니까 이 신이 따우랑 싸웠다고요?] 네 싸웠어요, 일곱 날 동안. [조사자 1: 사위하고 싸운 거네 사위. 그쵸?] 응.

[조사자 3: 그런데 졌다고요? 따우가 졌다?] 아니요 이겼어요. 이겨서 결혼했는데 그래서 일곱 괴물을 낳았어요. 그런 아이 낳았어요. [조사자 1: 그러니까 둘이 말 안 듣고, 아빠 말 안 듣고 결혼을 해버린 거야. 그러니까 이긴 거지 걔네가. 그러니까 그게 화가 나서 아빠가 둘 사이에 낳은 아이들을 괴물로 만든 거지. 저주를 내린 거지 저주.] 네 괴물로 만들어 버렸어요. [조사자 3: 신이 지기도 하는구나.]

[조사자 1: 그러면 파라과이에서는 뭐, 예를 들어 밤에 딸이 막 어디 돌

아다니면 '야 고루삐 만난다 나가지 마라.'] (웃음) 이거 농담도 되게 많아요. [조사자 1: 농담. 뭐라고? 어떤 농담? 예를 들면?] 그냥,

"이 시간에 가면 고루삐 잡을 거예요."

그런, 그런 농담도 하는 거예요.

(청자가 손가락을 셋 펼쳐 보이며 모국어로 뭔가 이야기함.)

[조사자 1: 이건 뭔데?] 아니요. 밤에 그 폼베르 이름 세 번 부르면 나타날 수도 있어요. [조사자 1: 뭐가? 3번?] [조사자 3: 밤에 폼베르를 세 번 부르면 진짜 나타난다고요.] 예를 들면 밤에서 그냥,

"폼베르, 폼베르, 폼베르."

이렇게 말하면 정말로 올 수도 있어요. 그래서 우리는 밤에 항상 이렇게 했어요. 우리 엄마 이러면 너무 싫어해, 우리 엄마 진짜 믿어요. 진짜요. 올 수 있는 게 진짜 믿어요. [조사자 1: 그런데 폼베르는 되게 쉬운데? 술하고 담배만 놔두면 그냥 가잖아?] 그래서요. 네.

[조사자 3: 그런데 이거 파라과이에는 그 괴물들이 그림이랑 조각, 그런 게 다 있네요.] 네. 다 있어요. 우리도 고등학생 때 직접 그려야 되는 이 괴물을 직접 그려야 되는. [조사자 1: 아 괴물을. 그러니까 민속적인 수업을 되게 열심히 하는구나 파라과이는.] 그 괴물을 그리고 그린 다음에 설명, 이야기. 설명해야 돼요.

[조사자 3: 우리나라에는 이야기는 있는데 그림이 하나도 없어. 괴물에 관련된 게.] [조사자 1: 그리고 또 그걸 이야기해. 근데 이야기를 하게 하는 수업이.] 발표, 발표처럼. [조사자 1: 그러니까 내 수업도 그런 거잖아?] 같아요. 같아요.

[조사자 1: 그게 초등학교? 엘리멘터리elementary, 미들middle 다?] 다! [조사자 1: 훌륭하다 파라과이 진짜. 아니 왜냐하면 자기의 옛날이야기를 하는데 되게 중요해.] 이제 알게 되었어요. 얼마나 중요한지. 여기 와서 알게 되었어요.

[조사자 1: 궁금한 게 파라과이 주변 국가가 뭐지? 지도를 내가 안 봐서.] 파라과이 근처에 있는 나라들은 아르헨티나, 브라질, 우루과이, 볼리비아.

[조사자 1: 그럼 궁금한 건 우리나라 같은 경우는 일본, 중국 이렇게 영

향을 많이 받아서 비슷비슷한 이야기들도 많거든. 어때? 여기 파라과이도 그래?] (잠시 고민) 이런 이야기 우리 파라과이에서만. 왜냐면 브라질에서 그 포르투갈 독립하기 전에 포르투갈 그 어떻게 해야 돼요? [조사자 1: 포르투갈의 지배를 받았어.] 지배를 받았어! 맞아요. 지배를 받았어요. 그런데 우리나라에서 스페인 지배받았어요. 그래서 너무, 완전 달라요.

그리고 우리나라에서만 와라니 사람들을 있었어요. 그리고 우리 와라니 사람 아마 볼리비아 근처에? 볼리비아, 그리고 파라과이. [조사자 1: 그럼 파라과이어가 와라니어야? 같은 거야?] 같은 거예요. 파라과이랑 스페인. 이중 언어.

[조사자 1: 그럼 평상시에 와라니어를 써도 되고 파라과이에서는 영어도 쓰고 그래?] 영어 안 써요. 와라니어avañe'ẽ● 그리고 스페인어 그다음에 아마 포르투기스? [조사자 1: 포루투칼어. 그렇구나. 근데 어쨌거나 포크로어인 와라니어를 통해서 이야기를 자기 본연의 나라 이야기를 하게 하는구나.] 네. 와라니 통해서 영향을 많이 받았어요.

● 제보자는 와라니어로 발음했지만 일반적인 명칭은 과라니어이다. 과라니어는 스페인어와 함께 파라과이의 공용어이다. 현재 파라과이, 볼리비아, 아르헨티아 일부 지역에서 사용되고 있다.

거미줄 모양의 레이스 얀도띠 유래

● **구연정보**

조사일시 : 2017. 02. 03(금) 오후
조사장소 : 서울시 광진구 화양동 건국대학교
제 보 자 : 패트리시아 [파라과이, 여, 1996년생, 유학생 2년차]
조 사 자 : 오정미, 이원영, 이승민

● **구연상황**

패트리시아 제보자가 쌍둥이 여동생 파쓰와 함께 조사팀의 연구실로 방문했다. 언제 유학을 왔고 왜 한국말을 배우기 시작했는지에 대한 이야기를 하다가 본 조사로 들어갔다. 이번 조사에서는 제보자가 이야기와 관련한 파라과이의 여러 전통 물건을 직접 가져와 소개하는 특징이 있었다. 물건 중에는 얀도띠도 포함돼 있었다. 구연은 패트리시아 제보자가 주로 했으며 파쓰 씨가 청자로서 적극적으로 참여했다.

● **줄거리**

얀도띠는 파라과이의 여성들이 거미줄 모양으로 레이스를 짜서 만드는 수공품의 이름이다. 두 전사가 삼인비라는 한 여자를 사랑했다. 첫째 전사가 나무에 걸린 빛나는 무엇인가를 따서 삼인비에게 주려하자, 둘째 전사가 첫째 전사를 죽이고 자신이 나무 위에 올라갔다. 그런데 그 반짝이는 것은 거미줄이었고, 손을 대자 끊어져 버렸다. 이에 둘째 전사가 슬퍼하자, 그의 어머니가 자신의 흰 머리카락으로 거미줄과 같은 모양의 레이스를 짜서 나무 위에 걸었다. 그것이 파라과이의 여자들이 짜는 얀도띠의 기원이 되었다.

그러면은 시작하겠습니다. 얀도띠 전설.
아주 옛날 옛적에 어떤 아름답고 착한 여자 '삼인비' 이라는 여

자가 있었습니다. 삼인비. 이거 와라니어avañe'ẽ●예요. 그 그리고 그 삼인비의 사랑을 차지하기 위해 싸우던 두 용감한 전사가 있었습니다. [조사자: 그 여자를 사랑하는?] 네. 둘 다 좋아하는 두 전사가 있었어요. 네. 맞습니다.

그다음, 어느 날 밤, 아, 하나는 자스네모냐래. 아 이름 너무 어려워. [조사자: 괜찮아.] (조사자를 위해서 천천히 발음하며) 자스. 네. 모. 냐. 래. 너무 길고 발음도 어려워요. 와라니어예요. [조사자: 와라니? 그게] 스페인어 아니고 와라니어. [조사자: 그게 파라과이 언어인 거야?] 네. 자스네모냐래, 하나는 '자스네모냐래'이고 다른 하나는 '얀도와스'이었습니다.

네. 그 어느 날 밤 그 자스네모냐래는 그 삼인비의 사랑을 쟁취하기 위해서 그 돗바. 하느님. 파라과이에서 돗바는 하느님이에요. [조사자: 돗바?] 돗바. 사실 돗봐인데 돗바도 발음도 쉬워요. 어 돗바께 애원을 하다가 그 은색 빛을 띄는 한 직물의 종류가 거대한 나무의 걸려 있는 것을 봤습니다. 그 직물은 너무 완벽했으며 아름답고 자스네모냐래한테 황홀하게 만들었고 그 직물을 삼인비에게 선물로 주려고 그 나무에 올라갔습니다. [조사자: 누가?] 에, 자스네모냐래. 네.

그런데 그때 얀도와스도 거기에서 지나가다가 그 직물도 보고 자스네모냐래가 자신보다 먼저 그것을 얻게 되리라는 것에 질투하여 격분했습니다. 그때 그다음에 어 얀도와스. 그 자스네모냐래한테 화살을 쏘았고 그 자스네모냐래는 쓰러져 그곳에서 사망했어요.

그다음에 얀도와스 아 그 나무에 올라갔지만 거기에서 있던 직물을 잡자마자 그 손에 남은 것은 바로 그 찢어진 거미줄, 거미줄뿐이었습니다.

그 몇 달 동안이나 죄책감? 죄책감을 그 몇 달 동안이나 얀도와스를 따라다녔고 어느 날 그의 어머니는 그 끔찍한 비밀을 알게 됐어

● 제보자는 와라니어로 발음했지만 정확한 명칭은 과라니어이다. 과라니어는 스페인어와 함께 파라과이의 공용어이다. 현재 파라과이, 볼리비아, 아르헨티아 일부 지역에서 사용되고 있다.

요. 그 화살을 쏜 것. 그다음에. 어, 그 어머니는 그 아들에게 그 나무에 있던 직물을 거기에서 데려가 달라고 말했습니다. 얀도와스에게.

얀도와스는 그 어머니의 뜻대로 했고 어, 거기에서 도착했을 때 어, 그 나무에 있던 전에 있던 직물과 같은 직물이 걸려있는 것을 보고 크게 놀랐습니다. 어, 그, 그래서 어머니는 그 직물을 보고 그, 아들을 위로하고자 그 나무에 있던 직물과 같은 것을 만들어 아들에게 선물로 주기로 했습니다.

그래서 그 어머니는 어, 그의 어머니는 (잠시 침묵하다가) 아! 그의 어머니는 그 레이스? 레이스를 만들기 위해서는 그 왕래하는 거미들의 모습을 집중하고 공부했습니다. 매일매일 공부했고. 그리고 어머니는 그녀의 흰 머리카락을 실로 사용하면서 그 뜨개질바늘 잡고 엄, 그 거미들을 그렸던 원과 직선. 그렸던 원과 직선을 따라 했으며 그 결국에는 그 고유한 직물을 제유(제조)하는 데 성공했습니다. 그래서 이 이야기는, 그 이거 바로 얀도띠예요, 그래서 얀도와스 그 아들의 이름인데 그래서 얀도띠라고 불러요.

[조사자: 얀도띠. 띠는 무슨 뜻이죠?] 띠는 그 레이스? 레이스 그 단어, 그 단어로 아마 왔을 거예요.

(가지고 온 얀도띠 위에 마시던 음료 컵을 올려놓으며) 이거 이렇게 쓰는 거예요. 예쁘게. [조사자: 그래서 얘를 얀도띠라고 한다? 근데 그 어머니는 어떻게 되었어?] 모르겠어요. 거기에서 그, 끝이에요. 사실 나도 찾아 해봤는데 그 자료 별로 없어요. 아마 파라과이에서 있는 도서관에서 옛날 책에 다 있을 거예요.

[조사자: 그래 그런 이야기를 우린 듣고 싶은 거야, 그 왜냐면 이 얀도띠에 관련된 이야기는 파라과이 사람들은 대부분 다 알아?] 대부분 다 알아요. 보통 그 초등학교에서도 다 배워요. [청자(파쓰): 사실 우리 고등학생 때 이런 이야기, 고향의 수업 있잖아요.] [조사자: 아, 이런 만드는 수업을 하면서?] [청자: 아뇨, 만든 게 아니고 그, 이런 옛날이야기.] 공부했어요.

전통 마떼차 유래

● 구연정보

조사일시 : 2017. 02. 03(금) 오후
조사장소 : 서울시 광진구 화양동 건국대학교
제 보 자 : 패트리시아 [파라과이, 여, 1996년생, 유학생 2년차]
조 사 자 : 오정미, 이원영, 이승민

● 구연상황

제보자가 〈거미줄 모양의 레이스 얀도띠 유래〉 구연을 마친 이후, 이야기가 계속 이어졌다. 제보자들은 전통 보온병에 마떼차를 직접 가져와서 조사자들에게 맛보게 했다. 다양한 마떼차의 맛을 설명한 후 유래담을 들려주었다. 제보자의 쌍둥이 자매 파쓰 씨가 청자로 참여했다.

● 줄거리

아버지가 자신이 죽어서 홀로 남겨진 딸 가야를 위해 하나님에게 기도했다. 하나님은 가야를 시험한 뒤 그녀의 착함을 보상하기 위해 땅에서 '제르바'라는 이름으로 영원히 살아가게 했다. 그 제르바가 마테차 잎이다. 아버지의 기도 덕에 가야는 제르바의 모습으로 파라과이에서 영원히 살아가게 되었다.

(제보자가 가지고 온 특이한 모양의 보온병을 집어 들며) 이거 갖고 있는 이유가 있어요. 이거는 파라과이에서 전통 음료수. [조사자 1: 그게 뭔데?] 이거 우리나라에서 전통 음료수. 사실, 아르헨티나와 우루과이에서도 이거 마셔요. 그런데 우리나라에서도 겨울 때 많이 마시는 음료수예요. [조사자 1: 이름이 뭔데?] 마떼Mate. 혹시 마떼차 아세요? [조사자 3: 아! 태양의 마떼차? 그거예요?]

(보온병의 옆에 찻잎이 들어 있는 컵을 가리키며) 이거 그거 들

어있는 거는 (가방에서 제르마 차의 상자를 꺼내며) 제르바 마떼yerba mate. 제르바, 제르바 마떼. 차처럼 생각하면 돼요. [조사자 1: 그런데 이렇게 큰 게 어떻게 먹어?] 네. 이렇게요!

(옆에 붙어 있는 컵을 때어 그 안에 차를 부으며) 마떼는 사실 뜨거운 음료수인데 우리나라 파라과이에서만 다른 음료수도 있어요. 그거보다 더 유명해요 데레리Tereré●라고 이거 같은 건데 이거는 조금 더 달라요. [조사자 1: 아! 마떼차는 마떼찬데 좀 더 차갑게 해서?] 차가워요. 아이스 마떼. 왜냐하면 파라과이에서 너무 더워서 매일 매일 먹어요. 그래서 이렇게(직접 컵에 달려있는 빨대를 통해 마떼차를 마셔보임.)

[조사자 1: 아 그럼 (보온병을 가리키며) 얘는 그냥 물이야?] (고개를 끄덕이며) 물. 뜨거운 거. 물이고 (컵을 가리키며) 여기 (차상자를 집어 들며) 이런 거 들어있는 거고 (가방에서 여러 종류의 다른 차들도 꺼내며) 다른 차도. [조사자 1: 무거웠겠다. 이거 다 들고 오느라고.] 아뇨 괜찮아요. 다 보여주고 싶었어요.

(새로 꺼낸 차 봉지 중 하나를 들어 보이며) 이건 파라과이에서 심어요. 이거 달아요, 달콤한. [조사자 1: 그것도 (컵을 가리키며) 여기다가 이렇게.] 이거 여기 넣고 그럼 맛을 더 좋아요. (다른 봉지를 들어 보이며) 아니면 이것도 넣으면 감기 예방하게 되거든요. (처음 보여준 봉지를 열며) 이거도 먹을 수 있어요.

[조사자 1: 저 빨대 같이 꽂혀있는 저 컵은 되게 독특하다. 그건 파라과이만의 전통 무슨 차 컵인 거야?] 네. 마음대로 할 수 있어요. 이거는 파라과이에서 파는 곳에 가면 직접 나 원하는 스타일의 종류 있고 이렇게 살 수 있어요. 이거 제 꺼 아닌데. (웃음)

[조사자 1: (컵을 가리키며) 얘는 이름이 뭐야? 파라과이에서 부르는 이름이 있어?] 있어요. 완빠, (빨대를 잡으며) 이거 본비냐. [조사자 1: 그 빨대가 그거야? 본비냐.] (보온병을 잡으며) 뗄모, 뗄모빠라마떼. (컵에 물을 부으며) 다같이. 친구들이랑 가족이 모이면 마시는 거예

● 정확한 명칭은 떼레레(Tereré)이다.

요. (조사자 1에게 컵을 내민다.) 아마 뜨거울 거예요. [조사자 1: 나 마시라고? 나 마셔도 돼?] 마셔도 돼요. 괜찮아요! 우리나라에서 이렇게 마셔요. 다 같이 괜찮아요.

[조사자 1: (빨대를 쓰지 않고) 이렇게 마시는 건 어때?] 아뇨, 아뇨, 예의가. 그리고 다 마셔야 돼요, 한번에. [조사자 1: 음! 약간 허브?] 처음에는 조금 써, 그런데 제가 이거 (아까 설명한 봉지를 들어 보이며) 이거 넣으면 조금 더 달콤해요. 이거 없으면 그냥 계속 써요.

[조사자 1: 근데 그걸 섞어서 먹는 걸 다 우리는 마떼차라고 하는 거야? 마떼라고?] 네. 마떼. [조사자 1: 한국에도 왜 마떼차 음료수 팔잖아? 그거 완전 그 맛 아니네?] (고개를 저으며 부정하며) 완전! 완전, 아니에요. [조사자 3: 그런 거는 진짜배기랑은.] [조사자 1: 그래 이거 먹어보니까 알겠네.]

[조사자 3: 내 생각인데 분명 요 차에 대한 이야기도 있을 것 같아요.] (조사자 3에게 차를 내밀며) 왜, 어떻게 제르바 태어났는지 이야기예요. [조사자 1: 왜? 저 차도 일종의 마떼차인데 저게 태어났는지?] 그냥 간단하게. (웃음)

[조사자 1 : 왠지 몸이 건강해지는 맛이야.] [조사자 3: 확실히 뭐라고 해야 되지? 그 한방차?] 한방 뭐예요? [조사자 1: 한방이 음, 영어로 굳이 이야기 하자면 왜 우리나라에 병원이 두 종류가 있잖아? 서양의 병원과 약이 있다면 또 하나는 뭐냐면 동양의 약과 병원이 있어 그게 한약.] 아! 알아요! 알아요! 여기 한의원 되게 많이 봤어요. [조사자 1: 그 동양의 그런 한의원에서 나오는 일종의 차 같은 것이 있어 쌍화차 뭐 이런 식으로 그런 게 이제 한방차라고 하죠.] [조사자 3: 비싸요!] 비싸요? [조사자 3: 그 몸에 좋은 그런 차들이 있거든요. 그 맛도 있고 좀 쓴데.] 효과적이에요? [조사자 1: 음. 케이스 바이 케이스] (전원 웃음) [조사자 3: 효과 있는 것들도 있고.] [조사자 1: 가면 침도 있거든. 침놓고, 음 그런데 케이스 바이 케이스인 것 같아요.]

[조사자 1: 자 왜? 제르바가 태어났는지?] 네. 어떻게 태어났는지. [조사자 3: 제르바는?] [조사자 1: 제르바가 초록색 통인데 저기 보면 노란색으로 써 있어 제르바 메이트라고.] [조사자 3: 아, 차! 차 종류.] [조사자

1: 그러니까 일종을 마떼차라는 거지 그치?] 이거 민트레몬 맛(웃음) 다양한 맛이 있어요.

사실 그 옛날 옛적에 그 어떤 여자? (동생을 바라보며) 항상 여자야 그치? (웃음) 여자가 '가아'. 가아 와라니어avañe'ẽ●인데 제르바라는 뜻이에요. 가아. [조사자 1: 제르바가 무슨 뜻인데?] (차 상자를 가리키며) 제르바 이거 제르바. [조사자 1: 그 제르바가 무슨 뜻이야?] 그 식물? (상자에서 봉지를 꺼내며) 이거 제르바요. [조사자 1: 아 그 식물의 이름이 제르바.]

그런데 와라니어로 가아, 그 가아 그 여자 이름이었고 그 여자가 아버지와 그 살고 있었습니다. 그런데 어느 날은 아버지가, 아버지가 사망했습니다. 그래서 그 여자가 혼자 있었기 때문에. 그, 다 혼자 농사 일 아니면 낚시, 사냥 그거 다 혼자 했어야 되었는데요. 그래서,

'아버지가 너무 너무 아쉽다.'

[조사자 1: 보고 싶어, 아버지가 그리워.] 네! 그리워요, 그 아버지는 딸 혼자 이 세상에서 있으니까 그 딸. 그래서 아버지가 너무 불쌍해서. [조사자 1: 죽은 아버지가?] 네. 죽은 아버지. [조사자 1: 하늘나라에서?] 네 하늘, 하늘에서. 그래서 음 그 여자가 아버지 죽은 후에 그렇게 말했어요.

"제가 남자처럼 사냥하고 낚시도 하고 그다음에 여자처럼 요리도 하고 그 농사도 하기로 했다."

고 했습니다. 그 아버지 죽은 후에 그렇게 말했어요. 아버지한테. 그, 어느 날 그 집에서, 아! 먼저 아버지는, 그 죽은 아버지는 돗바 다시 돗바한테 그렇게 부탁하고 기도했어요.

"우리 딸은 너무 열심히 이 세상에서 살고 있기 때문에 어떤 상을 줬으면 좋겠다."고.

그렇게 말했어요. 돗바한테. [조사자 3: 누구한테요?] 돗바. 하느

● 제보자는 와라니어로 발음했지만 정확한 명칭은 과라니어이다. 과라니어는 스페인어와 함께 파라과이의 공용어이다. 현재 파라과이, 볼리비아, 아르헨티아 일부 지역에서 사용되고 있다.

님. [조사자 3: 아 하느님.] 하느님한테 이렇게 부탁했어요.

그래서 어느 날은 그 여자 가아. 가아 집에서 어떤 남자가 왔었어요. 그 남자가 바로 돗바. 돗바였어요. 그런데 그 여자가 모르게 그냥 우리 집에서 맛있는 요리도 했고 그 낚시도 하고, 사냥도 하고, 맛있는 요리도 했고, 그 밤에 어떤 편한 침대에서도 누워지게 그렇게 해줬어요. 그 돗바한테. 그래서 떠나는 날에서 그 돗바 가아한테 상을 주라고 말했어요.

"줄께! 줄 거."

라고 말했어요. 그래서 그 가아는 그때부터 죽을 수 없게 해줬어요. 돗바가. 어떻게? 땅에서 그, 아 어떻게 설명해야 되나? 잠시만요. [조사자 1: 상을 줬는데 그 상의 내용이 영원히 살 수 있는 건가요?] 네 그 상이 영원히 살 수 있는 거예요. 그런데 그 가아는,

"땅에서, 거기서 살 거라."

고 말했어요. 땅에서 영원히 제르바 통해서. 그래서 이 제르바는 가아라고 불러요. 아직도 살아있어요. 가아. 지금도 살아있어요. 제르바 통해서. [조사자 3: 그러니까 이 식물이 그 가아의] 여자, 그 여자였어요. [조사자 3: 그 여자가 식물이 된 거다?] 네.

[조사자 1: 아, 여자가 사람의 모습으로 영원히 사는 건 아니고 제르바가 돼서 영원히 이 땅에서 살아갈 수 있게 했다.] 네. [조사자 3: 그러니까 상을 준다고 해놓고.] 그 상을 이거였어요. [조사자 3: 상을 준다 해놓고 영원히 먹히게 했어.] (전원 웃음)

[조사자 1: 아 그래서 사람들은 저 제르바를 차로 해서 마실 때마다 가아를 떠올리면서] 떠올리면서 마시는 거예요. [조사자 1: 그럼 마찬가지로 이 가아도 굉장히 파라과이 사람들이 너무 사랑하는 차네요.] 네, 우리 제르바 너무 사랑해요. 살 수 없는 정도예요. 이거 살 수 없는 정도. [조사자 3: 그런 정도의 차고 그리고 그런 이야기면 이 이야기면 파라과이 사람들이 다 알겠네요?] 네! 다 알아요.

거대한 마리아상의 유래

● 구연정보

조사일시 : 2017. 02. 03(금) 오후
조사장소 : 서울시 광진구 화양동 건국대학교
제 보 자 : 패트리시아 [파라과이, 여, 1996년생, 유학생 2년차]
조 사 자 : 오정미, 이원영, 이승민

● 구연상황

〈돗바 신을 화나게 한 따우와 게라나의 괴물 자녀들〉의 구연을 마친 후 조사자가 다음 이야기를 요청하자 제보자 자매는 파라과이어로 어떤 이야기를 할지 한참 고민했다. 두 사람은 의논을 마친 뒤 파라과이의 가장 보편적 종교인 카톨릭과 관련한 마리아상에 대한 유래를 구술하기 시작했다. 파라과이의 거대한 종교행사라며 거대 마리아상에 관한 전설을 들려주었다. 제보자의 동생 파쓰 씨가 청자로 참여했다.

● 줄거리

나쁜 사람들에게 쫓기던 조각가가 있었는데, 큰 나무 뒤에 숨어서 목숨을 구할 수 있었다. 그는 감사하는 의미로 그 큰 나무로 거대한 마리아상을 만들었다. 지금도 파라과이에서는 12월 8일에 마리아상까지 걸어가 기도하는 축제를 한다.

우리나라에서 기독교 말고, 카톨릭? [조사자 2: 천주교?] 천주교! 대부분 다 가톨릭이에요. 아주 옛날부터. 우리나라에서 어떤 가아구베Caácupe[●]라는 도시가 있어요. 그 도시에서 아주 옛날, 옛날 교회. 교회 있어요.

● 정확한 명칭은 까꾸뻬(Caácupe)이며 파라과이의 종교 중심지로 불린다.

(핸드폰으로 뭔가를 찾고 있는 청자를 보며) 사진 있어?

[조사자 1: 오래된.] 아주 오래된. 음, 그, 거기에서 가아구베 벌전 그 한국말로 어떻게 말해요? 벌전? [조사자 2: 마리아?] 아! 마리아. 어 마리아. 큰 거 있어요. 아주 되게 유명해요. 큰 마리아상이, 조각상이 있어요. 그런데 그 어떻게 만들었는지에 대한 전설이에요. [조사자 3: 마리아. 거대한 마리아상이 어떻게 만들어졌는가?] 네. 어떻게 유래. 이렇게 생겨요 교회.

(핸드폰을 조사자들에게 건네고 마리아도 찾아서 보여주면서) 이렇게 생겨요. [조사자 3: 화려하다.] 그 교회 안에 있어요. [조사자 1: 성당 안에.] 성당 안에.

[조사자 1: 어떻게 만들어졌어?] 네. 잠시만요. 나도 잘 기억이 안 나요. 그런데 (청자와 모국어로 이야기를 한 뒤 구연을 시작함.) 네. 어느 날 어떤 남자가 있었어요. 이름은 두와디? 아 '호세Jose'. 호세 이름이었어요. 호세. 그 이 남자는 그, 음 어떻게 말할까요? 진짜 그 남자의 직업은 그 상 만드는? [조사자 1: 음 조각가.] 아! 조각가였어요.

그런데 어느 날은 그 정글 숲에서 가서 그 나무 아트를 만들기 위해 나무를 찾아갔어요. 그런데 갔다가 어떤 '와이꾸르'라는 나쁜 원주민? 나쁜 원주민이었어요. 와이꾸르라고 불렀어요. 전사, 다 전사였어요. 나쁜 전사. 그 거기서 갔다가 그 호세한테 되게 싫어했어요. 싫어했고. 그때 호세가 보자마자 큰 나무 뒤에서 숨겼어요. 그다음에 거기에서 있다가 마리아한테 기도했어요. 기도했어요, 거기에서. 그 나쁜 것들을 안, 그 마리아한테 그 와이꾸르 나쁜 놈들을 안 다치지 않게 이렇게 마리아한테 부탁했어요. 그다음에 그런데 위에서 와이꾸르 지나가다가 안 봤어요. 호세.

그래서 그 호세 그 나무 뒤에 있을 때는 나무 보고 되게 아주 거대한 나무였고, 그 너무 아트하기 위해서 좋은 나무였어요. 그래서 그 와이꾸르가 지난 후에 그 나무를 그 잘랐어요. 그렇게 마리아상 만들었어요. 그 나무로. 네. 그런 이야기가 있어요.

[조사자 1: 자신을 지켜준 나무였기 때문에 마리아상을 만들었구나.] 아직도 그 가아구베에서 있어요. 그 마리아. [조사자 3: 그럼 그 마리아

상이 나무조각상?] 네, 이 이야기도 되게 유명해요. [조사자 2: 이거는 옛날 어렸을 때 들어봤던 이야기야?] 네.

[청자: 특별한 날도 있어요.] 아! 네. 그 상, 마리아상 위해서 특별한 날도 있어요. 파티해요. [조사자 1: 그 마리아상을 위해?] 네, 축제하는 날이에요. 12월 8일.

[조사자 1: 그 축제 때는 뭘 해요?] 그 파라과이 사람들은 각 년 마다 거기에서 가서 그런데 가아구베는 그 수도까지 되게 조금 멀어요. 그래서 사람들은 거기에 가서 걸어가면서 가는 거예요. 왜냐하면 그 약속이나 그 기도하기 때문에 그렇게 그 수도부터 가아구베까지 차 안 타고 그냥 걸어가면서 이렇게. [조사자 1: 기도해요?] 기도 안 하고 그냥 갚은, 일 년의 좋은 것들을 갚은 듯이. [조사자 1: 갚아? 은혜를 갚아?] 네 은혜를 갚아. 그래서 걸어요. 차 안 타고 그냥 걸어요. 그. 마리아상까지 거기서 걸어가고 이렇게 하면 좋아요. 되게 큰 축제예요.

[조사자 1: 그게 축제가 가장 큰 행사 중에] 네. 하나요. [조사자 1: 그럼 그때는 정말 사람들의 행렬이 그냥 쫙!] 네, 쫙하고. 아마 걸어가면 4시간, 5시간. 네. 그래서 대부분 다 밤에 가요. 아니면 너무 더워서. 밤에 가는 게 더 나아요. [조사자 2: 도착하면 새벽이에요?] 네. 그리고 거기 도착하면 그다음 날에는 그 교회에서 예배하는 거. [조사자 1: 걸어가서 예배하고.] 네.

[조사자 1: 약간 우리나라 말하면 수행 같은 거네?] [조사자 2: 성지순례같이.] 응! 같은 느낌이에요. [조사자 1: 해봤어?] 아! 우리는 안 해요. 기독교라서 안 해요. 그런데 우리 친구들은 대부분 다 해봤어요. 아직도 하고 있어요. 매년. [조사자 1: 4시간 걷는 게 보통 마음가짐이 아니면, 게다가 더운 나라에서.] 힘들어요. 그다음 파라과이 사람뿐만 아니라 볼리비아나 브라질 사람도 와요. 아르헨티나 사람도 와요.

소파 파라과이 빵이 생겨난 유래

● 구연정보

조사일시 : 2017. 02. 03(금) 오후
조사장소 : 서울시 광진구 화양동 건국대학교
제 보 자 : 패트리시아 [파라과이, 여, 1996년생, 유학생 2년차]
조 사 자 : 오정미, 이원영, 이승민

● 구연상황

제보자는 〈거대한 마리아상의 유래〉에 관한 이야기의 구연을 마친 후에 조사자가 파라과이의 유명한 먹거리 등에 대해 질문하자 수프에 대한 유래담이 있다고 했다. 요리사의 실수로 만들어진 파라과이의 대표 수프에 관한 유래담이라며 구연을 시작했다. 파쓰 씨가 청자로 참여했다.

● 줄거리

수프를 좋아하는 대통령이 옥수수 수프를 주문했는데, 요리사의 실수로 옥수수 수프가 빵이 돼버렸다. 대통령은 이상하게 생각하며 맛을 보았고, 그 맛에 흡족해 했다. 그 후로 그 빵은 지금까지 소파 파라과이라는 명칭의 음식으로 파라과이 사람들에게 사랑받는 음식이 되었다. 소파 파라과이는 사람들이 수프로 오해하지만 사실은 빵에 해당하는 음식이다.

[조사자 1: 옥수수가 주식인가?] 우리나라에서 이런 음식 있어요. '소파 파라과이'야. '파라과이의 수프.' 그런데 아, 잠시만요.

[조사자 1: 옥수수가 유래가 있는 건 또 처음 들어보네.] 우리는 옥수수 들어있는 음식이 되게 많아요. [조사자 2: 페루나 이런 데는 감자가 유명하니까 감자 유래도 있고 이렇게 각 나라마다 주식에 대한 유래담이 있더라고요.]

(핸드폰을 보여주며) 이렇게 생겼어요. 소파 파라과이야. 옥수수 가루랑. [조사자 1: 아 이건 수프가 아니고 빵이네? 일종의.] 그런데 이름은 소파 파라과이야. 왜냐하면 이런 이유가 있어요. [조사자 1: 이 음식에 대한?] 네. 왜 수프인데 걔(빵)처럼 생겼는지 이유가 있어요.

옛날에는 그 유명한 대통령 있었는데요. 그 대통령 되게 이런 옥수수 수프 되게 좋아했어요. [조사자 1: 왕일까? 대통령일까?] 아뇨! 우리 파라과이에서는 왕 없어요, 없었어요. 대통령. [조사자 3: 옛날에도요?] 옛날에도 대통령. 다 대통령이었어요. 어느 날은 그 요리하는 여자가 그냥 어 옥수수 수프 하다가 옥수수 가루 너무 많이 넣었어요. 너무 급해서 그냥 너무 많이 넣었어요. 그, 그다음에 보니까 결국에는 너무 딱딱, 수프인데 너무 딱딱하게 생겼어요. 어쩔 수 없이 다시 만들 수 없잖아요? 시간이 없어서. 그래서 어쩔 수 없이 이런 수프 대통령한테 줬어요. 그런데 대통령이 이거 이상하다는 얼굴로 이상하다는 표정 있었어요. 그런데 그래도 먹었어요. 너무 좋았어요. 대통령한테 그래서 그때부터 이런 수프는 계속 만든 거예요. 그냥 실수 때문에.

[조사자 2: 지금은 다 많이 먹어요?] 많이 먹어요. 너무 많이 먹어요. 너무 맛있어요. 아마 거의 매일. 특히 주말에. 바비큐랑.

[조사자 1: 혹시 이 대통령 이름이 있어요? 실존하는 진짜 대통령인가?] (청자와 이야기를 나눈 후) 카를로스 안토니오 로비스Carlos Antonio López●인 거 같아요. 첫 번째? 두 번째 대통령인 것 같아요, 파라과이 대통령. 독립한 후에. 맞아요. 두 번째 대통령인 거 같아요.

[조사자 1: 원래 소파는 무슨 뜻이야?] 수프 스페인어. 스페인어.

[조사자 3: 그러니까 이게 그 독립 이후의 이야기인 거죠?] 네, 독립한 후에. [조사자 3: 그럼 꽤 근대 이야기인 건가요?] 네. 아마 1894? [청자: (핸드폰으로 찾아본 청자가 정정하며) 1840.] (정정하며) 1840. 우리 독

● 카를로스 안토니오 로페즈(Carlos Antonio López)는 파라과이의 초대 대통령으로 1844년부터 1862년까지 재임했다. 재임기간 중 남미 최초의 철도 건설, 영농개혁 등 수많은 업적을 남기고 파라과이를 남미의 주요 경제 강국으로 국력을 크게 신장시켰다.

립한 날은 1812년.

[조사자 3: 그럼 이게 전설이에요? 역사예요?] [조사자 1: 얘는 전설이지. 유래담이잖아. 그치. 전설로 봐야 되겠지? 이 음식이 관련된 유래담이니까.] 진짜인지 모르겠는데 그럴 수도 있어요.

(잠시 전설 개념에 관한 이야기를 나눔.)

[조사자 3: 그러니까 소파 파라과이 이게 파라과이의 수프인데 그게 빵 이름이기도 하다, 이거죠?] 네. [조사자 1: 그 사람들이 수프인 줄 알고 시켰는데 '어? 이게 뭐예요?' 외국 사람은 이러겠다.] 네. 특히 외국 사람들은 소파 파라과이야 수프인 줄 아는데 딱 보면,

"이런!"

표정이 되게 다. [조사자 1: 이 사람이 나를 속인다고 생각할 거 아냐?] 네. 네. (웃음)

제보자 정보

마레트루드

[에스토니아, 여, 1998년생, 유학 1년차]

마레트루드 제보자는 1998년 에스토니아 달린에서 태어났다. 2018년에 경희대학교에 교환학생으로 오게 되었다. 어릴 때부터 K-POP을 듣다가 한국어를 배우고 싶어져서 인터넷 등을 활용해 한국어와 문화를 배웠다고 한다.

마레트루드 제보자는 조사 당시 한국에 온 지 6개월밖에 안 된 상황이었지만 한국어를 고급 수준의 발음과 어휘로 구사했으며, 설화를 막힘없이 구술했다. 자신이 어린 시절 읽거나 들었던 옛이야기를 한국어로 정리하며 외웠다고 했다. 혹시 빼먹은 부분이 없는지 보려고 중간에 자료를 참고하기도 했다. 마법사와 요정이 나오는 전형적인 유럽 민담을 위주로 하여 총 7편의 설화를 구연했다.

울루잔 미라

[스웨덴, 여, 1998년생, 유학 2년차]

울루잔 미라 제보자는 1998년 스웨덴에서 태어났으며, 2017년에 경희대학교로 유학을 왔다. 아시아에 관심이 많아서 여러 나라를 찾아보다가 한국어를 배우게 되었다고 했다. 한국에 온 지는 그리 오래 되지 않았지만 정확한 발음으로 고급 수준의 한국어를 구사했다.

울루잔 미라 제보자는 어린 시절에 아버지한테 들었다는 터키 계열 신화와 전설을 내용을 잘 갖추어서 차분히 구연했다. 조사자가 이야기를 더 구연해 줄 것을 요청하자 인터넷으로 제목을 검색한 뒤 바로 이야기를 들려주기도 했다. 이야기에 집중하는 가운데 어려운 지점을 설명하는 데 열성적이었다. 구연한 자료는 총 7편이다.

메르베에아한(한미성)

[터키, 여, 1989년생, 유학 3년차]

메르베에아한 제보자는 1989년 터키에서 태어났다. 대학에서 한국어를 전공했으며, 대학을 졸업한 뒤 한국에서 3년째 유학생활을 하고 있다. 조사 당시 대학원 재학중이었다.

메르베에아한 제보자는 한국문학치료학회 참여한 인연으로 조사자들과 만나게 되었다. 조사자들이 인천으로 찾아가서 만남을 가지고 설화 조사를 진행했다. 제보자는 늑대를 조상으로 한 터키인의 내력담과 영웅담 외에 터키의 국민 캐릭터라 할 만한 켈올란에 대한 이야기들을 구연했다. 6편의 설화 외에 터키의 귀신에 대한 이야기와 속담 소개도 여러 편 들려주었다.

레일라

[아제르바이잔, 여, 1991년생, 유학 5년차]

레일라 제보자는 1991년에 아제르바이잔 셈키르 시의 케칠리 마을에서 태어났다. 아제르바이잔 소재 대학에서 한국학을 전공했으며 정부 초청 장학생으로 한국에 유학을 왔다. 학위를 받은 뒤 고국으로 돌아가서 교육업에 종사할 계획을 갖고 있다.

레일라 제보자는 말의 속도가 빠른 편이면서도 한국어 발음이 정확하고 한국어 구사 능력도 뛰어났다. 아제르바이잔의 속담이나 금기어 자료를 미리 정리해서 올 정도로 꼼꼼한 모습을 나타냈다. 구연 과정에서 모국인 아제르바이잔과 투르크족에 대한 자부심을 드러내기도 했다. 전설적인 유래담과 경험담 등 총 13편의 자료를 구연했다.

피루자

[아제르바이잔, 여, 1990년생, 유학 2년차]

피루자 제보자는 1990년에 아제르바이잔 출신의 부친과 우즈베키스탄 출신의 모친 사이에서 태어났다. 대학에서 한국학을 전공했으며 졸업 후 정부 장학생으로 시간강사 및 고등학교 한국어 교사로 근무하다가 한국으로 유학을 와서 대학원에 진학했다. 사회 복지에 관심이 많고 타인을 돕는 일에 보람을 많이 느끼는 제보자는 학위를 받아 모국으로 돌아가면 사회복지부 장관이 되어 좋은 정책을 잘 만들고 싶다는 꿈을 갖고 있다.

피루자 제보자는 쾌활한 성격으로 주관이 뚜렷했다. 고등학교 때 라디오 방송을 진행할 정도로 적극적이며, 사람들과 대화하는 것을 좋아한다. 한국어 발음이 정확했으며, 이야기 내용에 따라 어조와 목소리 높낮이에 변화를 주었다. 표정과 동작도 풍부하게 활용했다.

피루자 제보자는 어릴 때 교육자 출신의 아버지가 들려주었던 역사 이야기를 기억하여 구연했으며, 부모님의 생애담도 충실히 구연했다. 아제르바이잔 외에 러시아 민담도 알고 있었다. 구술한 이야기는 속담과 문화 이야기를 포함해 총 12편이다.

샤하드

[사우디아라비아, 여, 1992년생, 유학 2년차]

샤하드 제보자는 국민대학교에서 유학 중인 학생으로, 힌드 제보자의 동생이다. 사우디아라비아 대사관에서 근무하는 아버지를 따라 가족이 한국으로 왔다. 두 자매 외에도 어머니가 이화여자대학교 언어교육원을 다니고 동생은 고등학교에 재학 중이다. 대학을 졸업 후 한국에서 더 공부하려고 하지만 어찌 될지 불투명한 상황이다.

샤하드 제보자는 설화를 유창하게 구술할 만큼의 한국어 실력은 아니었지만, 한국어 학습에 대한 열정이 크고 자국 설화 구술에 매우 적극적인 태도를 보였다. 압둘라 르만, 힌드 제보자와 함께 공동으로 9편의 설화를 구술했다.

아델

[사우디아라비아, 남, 1990년생, 유학 3년차]

아델 제보자는 사우디아라비아 국비 유학생으로 한국에 왔으며, 국민대학교에서 재학 중이다. 처음에 외국인이라는 이유로 차별을 경험했고 한국에서의 문화적응이 어려웠다. 설화 구연에는 다소 소극적이었고, 주로 다른 제보자의 구연을 경청하는 청자의 역할을 했다. 시간이 지나면서 설화 구술에 동참해서, 3편의 설화를 공동 구술했다.

압둘라 르만

[사우디아라비아, 남, 1990년생, 유학 6년차]

압둘라 르만 제보자는 조사 당시 국민대를 졸업하고 조교로 근무 중이었다. 사우디아라비아의 국비 유학생인 압둘라 르만 제보자는 토픽 6급 수준의 한국어 능력을 갖춘 화자로서, 국민대에서 사우디아라비아 국적의 유학생들에게 멘토와 같은 존재였다. 다른 가족이 사우디에 살고 있지만, 계속 한국에서 살며 자신의 꿈을 펼칠 계획이다.

압둘라 르만 제보자는 이번 조사에서 다른 사우디아라비아 유학생들을 이끌면서 주도적으로 설화 구연에 참여했다. 본인의 단독 구술 외에도 다른 제보자들의 사우디어 구술을 갈무리하고 통역하는 식의 공동 구술 형태로 다수의 설화를 들려주었다. 구술한 자료 총 편수는 14편이다.

힌드

[사우디아라비아, 여, 1989년생, 유학 2년차]

힌드 제보자는 국민대학교에서 유학 중인 학생으로, 샤하드 제보자의 언니이다. 한국의 대사관에서 근무하는 아버지로 인해 온 가족이 한국에 와서 살고 있다. 한국의 다양한 문화를 학습한 뒤, 사우디의 문화를 한국에 알리고 사우디에 한국의 문화를 알리는 일을 하고자 한다.

힌드 제보자는 조사팀에게 제일 먼저 사우디아라비아 설화를 구술하겠다는 의사를 전해온 제보자였다. 그녀가 압둘라 르만 제보자를 소개함으로써 네 명의 제보자가 함께 하는 이야기판이 구성될 수 있었다. 힌드 제보자는 적극적인 태도로 설화 구술에 임했는데, 한국어 구사의 어려움 때문에 압둘라 르만 제보자의 도움을 받기도 했다. 공동 구술 형태로 6편의 이야기를 들려주었다.

멜리사

[도미니카공화국, 여, 1999년생, 유학 2년차]

멜리사 제보자는 1999년 도미니카공화국 산티도밍고에서 태어났다. 2016년에 도미니카 국비 장학생으로 한국에 온 뒤 부산대학교의 언어교육원에서 교육을 받고 조사 당시 경희대학교에 재학중이었다.

멜리사 제보자와는 두 번의 조사를 진행했다. 친구인 칠레의 브루노 제보자를 소개해서 함께 이야기판을 펼쳤다. 종이에 한글로 도미니카공화국의 이야기를 적어와서 들려주었다. 브루노 제보자가 요괴나 귀신에 대해 이야기하면, 자국의 비슷한 이야기를 구연하기도 했다. 이야기 구술에 의욕을 나타내 2차 조사까지 진행했는데, 구술한 자료는 설화적 스토리를 갖춘 것보다는 귀신과 요괴 등에 대해 설명하는 것들이 많았다. 들려준 이야기는 총 8편이다.

브루노

[칠레, 남, 1998년생, 유학 2년차]

브루노 제보자는 1998년 칠레 산티아고에서 태어났다. 2016년에 칠레 국비 장학생으로 한국에 와서 부산대 언어교육원에서 교육을 받은 뒤 조사 당시 한양대 컴퓨터공학과에 재학 중이었다.

브루노 제보자와는 도미니카의 멜리사 제보자와 동석한 형태로 두 번의 조사를 진행했다. 어린 시절에 이야기를 많이 듣고 자라지 않았다며 부담스러워하는 모습을 보였지만, 칠레 남부 칠로에라는 섬에 신비로운 이야기가 많다며 그 지역의 전설을 구술했다. 칠레의 요정이나 귀신에 대한 이야기도 여러 편 들려주었는데, 지도나 그림을 그려 보이면서 내용을 설명하는 등 적극적이고 열성적인 태도를 나타냈다. 멜리사 제보자가 어려워하면 스페인어로 대화하면서 어휘 선택에 도움을 주기도 했다. 구연한 자료 총수는 15편이다.

레오나르도(레오나르도 사투르니누 페헤이라)

[브라질, 남, 1990년생, 유학 6년차]

레오나르도 제보자는 1990년 브라질에서 태어났으며, 2012년에 서울대학교 전기정보학과 학생으로 유학을 왔다. 15살에 한국교육에 대한 특집 다큐를 보고 한국에 오고 싶다는 생각을 하고, 한국어를 배우게 됐다고 했다. 발음이 좋고 유머 감각이 있어서 고급 수준의 한국어를 구사했다.

레오나르도 제보자는 인도의 파드마 제보자의 소개로 이야기 조사에 참여했다. 제보자는 브라질 문화에 대해 알리고 싶은 열정이 뚜렷했으며 브라질의 금기와 문화에 대한 구술 외에 브라질의 다양한 요정과 괴물에 대한 이야기를 적극적으로 구연했다. 핸드폰으로 관련되는 그림을 보여주면서 열띤 태도로 설명을 이어갔다. 함께 온 파드마 제보자와의 소통도 적극적이었다. 구술한 자료는 총 13편이다.

패트리시아

[파라과이, 여, 1996년생, 유학생 2년차]

패트리시아 제보자는 2015년에 건국대학교에 입학한 유학생이다. 한국에는 제보자의 일란성 쌍둥이 동생인 파쓰가 함께 유학하고 있다. 제보자는 자기보다 1년 뒤에 한국에 온 동생의 유학 생활을 도우며 성공적인 문화적응을 하고 있다. 주말에는 동생과 함께 한국의 산을 등산하는 등, 다방면으로 한국의 문화를 즐기는 가운데 한국어를 배우고 있다.

패트리시아 제보자는 파라과이의 설화를 구술함에 있어 매우 적극적인 태도를 나타냈다. 구술을 위해 다양한 파라과이의 전통품을 직접 가져오기도 했다. 제보자는 비교적 어린 나이임에도 불구하고 파라과이의 다양한 문화와 설화에 대해 잘 알고 있었다. 파라과이의 각종 유래 전설과 문화 이야기 등 총 8편의 자료를 구술했다.